FSC
www.fsc.org
MIX
Papier aus verantwortungsvollen Quellen
Paper from responsible sources
FSC® C105338

Obsessed – bis du mein bist

Von Don Both und Maria O'Hara

Deutsche Erstausgabe Februar 2019

Mit besonderem Dank an Kerstin Patze und Nicole Zdroiek

Cover: Marie Grasshoff

Korrektat: Valeska Reon

Erschienen bei der

A.P.P.-Verlags GmbH

Loch 1305

9428 Walzenhausen

Schweiz

Mobi: 978-3-96115-430-2

E-Pub: 978-3-96115-431-9

Print: 978-3-96115-432-6

Herstellung und Druck über tolino media GmbH & Co. KG, München.
Printed in Germany

DON BOTH
MARIA O'HARA

OBSESSED

Bis du mein bist

A.P.P.
Romance

Für alle Frauen mit Kämpferherz.

Für alle alleinerziehenden Mamas.

Für alle, die schon einmal so intensiv geliebt haben, dass es sie ausgezehrt hat.

Für alle, die schonmal mit irren Lehrern, Geldproblemen und Vorurteilen zu kämpfen hatten.

Für alle Cinderellas, die ihren Prinzen noch nicht gefunden haben.

Und alle Prinzen, die ihre Cinderellas haben gehen lassen.

Für alle, die schon so oft verloren haben, aber immer wieder aufstehen.

Das ist für euch.

Vorwort

Liebe Leserinnen, liebe Leser,

Hier eine kleine Warnung: Diese Geschichte ist anders, als das, was ihr bisher von DonBoth und Maria O'Hara kennt. Diesmal haben wir uns getraut, einen gewagteren Weg einzuschlagen und es hat uns selbst so sehr mitgerissen, dass wir kaum aufhören konnten, zu schreiben.

Wir danken der großartigen Autorin Caroline Kepnes dafür, dass sie uns inspiriert und motiviert hat, ein düstereres Thema anzuschneiden, wie wir es schon so lange vorhatten und das auch noch in der so intensiven DU-Perspektive, die uns ganz neue Türen geöffnet hat.

Ja, wir wollen, dass genau DU dich angesprochen fühlst.

Dass genau DU in diese Welt abtauchst.

Und dass genau DU empfindest, was es heißt, von Keaton J. Rush besessen zu sein.

Und was es heißt in eine tiefe Ebene der Lust, Begierde und des totalen Wahnsinns einzutauchen.

Doch Vorsicht. Wenn du Probleme mit derber und deutlicher Sprache hast, wenn du eher die konventionelle plüschige Lovestory bevorzugst und Sex nur in der Missionarsstellung tolerierst, solltest du dieses Buch jetzt zu Seite legen und dir eine andere Lektüre suchen.

Bist du dagegen bereit auch die dunklen Abgründe einer Beziehung zu betrachten, dich auf eine unkonventionelle Lovestory einzulassen und hinter die Fassade der Charaktere zu schauen, ist diese Geschichte die richtige Wahl und wir wünschen dir viel Vergnügen.

Sag nicht, wir hätten dich nicht gewarnt ...

Prolog

Du siehst mich nicht, aber ich sehe dich.

Ich sehe dich immer.

Ich bin immer da – egal, was du machst.

Egal, ob du tagsüber die liebevolle Mutter bist, oder nachts die verdorbene Hure.

Ob du gerade deinem Kind vorliest, oder deine Beine um eine Stange schlingst.

Ich sehe dich, wenn du deinen kleinen, heißen Körper an anderen Männern reibst, und wenn du in deiner keuschen Uniform Gäste bedienst.

Ich weiß, was du denkst, wer du bist und wer du gerne sein würdest.

Ich weiß, was du brauchst und du wirst es bekommen.

Bald.

Dann wirst du mein sein.

1. Auf der Zielgeraden

Keaton

Du trägst schon wieder diese lächerlichen Schuhe, die eigentlich in den Müll gehören. Ich weiß nicht, warum du dir nicht endlich neue Sneaker für zwanzig Dollar kaufst. Aber selbst das wäre nicht genug, du verdienst die teuersten High Heels, diese Füße sollten nicht in Gossenschuhen stecken.

Und schon wieder bist du spät dran, weil du jeden Tag den gleichen Fehler machst und deinen Wecker auf *Snooze* stellst, immer und immer wieder, obwohl du schon längst aufstehen müsstest.

Jeden Morgen die gleiche Hektik.

Dein Haar wirr.

Deine Kleidung halb angezogen … Ich sehe schon wieder mehr Haut als gut für mich oder dich ist. Ich kann mich nicht konzentrieren, wenn du so viel von dir zeigst, Olivia. Man könnte fast meinen, du machst das absichtlich.

Aber du machst immer gerne dieselben Fehler. Und ich werde kein Fehler sein, meine Schöne. Ich werde das Beste sein, was dir jemals passiert ist.

Ich bin schon wieder steinhart.

Du willst einen Schluck Kaffee trinken, während du dir gleichzeitig die Haare kämmst. Fast muss ich grinsen, weil der Kaffee danebengeht und du dir die weiße Bluse ruinierst, die du gerade angezogen hast. Du bist süß. Ich will dich. Ich will den Kaffee von deinem Dekolleté lecken, dir ins Ohr wispern, dass du gefälligst aufpassen sollst oder dass ich dich sonst hier und jetzt gegen den Türrahmen gestützt ficke und du niemals pünktlich bei der Arbeit ankommst. Ich will, dass du mir in die Augen siehst, wenn du kommst, und dass du weißt, wem du gehörst.

Nicht mehr lange, dann werden meine Fantasien Realität. Ich halte es nicht mehr aus. Keine einzige Minute kann ich mich noch länger von dir fernhalten.

Es wird Zeit zu gehen, man soll ja immer aufhören, wenn es am schönsten ist …

Ich bin der Jäger.

Du bist meine Beute – und ich werde dich mir holen.

Heute.

OBSESSED

2. Zeit

Olivia

Es gibt so viele weise Sprüche über die Zeit. Wie unendlich sie ist und wie vergänglich. Wie geschickt man sie sich einteilen soll, solange man sie noch hat. Wie schwer es ist, sie zurückzudrehen und Dinge ungeschehen zu machen.

Nun! Für mich ist Zeit nichts anderes als Druck! Jeden Morgen – und das Lustige ist, dass ich einfach nicht daraus lerne.

»MOMMY, SCHAU!«, brüllt Riley. »HEUTE GEHE ICH ALS SUPERMAAAAANNN!«

Ich seufze und versuche Rosie, unserer Bulldoggen-Dame, ihr Essen schmackhaft zu machen. Es ist eine Lüge, dass Englische Bulldoggen *alles* essen. Rosie ist sehr wählerisch.

»Riley, Baby, du kannst nicht das Superman-Kostüm von Halloween anziehen. Wir haben schon März! Nun komm schon, Rosie!«, flüstere ich im gleichen Atemzug und schiebe ihr den Napf zu. Rosie ist Allergikerin. Sie kann einfach nicht alles essen, aber sie sitzt nur da, ihr beige-weißes Fell glänzt in der Sonne, die Fettrollen rollen fröhlich vor sich hin und sie hebt den faltigen Kopf und starrt mich mit ihrem Überbiss an.

»Rosie!«

»AUA!«

Stöhnend werfe ich dem Hund noch einen strengen Blick

zu, versuche, mir im Gehen den Kaffeefleck von der einzigen weißen Bluse, die ich besitze, zu reiben, und eile ins Wohnzimmer.

Riley sitzt auf dem Boden. Er ist sechs, aber manchmal sehe ich noch das Baby in ihm, so wie jetzt. Seine schokoladenbraunen Locken stehen zu allen Seiten ab, er hat sich *wirklich* in das Superman-Kostüm gezwängt und reibt sich die Wange. Seine Hand ist geöffnet, etwas liegt darin und Rosie trottet an mir vorbei, um das Ganze zu begutachten.

»Mommy, ich hab meinen Zahn verloren!«

Auch das noch!

Ich seufze – schon wieder – und eile zu ihm rüber. Ein wenig Blut benetzt seinen Mundwinkel, er hat sich den Schlaf nicht aus den dunklen Augen gewaschen und jetzt hält er einen Milchzahn in der Hand, den unsere Rosie offenbar essen will. Ich verdrehe die Augen – *das* will sie, aber ihr viel zu teures Futter nicht.

»Wow, mein Schatz! Heute Abend kommt ganz sicher die Zahnfee, hm?«

Ich bin ein wenig traurig und wehmütig, denn Riley wird zu schnell groß und Erwachsensein wird für ihn, mit seiner Besonderheit, sicherlich kein leichtes Spiel werden.

Und ich bin verärgert, denn ich habe verschlafen, mein Vorstellungsgespräch findet in einer halben Stunde statt, Rosie hat sich draußen geweigert, ihr Geschäft zu verrichten, und die einzige weiße Bluse, die ich besitze, ist schmutzig.

»DAS TUT WEH!«, brüllt Riley und starrt mich aus seinen riesengroßen Kulleraugen an.

»Oh Baby«, murmele ich, nehme seine Hand und schließe sie um seinen Zahn herum. »Wenn du groß bist, hast du es vergessen.« Ich küsse seine Hand und flüstere verschwörerisch: »Ich hab gehört, die Zahnfee bietet einen Haufen Geld für diesen Zahn.« Es ist sein Eckzahn.

Er reißt die Augen auf. »ECHT?«

»Ja, echt! Leg ihn schnell unter dein Kissen! Und wasch dein Gesicht.« Er nickt eifrig und rafft sich auf, im nächsten Moment ist er humpelnd und sich aufstützend in seinem Zimmer verschwunden. Das einzige Extrazimmer, das wir besitzen, ich schlafe auf dem Sofa.

Während Riley sich wäscht, haste ich zu der Kleiderstange, an der meine wenigen Klamotten hängen und greife nach einem dunkelgrauen Pullover, den ich über die Bluse ziehe. Ein wenig konservativ, aber das ist okay, schätze ich, solange man den Fleck nicht sieht. Jeder Waschgang in diesem Haus, in dem die Maschine geteilt wird, kostet einen Dollar, und auf Dauer wird das einfach zu viel, vor allem wenn man ein Kind hat und …

»ROSIE NEIN!« … einen Hund, der immer noch in die Wohnung macht.

Rosie hockt total entspannt auf meiner Bettdecke, die noch auf dem Sofa liegt und macht ihr Häufchen.

Ich rase zu ihr rüber. »ROSIE!«

Jetzt erschrickt sie, springt runter und versteckt sich in der offenen, kleinen Küche.

Ich seufze und raufe mir die Haare. Schon wieder. Ich bin frustriert und frage mich, wieso ich nochmal diesen Hund habe. Rosie hat angefangen, mich zu stalken, auf ihre leicht betölpelte aber so willensstarke Art, als sie noch ein kleiner, faltiger Welpe war. Jemand muss sie ausgesetzt haben. Immer wieder habe ich sie ins Tierheim gebracht und immer wieder ist sie ausgebüxt und stand vor unserer Tür. Tag für Tag – bis ich irgendwann aufgab.

»Hör mal, junge Dame«, schimpfe ich und mein Herz wird weich, als sie den Kopf senkt und treudoof zu mir aufsieht. »Das ist keine Toilette, Lady! Das ist mein Bett, okay?«

Sie macht ein seltsames Geräusch, während ich ihre Hinterlassenschaften schnell beseitige und die Decke abziehe, immer einen Blick auf die Uhr – und da klingelt es an der Tür. Das muss Penny sein, meine Nachbarin und beste Freundin. Sie hilft mir immer. Sie ist Nageldesignerin und arbeitet schwarz in ihrer Wohnung, deshalb passt sie tagsüber auf Rosie auf und nachts, wenn ich meinem geheimen Zweitjob nachgehe, auf Riley.

Rosie folgt mir, während ich schnell zur Tür gehe und meine Freundin empfange. Sie hält eine Zigarette zwischen ihren rotlackierten Fingern, wie immer, kaut gleichzeitig Kaugummi, weil sie ja eigentlich mit dem Rauchen aufhören will, wie immer, und trägt einen pinken ADIDAS-Trainingsanzug. Ihre Dauerwelle ist lange aus der Mode und ihr Haar ist kaputt. Sie trägt *immer* pinken Lippenstift, ich denke, sie schläft sogar damit.

Aber Penny hat eine Seele aus Gold und ihr Herz ist ein Diamant.

»Ich muss sofort los!«, begrüße ich sie, greife nach der kalten Tasse Kaffee von der Kommode und nehme den letzten Schluck. »RILEY, LOS JETZT!«

»Kein Problem, Süße.«

»Du musst Rosie nochmal rausbringen. Eben hat sie mir auf die Decke gekackt. RILEY!«

Er kommt angehumpelt, hält sich dabei an allem fest, was er findet, trägt immer noch das Superman-Kostüm und ich seufze – schon wieder – denn wir haben keine Zeit zum Umziehen.

»TANTE PENNY, ICH HAB EINEN ZAHN VERLOREN!«, schreit er.
Ich hab Kopfschmerzen. Wie jeden Morgen. Es ist zu früh für das alles.

»Wo sind deine Krücken, Riley?«

»Schätzchen, du musst den unter dein Kissen legen«, sagt Penny ernst und der blaue Lidschatten strahlt von ihren Augenlidern. Sie ist eine schöne Frau, aber sie hat keinen Geschmack. Das ist mir aber egal, ich habe schon lange gelernt, dass Menschen, die angeblich guten Geschmack haben, meistens oberflächliche Arschlöcher sind.

»HAB ICH SCHON! HEUTE KOMMT DIE ZAHNFEE, MAMA SAGT …«

»Deine Krücken, Mister!«, unterbreche ich ihn.

»Ich will keine Krücken, Mommy! Keiner außer mir hat Krücken, das ist so unfair!«

Ich trage schon lange meine abgewetzten Schuhe und entscheide im letzten Moment, dass ich so nicht zum Vorstellungsgespräch kann. »Schätzchen, die sind ja auch nichts Besonderes!«, erkläre ich, während ich nach den Stiefeln suche, die ich mir vor guten sechs Jahren gekauft habe. »Du bist Superman, okay? Also bist du was Besonderes!«

Er starrt mich an, als würde er mir nicht glauben und mir wird klar, dass diese Ausreden langsam lasch werden, denn er wird immer älter.

»Nun komm schon, Cowboy«, versucht Penny es und streichelt Rosie dabei. »Die Krücken sind deine Geheimwaffe, oder? Wir haben darüber geredet!« Er nickt. »Und kein Superheld darf bei all den Feinden ohne Geheimwaffe raus, oder?« Wieder nickt er und nimmt Pennys ausgestreckte Hand. »Komm, holen wir sie gemeinsam.«

Ich liebe Penny.

Ehrlich.

* * *

Es ist genauso windig, wie man sich Chicago vorstellt. Sobald Riley und ich das Haus verlassen haben, pfeift uns der eiskalte Wind um die Ohren. Ich habe ihn noch überreden können, seine Jacke über das Kostüm zu ziehen, aber ich sehe, dass er langsam aus ihr herauswächst. Er wächst zu schnell.

Ich kann seine Hand nicht nehmen, wie es die anderen Mütter bei ihren Kindern tun, wenn sie sie zum Schulbus bringen. Er braucht beide Hände für seine Krücken, denn sein rechtes Bein fehlt vom Knie abwärts. Es bricht mir das Herz, ihn nicht tragen zu können, ihm nicht mein Bein geben zu können, ihm keine Prothese bezahlen zu können. Es bricht mir das Herz, dass er sein Gewicht auf diese kleinen Ärmchen stemmen muss, während andere Kinder fröhlich rennen und stolpern.

Auch, wenn ich spät dran bin, passe ich mich Rileys Tempo an.

»Mir ist kalt«, sagt er und hebt den Blick zu mir. Er ist wunderschön. Er sieht aus wie mein Dad in seiner Kindheit, ich bin froh, dass er seinem eigenen Vater nicht ähnelt. In keinem Punkt.

»Warte«, sage ich und er bleibt stehen. Ich knie mich vor ihn und schließe den Reißverschluss seiner Jacke.

»Jetzt sieht man aber mein Logo nicht mehr!«, beschwert er sich.

Ich küsse ihn auf die Stirn. »Das muss man nicht sehen. Auch so merkt man, was für ein starker Mann du bist.«

Er lächelt und mein Herz hüpft. Ich stehe wieder auf und wir setzen unseren Weg zur Haltestelle fort. Immer wieder schiebe ich die schrecklichen Gedanken, die mir ständig in den Kopf kommen, wenn ich mit Riley irgendwo hinlaufe, zur Seite. Selbstmitleid bringt nichts. Ich bin eine Kämpferin, zumindest, seit ich Mutter bin.

Neben der Bushaltestelle gibt es ein kleines Café, wo viele Mütter sitzen und was trinken, bis ihre kleinen Kröten in den Bus einsteigen. Und ja, sie sind alle Kröten. Verhätschelte, unerzogene, freche, gemeine Kröten. Ich weiß, dass Riley Probleme hat mit seinen Mitschülern, aber ich arbeite ununterbrochen und schaffe es nicht, in die Schule zu kommen oder einfach mit ihm zu warten, bis er im Bus sitzt.

Die Bushaltestelle ist voll mit sich schubsenden, lachenden Kindern, teilweise glotzen sie schon in ihre Handys und ich liebe es, dass mein Kleiner bescheiden ist. Aber ich sehe trotz allem die Trauer in seinen Augen, weil er nicht hat, was die anderen haben.

Zwei Beine.

»So, Baby. Tante Penny holt dich später mit Rosie genau hier ab, okay?« Ich küsse ihn abermals auf die Stirn und ignoriere die lästernden Mütter. Ich weiß, dass sie lästern. Kinder sind grausam, aber ihre Eltern noch mehr. Sie lästern über meine Kleidung, über meine Erziehung, über mein Alleinsein, darüber, dass ich nie zu Elternabenden erscheinen kann. Darüber, dass ich nicht so toll bin wie sie.

Aber es geht mir sowas von an meinem prallen Arsch vorbei, der immer noch prall ist, trotz meinem vollen Tagesplan. Im Gegensatz zu deren Ärschen, die alle fett sind, weil sie den ganzen Tag *nichts* tun, außer lästern und ihre Männer arbeiten lassen.

»Kannst du nicht mit mir warten?«, fragt Riley und ich schlucke.

»Baby, ich muss weiter. Vielleicht habe ich bald einen tollen Job, bei dem ich viel mehr Zeit für dich habe.«

»Wirklich?«

Ich nicke. »Klingt das gut?«

»JA!«

»Deshalb muss ich jetzt los, sonst wird mein neuer Chef böse, verstehst du das?«

Er nickt tapfer und ich liebe ihn mehr als mein Leben.

»Ich liebe dich«, sage ich und küsse ihn auf die Wange. »Über alles.«

»Ich dich auch«, antwortet er und ich wende mich eilig ab, bevor eines der fiesen Worte, die die Schlangen-Mütter verbreiten, meine Ohren erreichen kann.

3. Komische Augen

Olivia

Wie durch ein Wunder komme ich um drei Minuten vor acht bei dem riesigen Tower an, der verglast und gruslig in den grauen Himmel heraufragt und ich weiß schon jetzt, dass ich niemals pünktlich sein werde. Niemals.

Trotzdem hetze ich rein, und stürze mich in die Massen an Menschen, die durch die Glastüren strömen. Stolpernd und äußerst unelegant komme ich in einer Lobby an, in der sich drei Aufzüge befinden. Ich trete an den weißen Marmortresen zu einer blonden, perfekt aussehenden Göre in Businesskostüm. Sie mag gerade mal volljährig sein und denkt schon, sie wäre etwas Besseres als alle anderen Menschen. Mein Outfit von der Stange, sicher nicht aus einer teuren Boutique, betrachtet sie mit einem kaum verhohlenen Naserümpfen und fragt mehr oder minder professionell: »Wie kann ich Ihnen helfen?« Aber eigentlich ist ihr die Ungeduld anzusehen, weil sie sich lieber etwas anderem widmen will und die Gedanken »Oh mein Gott, was will diese Pennerin nur von mir?« stehen förmlich auf ihre makellose Stirn geschrieben.

Ich ignoriere es, weil ich älter und weiser bin und für das Gezicke, wenn eine andere Frau mit geringem Selbstbewusstsein mich das erste Mal betrachtet und erkennt, dass ich … schön bin, sicher keine Zeit habe.

Konkurrenz. *Buhu.*

»Ich habe ein Vorstellungsgespräch bei Mr. Rush. Abteilung 587.«

»Im sechsten Stock, Sie können es nicht verfehlen.«

»Danke!«, knurre ich und wende mich ab, um gerade noch einen der Aufzüge zu erwischen, und meine Hand zwischen die zugleitenden Türen zu schieben. Die Businessheinis starren mich an, als wäre ich eine lila Kuh, als ich total abgehetzt eintrete und meine alte Handtasche immer wieder an meiner Schulter nach oben ziehe. Ich will sie schon fast anmuhen, damit sie wenigstens einen anderen Grund zum Starren haben als meine Aufmachung, doch ich unterdrücke es vehement. Was, wenn eines dieser Schafe einer meiner möglichen Arbeitgeber ist? Es würde sich sicherlich nicht gut machen, wenn ich den ersten Kontakt mit einem »*Muh*« knüpfen würde.

Um eine Minute nach acht betrete ich die Etage, für die ich bald zuständig sein werde, wenn alles gut läuft, und finde mich in einem schmucklosen, langweiligen Korridor wieder. Blaue Auslegware, Bilder von irgendwelchen Hütten in irgendwelchen Wäldern an den Wänden, ein winziger Empfangstresen mit einer hübschen Latina, der nicht das Wort *Zicke,* sondern *Bulle* förmlich auf die Stirn geschrieben steht und die in Sachen Arroganz der Tussi da unten in nichts nachsteht.

Habe ich schon mal erwähnt, dass ich Menschen hasse?

»Ja?«, fragt sie alles andere als höflich, doch ich reiße mich zusammen und sage, weshalb ich da bin.

»Aja …« Ihr Blick gleitet zur Uhr – es ist zwei nach acht – dann wieder zu mir und er ist mehr als tadelnd. Ich kann mich gerade so davon abhalten, die Augen zu verdrehen.

Meine Güte. Es sind zwei Minuten! ZWEI! Nicht zwanzig!

Arschgeigen.

»Na dann … viel Spaß mit Mr. Rush. Er mag Verspätungen gar nicht«, verkündet sie und nickt in Richtung der drei Stühle, die aufgereiht an der Wand stehen. Wie ein braver kleiner Wackeldackel dackele ich zu den Stühlen und lasse mich auf einem davon nieder. Mein Blick gleitet über die Namensschilder neben den Türen …

Montgomery Simmens.

Leila Harper.

Chester Parker …

Alles amerikanische Namen in diesem typisch amerikanischen Büro, das gar nicht so aussieht wie ein Büro des berühmt berüchtigten FBI.

Mit straffem Rücken sitze ich da und fühle mich, als müsste ich zum Gespräch mit dem Rektor, weil ich den Unterricht gestört habe oder so. Ich glaube, damals an meiner Highschool hatten die *genau* solche Stühle, auf denen man sich den Hintern platt saß, während man auf seinen Anschiss wartete. Meine Nervosität steigt immer weiter, denn ich weiß, ich darf das hier nicht vermasseln, wenn sich etwas in meinem Leben ändern soll. Und darin soll sich so einiges ändern. Angefangen mit einem dicken Lottogewinn, damit ich Rileys Prothese zahlen kann und einer Kreuzfahrt quer durch Europa. Man soll ja mit seinen Träumen bescheiden sein …

Penny hat mir dieses Vorstellungsgespräch besorgt – wie auch immer, ich bin unsagbar dankbar dafür. Hier würden sie super zahlen und die Arbeitszeiten wären perfekt für mich! Die Arbeit wäre nicht schwer, zumindest nicht im

Gegensatz zu dem, was ich sonst so mache … *Gott, bitte … wenn es dich gibt, was ich eigentlich echt nicht glaube, aber das ist eine andere Geschichte, dann mach, dass sie mich nehmen! Ich will nicht viel! Wie gesagt nur den Lottogewinn, die Kreuzfahrt, und diesen Job! Scheiß auf einen heißen Kerl, dicke Klunker oder eine Traumwohnung* … Männer machen nichts als Ärger und ich will gar nicht wissen, was Rosie mit einer Traumwohnung anstellen würde …

Ich bin so in Gedanken versunken, dass ich gar nicht merke, dass ich beobachtet werde. Und das wohl schon seit einiger Zeit.

Als ich den Blick hebe – irgendein Instinkt in mir brüllt mir zu, dass ich nicht mehr alleine bin – erschrecke ich mich fast zu Tode und blicke in … komische Augen. Wieso komisch, das kann ich in dem Moment noch gar nicht richtig erfassen, aber es wird mir schon sehr bald klar werden.

Er starrt mich an, er steht hier, als hätte er schon die ganze Zeit hier gestanden und er ist echt gruslig. Und heiß. Das muss ich zugeben.

Er ist groß.

Größer als die meisten anderen Männer, athletisch gebaut, das sehe ich sofort. Sein Gesicht ist schön und bartlos. Sein Blick alles durchdringend. Und seine Lippen, meine Güte, es sollte echt verboten werden, dass ein Mann so schöne Lippen hat, zumindest wenn er mich nicht damit küsst.

Er ist ernst.

Kein Lächeln auf seinen Zügen.

Die Arme sind vor seiner Brust verschränkt, er lehnt mit einer Schulter im Türrahmen, total lässig und doch angespannt. Und natürlich trägt er keinen Anzug von der

Stange, wie ich nach einem Blick merke, sondern ein Modell in hellem Grau mit weißem Hemd, das wie angegossen an diesem großen athletischen Körper sitzt.

Ich spüre, wie sich unter seinem Blick die Härchen auf meinen Armen aufstellen, in meinem Nacken, überall. Wie meine Kehle trocken und mir schwindlig wird.

Fuck!

Völlig bescheuert nehme ich einen tiefen Atemzug und lasse die Luft in meine Lungen strömen, die ich mir die ganze Zeit verwehrt habe.

Weil sein Blick so intensiv ist.

Er raubt mir wortwörtlich den Atem und erst als ich aufstehe und zu Boden blickend murmle: »Guten Tag, ich bin … Miss Pierson«, kann ich wieder so richtig durchatmen.

WOW!

So eine intensive erste Begegnung hatte ich noch niemals zuvor.

Ich trete an ihn heran, zwinge mich, meinen Blick zu heben und in diese komischen Augen zu schauen. Sie sind blau, grün … braun. Verdammt, was hat er nur für eine Augenfarbe? Sein Blick ist so durchdringend und wissend, als würde er jedes kleine Detail an mir sofort erkennen, als würde er wissen, wer ich bin, wer ich wirklich bin, wer ich sein will, was mir Angst macht, was mir Freude bereitet. Als würde er *alles* von mir wissen und auch von dieser Welt.

Er nimmt meine Hand und sie verschwindet in seiner. Seine kräftigen Finger sind trocken, es gibt nichts, was ich mehr hasse, als feuchte klebrige Hände und einen laschen Händedruck – und Menschen. Natürlich. Seine Augenbrauen ziehen sich leicht zusammen, als er meine Hand drückt. Fest, aber nicht zu fest. Genau richtig.

Doch er hält sie etwas zu lange und sagt: »Mein Name ist Mr. Rush … Schön, Sie kennenzulernen, Miss Pierson.« Ein weiterer kritischer Moment baut sich auf, denn ich habe nicht mit so einer Stimme gerechnet. So kultiviert und ruhig und doch so … so … verlockend ... als kenne er einen echt guten Insider, von dem ich keine Ahnung habe. Seine Lippen zucken, als er mich begrüßt und die Andeutung eines Lächelns macht sein männliches Gesicht noch attraktiver.

Verflucht, was passiert hier eigentlich gerade?

Irgendwas, bei dem ich echt nicht mitkomme!

Viel zu spät, weil ich so von ihm gefangen bin, ziehe ich meine Hand zurück und stammele: »Ja, finde ich auch … wirklich schön!« *GOTT, DU TROTTEL! Reiß dich zusammen! Du bist sechsundzwanzig Jahre alt, hast ein Kind und bist kein kleines Mädchen, Liv! Ernsthaft!*

Er lässt mir den Vortritt und ich betrete sein Büro, fühle dabei erneut ein heißes Prickeln im Nacken und auf meinem Hintern. Oder bilde ich mir das nur ein, weil ich *will*, dass er mich so ansieht? Nicht wie ein Chef seine mögliche neue Angestellte, sondern wie ein … Mann eine Frau.

Das Büro ist größer, als ich angenommen habe, man hat eine wunderschöne Aussicht über die Windy City. Eine Buchwand nimmt eine Seite des Raumes ein, ich würde gerne etwas darin stöbern, aber halte mich jetzt davon ab. Davor steht ein schwarzes Sofa, ein Tisch, ein Sessel und eine Kommode mit ein paar Erfrischungen. Keine Pflanzen, keine Bilder. Außerdem steht neben dem Sofa ein uralter Plattenspieler und eine nicht gerade geringe Menge Schallplatten. Wow … bevor ich meinen Blick weiter schweifen lassen kann, reißt mich seine Stimme aus meinen Überlegungen.

»Setzen Sie sich doch bitte.«

Ich tue wie mir geheißen und nehme auf einem der zwei bequemen Stühle vor einem großen Schreibtisch aus Mahagoni Platz. Er setzt sich dahinter, gleitet eher in seinen Stuhl, als dass er sich fahrig hinplumpsen lässt, und hält dabei seine schmale dunkle Krawatte fest. Also dieser Mann hat eindeutig Geschmack. Man sieht es an diesem Büro – auch wenn es typisch männlich sehr minimalistisch und unpersönlich ist – wie auch an seiner Kleidung oder seinem modernen Haarschnitt. Er ist etwas länger, aber an den Konturen sehr sauber gerahmt und liegt weich und nahezu anmutig nach hinten gekämmt. Sein Haar ist sehr dunkel, fast schwarz, oder braun? Ich weiß es nicht, die Farbe seiner Haare ist genauso schwer zu fassen, wie die seiner Augen. Wirklich faszinierend. Er lehnt sich zurück, legt die langen Finger aneinander und betrachtet mich ruhig. Er sagt nichts – und macht mich damit schon wieder nervös.

Wieso sagt er denn nichts, Herrgott nochmal? Ich hasse Smalltalk, zwinge mich aber zu einem professionellen Lächeln.

»Also, hier bin ich …«

»Hier sind Sie.« Er starrt mich weiter an. *Fuck, was läuft eigentlich falsch bei dem Kerl?*, frage ich mich, lächle aber tapfer weiter, obwohl er mich bis in die Knochen verunsichert und die Spannung mit jeder Minute weiter ansteigt. Es ist, als wäre die Luft zu dick zum Atmen.

»Also …« Ich weiß echt nicht, was ich sagen soll und rutsche unruhig auf meinem Stuhl herum. Kann er nicht endlich die Führung übernehmen? Ich bin nicht gut in sowas!

»Sie haben sich hier als Reinigungskraft beworben.« Schließlich erlöst er mich von meinen Qualen, schaut aber nicht auf seine Papiere oder irgendwo anders hin als in mein Gesicht. Direkt in meine Augen, in mich hinein. Bis in meine Seele.

Ich bekomme Gänsehaut.

»Ja, das hab ich.« Ich schlucke, unter seinem Blick werde ich immer nervöser.

»Ich habe Ihre Referenzen erhalten und hätte noch ein paar Fragen an Sie. Dies ist ein Einstellungstest, den wir immer beim FBI machen, bitte wundern Sie sich nicht, wenn die Fragen Ihnen auf den ersten Blick komisch erscheinen.«

»Äh … okay.«

Er beugt sich vor, öffnet sein Notizbuch, das schwarz und unauffällig vor ihm liegt und nimmt einen Kugelschreiber in die Hand, der vermutlich mehr kostet, als ich im Jahr im Diner und in meinem anderen Job verdiene.

»Sind Sie bereit?«

»Äh ja …«

Er grinst kurz.

»Bitte antworten Sie immer das Erste, was Ihnen in den Sinn kommt. Denken Sie nicht drüber nach.« *Sind wir hier beim Therapeuten oder was?*

Ich nicke, fest entschlossen, diesen Job zu bekommen und alles – okay, fast alles – dafür zu tun.

Die erste Frage jedoch verwirrt mich schon.

»Schwarz oder weiß?«

»Schwarz!«, antworte ich und halte mich davon ab, länger

über die Antwort nachzudenken. Er grinst etwas breiter und notiert sich meine Antwort fein säuberlich in seinem Notizbuch.

»Heiß oder kalt?«

»Heiß!«

»Meer oder Berge?«

»Berge!«

»Himmel oder Hölle?« Wie bitte? Ich stocke, er schaut mich fordernd an.

»Äh …« Eigentlich tendiere ich eher zur Hölle, wenn ich ehrlich bin, denn ich stelle mir den Himmel total langweilig vor wie alle in ihren Hemdchen rumschwirren und Geige spielen oder sowas … Aber wer würde schon *Hölle* sagen?

»Himmel«, antworte ich also und er grinst breiter … und notiert sich irgendwas, was ich nicht lesen kann.

»Tee oder Kaffee?«

»Kaffee, hallo!« Ich lache, er lacht nicht. Also der versteht echt keinen Spaß, der Kerl!

»Sport oder Couch?«

»Couch!«

»Lesen oder Fernsehen?«

»Lesen!«

»Rock oder Pop?«

»Rock!«

»Lack oder Satin?« Äh … ernsthaft? Ich werde knallrot und will schon fast fragen, ob er noch alle Krüge im Regal hat, aber er sieht mich so professionell und ernst an, dass ich nach unten blicke und verhalten »Lack« antworte. Ich *hasse* Satin!

Das hier ist doch kein normales Vorstellungsgespräch!

Irgendwas stimmt hier doch nicht! Ehrlich, noch einmal so eine komische Frage und ich werde ihn fragen, was eigentlich sein verdammtes Problem ist. Er ist sich der drohenden Gefahr gar nicht bewusst und fragt lässig weiter.

»Hund oder Katze?«

»Hund!« Obwohl ich Katzen auch mag, aber eine Allergie verbietet mir leider, mir so ein flauschiges Ding anzuschaffen.

»Rosen oder Orchideen?«

»Rosen«, antworte ich und frage mich immer mehr, was das hier bitte mit meiner Bewerbung um eine simple Putzstelle zu tun hat. Es ist ja nicht so, als würde ich demnächst Profiler hier werden, oder sowas …

»Steak oder Fisch?«

»Fisch!«

»Nudeln oder Reis?«

»Nudeln!«

»Tag oder Nacht?«

»Nacht.« Ich bin schon immer ein Nachtschwärmer gewesen.

»Zucker oder Fett?« Ich verstehe gar nichts mehr.

»Was hat das …«

»Beantworten Sie einfach die Fragen!«

Unter seinem strengen Tonfall zucke ich leicht zurück und murmele: »Zucker?«

Sein Lächeln ist mysteriös, ich kann es nicht einordnen.

»Alkohol oder Drogen?«

»NICHTS VON BEIDEM NATÜRLICH!«, entfährt es mir zu schnell und zu hysterisch und er grinst in sich hinein. Verflucht!

»Monogamie oder …« Er bricht ab und legt den Kopf

schief. »Ich denke, das reicht fürs Erste.«

GOTT SEI DANK!

»Das war's ...« Mit einem Ruck klappt er sein Notizheft zu.

»Das war's?«

»Japp.« Mr. Rush steht auf. »Dann wird Ihnen Mrs. Rodriquez nun den Vertrag aushändigen.« Auch ich erhebe mich, sicherlich aussehend, als wären ihm gerade zwei Dumbo-Ohren gewachsen ... Ich meine, will er nicht mal über meine Lohnvorstellungen oder so sprechen und alles? Ich verstehe nur noch Bahnhof.

»Ich habe den Job?« Ich starre ihn total verdattert an, das war das komischste und schnellste Vorstellungsgespräch aller Zeiten, doch er geht schon – elegant, so verdammt elegant – zur Tür und hält sie mir auf. Ich bin eindeutig entlassen. Also zumindest jetzt ...

»Ja.« Ich trete durch die Tür. »Ich wünsche Ihnen noch einen schönen Tag, Miss Pierson.« Damit schließt er die Tür direkt vor meiner Nase, kein Händedruck mehr für mich. Kein gar nichts ... nicht einmal mehr ein Blick in diese aufwühlenden Augen bleibt mir, da stehe ich schon mitten im Flur, starre immer noch die Tür an und realisiere nur sehr, sehr langsam: Ich habe den Job! ICH HABE IHN!

OH

MEIN

GOTT!

4. Meine heilige Hure

Keaton

Du bist weg, Olivia, und ich hab den Ständer meines Lebens.

Niemand kann diesen Kirschlippen widerstehen. Ich weiß es aus Erfahrung, ich weiß es, weil ich sehe, wie diese Wichser dich ansehen. Du trägst die keuschesten, unmöglichsten Klamotten, aber du bist eine Augenweide. Wie deine Wangen sich röten, wenn du verlegen bist. Wie deine Pupillen sich weiten, wenn du lügst. Diese glasklaren, grünen Augen, in denen zu viel Leid, zu viel Kummer steckt. Dein goldblondes Haar, das du tatsächlich versucht hast, zu bändigen, doch im Grunde ist es ein lockiges Desaster und ich liebe es, dass es so wild ist wie deine Natur. Hast du auch nur den Hauch einer Ahnung, wie sehr ich dich über diesen Schreibtisch legen und ficken wollte, bis du meinen Namen schreist?

Doch ich bin geduldig.

Gute Dinge kommen zu denen, die warten.

Und ich habe lange gewartet, sehr lange.

Dein Duft, ein billiges Parfüm aus dem Drugstore, hängt immer noch im Raum, weit, nachdem du verschwunden bist. Aber es macht nichts, Olivia, denn du riechst wie mein Himmel, egal, was du trägst. Schon bald wirst du in Dior baden und dich mit den teuersten Ölen verwöhnen lassen. Von mir. An deinem ganzen Körper.

Du hast die Gefahr gewittert, die von mir ausgeht. Ich habe es in deiner Körperhaltung gesehen, daran, wie du unsicher hin und her gerutscht bist. Ich hab es an deinen verzogenen Lippen, an deinen geweiteten Pupillen und deinen großen Augen gesehen, die mich so ängstlich und unschuldig angestarrt haben.

Aber du bist alles andere als unschuldig, nicht wahr?

Und du bist geblieben, trotz all der Alarme, die in deinem hübschen Kopf geläutet haben. Wegen des Jobs? Möglich. Wegen deinem Sohn? Auch möglich.

Vielleicht aber auch nur, weil du ein wenig Gefahr brauchst, denn du führst gerne ein Doppelleben.

Meine Heilige. Meine kleine Hure.

Und jetzt hab ich dich.

5. Zu spät, wie immer

Olivia

»… und das geht einfach nicht, Mrs. Pierson!«

»MISS«, korrigiere ich genervt, als ich aus dem Bus stolpere und zum Diner haste. »Ich bin nicht verheiratet, Mrs. Garvey.« Rileys Lehrerin – streng katholisch – verkraftet es einfach nicht, dass ich eine unverheiratete, junge, alleinstehende Mutter bin.

»Wie dem auch sei! Riley kann nicht in einem Halloweenkostüm zur Schule kommen! Was glauben Sie denn, was morgen los ist?«

Ich grinse. »Eine zweite Halloweenfeier? Lassen Sie die Kinder doch ein wenig Spaß haben!« Die Sonne bricht aus den Wolken hervor, aber mir ist trotzdem kalt. Der Frühling ist im Anmarsch, allerdings sehr schleppend und langsam. Im Sommer wird es wieder besonders hart, wenn Riley ins Schwimmbad gehen möchte und den bescheuerten, dummen Blicken der anderen ausgesetzt wird. Ich hasse es. Seit ich ihn habe, merke ich, wie furchtbar diese Welt ist und wie wenig sie Riley verdient hat.

»Mrs. Pierson …«

»MISS!«, fahre ich dazwischen und stemme mit der Schulter die schwere Tür von Jacks Diner auf, während ich immer noch das alte Handy an mein Ohr presse. Jack ist Jack und steht hinter dem Tresen. Sein schmieriger Blick wandert demonstrativ zur Uhr. Ist heute Tag der Pünktlichkeit oder was?

Ich forme ein »Sorry« mit den Lippen.

»Wie auch immer!«, keift Mrs. Garvey. »Das hier ist eine Schule und …«

»Schon klar! Morgen trägt er normale Kleidung. War's das dann?«

Sie schnaubt. Sie denkt, ich bin eine schlechte Mutter, aber eigentlich arbeite ich sechzehn Stunden täglich, um meinem Kind irgendwas ermöglichen zu können.

»Sie sollten dann auch zum Elternabend …«

»Oh … Mrs. Garvey?«, unterbreche ich und spreche absichtlich abgehackt, während ich in den hinteren Raum gehe und meine Tasche dort platziere. »Ich … in … einen Tunnel … Sie … nicht …« Und dann lege ich augenverdrehend auf und binde meine Schürze um. Sie ist orangefarben, wie alles andere in diesem Diner, und so eine Scheißfarbe kann nur ein Mann ausgesucht haben. Ich bin genervt, hochgradig genervt, obwohl ich eigentlich Grund zum Feiern habe, denn der Job bei Mr. Rush bedeutet eine Veränderung für mich. Sicher, ich bin »nur« die Putzfrau, aber ich kann meinen zweiten Job an den Nagel hängen und bin dadurch nicht mehr gezwungen, ein Doppelleben zu führen. Ich muss nicht mehr die halbe Nacht arbeiten, mit viel zu wenig Schlaf am nächsten Tag ins Diner hasten und dadurch viel zu wenig Kontakt und Zeit mit Riley haben! Der Arbeitsvertrag bei Mr. Rush ist fürs Erste über ein Jahr befristet, die Bezahlung ist enorm hoch dafür, dass ich eigentlich nur putzen muss. Na ja, für meine Verhältnisse enorm hoch. Fünfundzwanzig

Dollar die Stunde! Sowas habe ich noch nie gehört.

Ich gehe nach vorne und begrüße Jack.

»Du bist zu spät«, murrt er. Jack hat einen Bierbauch und erinnert mich stark an einen Metzger. Seine Shirts sind immer schmutzig und er scheint, egal zu welcher Jahreszeit, zu schwitzen. Das schüttere Haar klebt ihm stets an der Stirn. Er stinkt nach Schweiß und manchmal nach Alkohol, und trotzdem hat er gute Kundschaft, was höchstwahrscheinlich an mir liegt, denn ich bin überfreundlich zu meinen Gästen. Ich brauche jeden Cent an Trinkgeld, den ich bekommen kann.

»Zwanzig Minuten zu spät«, ergänze ich und nicke. »Der Bus hatte Verspätung.«

»Dann bleibst du zwanzig Minuten länger heute!«

Ich ziehe meine Brauen zusammen. Ich hab keine Zeit, um irgendwo länger zu verharren, als ursprünglich geplant. »Du weißt doch, dass ich kaum Zeit habe, Jack. Ich komme morgen zwanzig Minuten früher.«

Er versucht, sich das schwitzige Haar zurückzustreichen, aber da gibt es ja kaum was. »Dann so!«

Ich verdrehe die Augen. Eigentlich hat er mir keine Forderungen zu stellen, wäre ich nicht, würde sein dummer Laden gar nicht laufen. Die Tische sind orange, die Deko ist orange! Man bekommt Kopfschmerzen hier drin.

Ich bin unkonzentriert und müde. Immer wieder fällt mir was zu Boden und ich vertausche die Namen meiner Stammgäste, die am Tresen sitzen und Kaffee trinken. Heute ist ein komischer Tag und ich fühle mich von diesen eindringlichen Augen verfolgt. Immer wieder denke ich darüber nach, was es wohl gewesen sein mag, das dieser

Mann ausgestrahlt hat. Was es gewesen sein mag, das mich in seinen Bann gezogen hat. Er ist ein wenig angsteinflößend und hat eine Seite an sich, die ich definitiv nicht näher kennenlernen will, doch ich habe keine Angst. Schon gar nicht vor Männern. Nach allem, was ich erlebt habe, lasse ich mich nicht so leicht unterkriegen. Ich arbeite heute ohne Pause und Jack akzeptiert das, um mir die zwanzig Minuten Verspätung zu erlassen. Nach meiner Schicht nehme ich zwei warme Portionen Pommes und Brathähnchen mit, damit Riley und ich etwas Warmes zu essen haben. Mir fehlt die Zeit zum Einkaufen und am Mittag versorgt Penny ihn, doch er braucht auch ein Abendessen. Natürlich ist das nicht das Beste für einen heranwachsenden Jungen, ich hätte ihm auch lieber Biogemüseauflauf hergerichtet, aber natürliche Produkte sind heutzutage teurer als ein Pullover bei Wal-Mart. Ich hetze nach Hause. Natürlich erwische ich meinen zweiten Bus nicht und bin mal wieder spät dran. Ich habe nur noch vier Stunden Zeit, um Riley zu versorgen, mich mit Penny auszutauschen und frischzumachen. Der Weg zu meinem Nachtjob ist weit, da ich ihn nicht hier ausübe. Ich möchte nicht erkannt werden, ich möchte nicht, dass man mir mehr nachredet, als es ohnehin der Fall ist oder Riley wegen mir noch mieser gemobbt wird.

Es ist kalt, der Wind bläst mir um die Ohren. Kaum zu glauben, dass wir im März stecken, denn für mich fühlt es sich immer noch wie Winter an. Ich warte ungeduldig und nehme dabei nichts um mich herum wahr. Es wäre zu schön, nach meiner Schicht im Diner mit meinem eigenen kleinen Auto nach Hause zu fahren, etwas Warmes zu kochen und mit meinem Kind zu essen, bevor ich ihm was vorlesen und ihn dann ins Bett legen würde. Ich hätte mehr Zeit für alles, würde mir viel mehr Pflege und Gesichtsmasken gönnen, würde mit Penny über ernste, wichtige Themen sprechen … aber das ist nun einmal nicht so und ich hab mich schon lange mit der Situation abgefunden.

Erst um halb sieben am Abend komme ich zuhause an und das Essen ist bereits kalt geworden. Sobald ich die Tür öffne, wackelt Rosie mir grunzend entgegen. Sie hat einen breiten Hintern, der alles in ihrer Umgebung zu Boden schleudert, wenn sie ihn aus Freude schwingen lässt.

Ihre nasse Nase und die sabbernde Schnauze kleben an meinem Bein, während sie neugierig die verschiedenen Gerüche auf meiner Strumpfhose erkundet.

»Hallo mein Schatz«, murmele ich und tätschele ihren übergroßen Kopf. Sie freut sich so sehr, dass sie mit dem Hintern gegen die Wand stößt, sich vor sich selbst erschrickt und dann wegläuft.

Ich lache. Das ist Rosie!

»MOMMYYYYYY!« Riley humpelt mir entgegen und stützt sich dabei an der Wand ab. Zuhause benutzt er seine Krücken kaum, er weigert sich und zumindest hier lasse ich ihm die Freiheit. Er ist geduscht – ich liebe Penny – und trägt bereits seinen Pyjama.

»Ich bin spät dran«, murmele ich und nehme ihn in den Arm. Ich liebe es, wie er riecht und auch, wenn ich mich den ganzen Tag mies und kaputt gefühlt habe, sobald ich ihn im Arm habe und seine Reinheit spüre, geht es mir wieder gut. Er ist unschuldig und unverdorben, nicht so wie alle anderen Menschen, mit denen ich täglich zu tun habe.

»Hey!« Penny erscheint hinter Riley. Sie trägt immer noch

den Trainingsanzug, hat sich aber das Haar mittlerweile zusammengebunden. Sie kaut Kaugummi, wie immer und ich rechne es ihr hoch an, dass sie bei Riley nicht raucht. Sie quält sich lieber mit ihren Kaugummis ab, und wenn sie es nicht mehr aushält, geht sie nach draußen. Oft nimmt Penny Riley und Rosie mit nach oben zu sich, aber heute scheinen sie bei uns gewesen zu sein.

»Hey«, sage ich und lasse von Riley ab, um die Tüte anzuheben. »Ich hab Essen dabei.«

»Ich bin satt!«, verkündet Riley. »Tante Penny und ich haben gaaaaaanz viel gekocht!«

Penny lächelt und nickt zur Küche. »Wir haben dir was übrig gelassen.«

Ich. Liebe. Penny. Ich gehe in die Küche und zerteile das Hühnchen, um es Rosie zu geben. Ihr Napf ist immer noch voll, die Prinzessin mag das Trockenfutter nicht. Schnaufend und zappelnd wartet sie neben mir, bis ich ihr ein Schälchen mit Huhn hinstelle und inhaliert es mehr, als dass sie es isst.

Riley plappert und auch, wenn ich keinen Kopf habe, um ihm genau zuzuhören, genieße ich seine Stimme. Es ist warm in der Wohnung, Penny hat aufgeräumt. Sie hat meistens nur zwei oder drei Kundinnen täglich und die teilt sie ein, wenn Riley in der Schule ist. Penny lebt ganz gut. Sie ist zwar nicht reich – sonst würde sie nicht in diesem Viertel leben – doch sie kommt gut über die Runden, da sie alleine ist und ihre Schwester sie ab und zu unterstützt, wenn es gar nicht mehr geht. Sie steckt das Geld für die Nägel schwarz ein und macht damit ihre Einkäufe.

Im Hintergrund läuft der Fernseher – eine von tausend Kinderserien, die Riley so sehr liebt. Penny hat mir einen

Teller Eintopf warmgemacht, sitzt am kleinen Küchentisch. Riley ist ganz aufgeregt, dass ich da bin, und überfordert sein Bein komplett, da er nicht stillstehen kann.

Ich setze mich zu Penny und nicke Riley zu. Er hopst auf meinen Schoß und ich wünsche mir, dass er nicht allzu schnell zu groß und zu cool dafür wird.

»Ich muss gleich wieder los«, sage ich zu Penny.

»Ich lege den kleinen Superman dann schlafen.« Penny zwinkert Riley zu und er lacht, aber seine Kulleraugen schauen zu mir auf.

»Mommy, warum kannst du mir nicht gute Nacht sagen?«

»Baby, du weißt doch, dass ich arbeiten muss.« Ich nehme einen Löffel des Eintopfs zu mir und er schmeckt köstlich. »Aber ich hab gute Nachrichten. Nicht mehr lange, nur noch bis nächsten Montag, dann ist Mommy zuhause, wenn du schlafen gehst!«

Penny hebt die Brauen. »Hast du den Job?«

Ich nicke lächelnd. »Ich hab den Job!«

Sie klatscht begeistert in die Hände. »Das ist großartig, Süße! Herzlichen Glückwunsch!«

»Danke.« Ich lächle. »Ich muss um zehn dort sein und putze zwei Stunden. Jeden Tag. Fünfundzwanzig Dollar die Stunde, kannst du dir das vorstellen?«

Pennys Augen weiten sich. »Heilige Scheiße!«

»Scheiße sagt man nicht!«, ruft Riley.

»Ganz richtig, das sagt *Mann* nicht und ich bin eine Frau«, erklärt Penny und wir lachen alle. Es ist schön, ein wenig Unbeschwertheit zu genießen und den Stress und Ballast abzuschütteln.

Es ist schön, eine Familie zu haben.

6. Gods & Monsters

Olivia

Schon wieder bin ich zu spät, weil ich es nicht ertragen konnte und Riley selbst ins Bett gebracht habe. Jetzt schläft er selig und ich weiß genau, dass ich es bis neun nicht zur Arbeit schaffe. Auch, wenn meine Schicht um zehn anfängt, brauche ich Zeit, um mich vorzubereiten.

Ich dusche mich eilig ab, ziehe mir etwas Lockeres über und binde meine Haare zusammen. Geschminkt bin ich auch noch nicht, da ich all das normalerweise in der Arbeit mache, wenn ich genug Zeit habe.

Ich schlüpfe in meine Schuhe und Penny lehnt an der Wand im Flur. Ich höre Rosie schnarchen und den Fernseher laufen und will mich am liebsten dazu legen. Aber ich kann nicht.

»Fünfundzwanzig Dollar die Stunde sind super, Liv. Ich meine, momentan bekommst du fünfzehn Dollar die Stunde fürs Putzen.« Penny denkt, wie alle anderen auch, dass ich nachts in einem anderen Bürokomplex putzen gehe, aber das ist eine Lüge.

»Ja, ich bin unendlich froh.« Ich nehme meine Jacke und schlüpfe hinein.

»Hey, ich wollte noch über etwas mit dir reden. Es geht um Riley.«

»Was ist denn?«, frage ich und kämpfe mit dem klemmenden Reißverschluss.

»Er erzählt mir die ganze Zeit von einem Freund, den er hat.«

Jetzt werde ich hellhörig, denn ich weiß, dass Riley keine Freunde hat. Unaufgeklärte Kröten mit Eltern, deren Arsch weit oben hängt, freunden sich nicht mit Riley an.

»So?«

»Er sagt, er heißt John und er hilft ihm immer, wenn die Kinder ihn fertigmachen.« Sie kratzt sich an der Schläfe. »Ich denke, er hat ihn erfunden.«

Ich seufze. Es war nur eine Frage der Zeit, bis Riley so etwas macht. »Er hat niemanden und wird gemobbt. Höchstwahrscheinlich hat er sich einen imaginären Superhelden-Freund ausgedacht.« Eigentlich weiß ich, dass es relativ normal ist, wenn Kinder imaginäre Freunde haben, aber doch sorge ich mich, denn es zeigt, wie sehr Riley eigentlich unter allem leidet, dass er jemanden braucht, der ihm Zuspruch gibt.

»Fuck, ich bin spät dran«, fluche ich. »Wir reden morgen darüber, okay?«

Sie nickt und küsst mich auf die Wange. »Okay.«

* * *

Ich weiß nicht wie, aber ich schaffe es tatsächlich, nur eine einzige Minute zu spät zu kommen. Diesmal hatte ich Glück und der Bus kam ausnahmsweise pünktlich.

Die Bushaltestelle liegt mitten im Nirgendwo und genau dort ist auch meine Arbeitsstelle. Direkt an einem Highway, sodass man Laufkundschaft hat. Und die haben wir reichlich. Heute Abend ist es neblig und die Straße relativ ruhig. Ich ziehe meine Jacke an der Brust zusammen, weil ich den Reißverschluss nun endgültig kaputt gemacht habe, und gehe auf den Club zu.

In neonroten Buchstaben leuchtet das Wort SATISFACTION in der nebligen Dunkelheit. Auf dem Parkplatz stehen bereits reichlich Autos und die Bässe dröhnen bis nach draußen. Ich gehe in den Club und es ist, als würde die Atmosphäre mich verschlingen. Jeden Abend ist es das Gleiche – sobald ich die Tür passiere, fühle ich mich wie ein anderer Mensch. Hier drin riecht es nach Betrug, Macht und nach Sex. Nach Lust.

Es ist eben ein Stripclub.

Die Lichter sind dunkel, die Gäste erkennt man kaum und die Nebelmaschine hilft nach. Eine lange Bar schlängelt sich neben der Eingangstür bis zum anderen Ende des Clubs entlang und in der Mitte gibt es eine Bühne, die mich immer an einen Laufsteg erinnert. Links und rechts befindet sich jeweils eine Poolstange, an der zwei meiner Kolleginnen sich bereits räkeln. Es ist uns selbst überlassen, wie viel Haut wir zeigen. Je weniger, desto mehr Geld, ist ja logisch. Nur einige meiner Kolleginnen präsentieren sich komplett nackt, ich schon gar nicht, aber ich zeige trotzdem mehr, als einige andere. Dunkelblaue und kaltweiße Scheinwerfer schwingen über die Bühne. Im Publikum sitzt alles – vom reichen Businessheini und einfachen Arbeiter-Ehemann bis hin zu Truck-Fahrern, die auf der Durchreise sind. Alles.

Aber das ist nicht mein Problem.

Meine Kolleginnen und ich sind im Prinzip alle Konkurrentinnen, weshalb keine engeren Freundschaften geschlossen werden. Wir begrüßen und verabschieden uns, manchmal tanzen wir im Separee zu zweit für einen Mann, wenn er danach verlangt und ordentlich zahlt, aber das ist auch schon alles.

Ich verschwinde schnell im hinteren Bereich und schlüpfe in meine Kabine. Jede von uns hat eine eigene, die mit ihrem Namen beschriftet ist. Dort bewahre ich auch mein Make-up und meine Kleidung auf. Heute möchte ich mit Pablo sprechen. Er ist der Besitzer vom *Satisfaction* und ich muss ihm irgendwie klarmachen, dass ich kündigen werde. Ich hoffe, er legt mir keine Steine in den Weg oder kommt mir mit irgendwelchen Kündigungsfristen.

Ich werde nicht mehr lange hier arbeiten, das sage ich mir, während ich mir mein Outfit für heute Abend heraussuche. Es wird etwas Gewagtes, etwas Schlüpfriges, denn so verdiene ich das Doppelte von dem, was ich einnehme, wenn ich mich etwas mehr verschließe. Ich beschließe, meine Brüste nicht zu verdecken. Lediglich die Nippel werde ich kaschieren.

Schnell ziehe ich mich komplett aus, ersetze mein Baumwollhöschen durch einen hauchdünnen, schwarzen Tanga, der mehr zeigt, als er verdeckt und eigentlich nur aus ein paar Schnüren besteht, und klebe mir gleichfarbige Pads in Form von kleinen Kreuzen auf die Nippel. Schließlich trete ich vor den Spiegel und schminke mich eilig. Ein wenig Make-up, ein wenig Rouge, ein starkes Parfüm, das die Männer anzieht und roter Lippenstift, der zur ›*Unterwäsche*‹ passt. Meine Wimpern tusche ich nur leicht. Keiner der Leute draußen schaut in mein Gesicht, wie ich mir augenverdrehend eingestehe.

Nachdem ich mein Haar geöffnet und durchgeknetet habe, ziehe ich mir ein hautenges, schwarzes Lederkleid über, das gewickelt werden muss – irgendwas muss ich ja auch ausziehen – und schlüpfe in meine Highheels.

Das dürfte reichen.

Die goldblonden Locken lasse ich hüpfen, wie sie sind. Ich weiß, dass die Penner da draußen Chaos-Haare lieben.

Kaum bin ich fertig, höre ich auch schon, wie ich angekündigt werde – mit meinem Künstlernamen *Blossom*, denn niemand benutzt hier seinen richtigen Namen. Ich weiß nicht mal, ob Pablo wirklich Pablo heißt.

Tief atme ich durch und versuche eine Verbindung zu meinem anderen Ich aufzubauen, denn als brave Mutter und Bedienung legt man hier keine gute Show hin. Ich muss meinen inneren Modus wechseln.

Ich muss zu einer heißen Bitch werden … einer Femme fatale.

Nachdem ich soweit bin, trete ich aus meiner Kabine und höre die Männer klatschen. Für sie bin ich nichts als ein Stück Fleisch, und diese Seite in mir, die ich heraufbeschworen habe, genießt das irgendwie.

Ich steige auf die Bühne und es ist dunkel. Ich warte, dass mein Song gespielt wird, und schon bald erfüllen die dunklen Töne von *Gods and Monsters* den Raum. Sobald die ersten Bässe erklingen, wird das Scheinwerferlicht auf mich gerichtet und ich trete nach vorne, halte mich mit einer Hand an der Stange fest und lasse mich einfach treiben, halte die Augen geschlossen. Tief atmete ich ein und rieche es.

Etwas heute ist anders.

Etwas ist hier, was hier nicht sein sollte.

Ich ziehe an der Schnur des Kleides und es fällt sanft von meinem Körper. Diese gierigen, lüsternen Männer sabbern fast, sie beugen sich vor, sie wollen mich berühren, aber ich bin in einer anderen Dimension. Langsam lasse ich mich an der Stange hinabgleiten, halte mich daran fest, spüre die Musik, spüre die Worte des Songs, und eine Gänsehaut kriecht über meine Arme.

Etwas ist anders.

Meine Beine umschlingen die Stange, ich reibe mich an ihr, als würde mein Leben davon abhängen und ich weiß, dass der eine oder andere einen Ständer hat. Ich weiß, dass sie mich wollen und mein Herz schlägt schneller.

Etwas ist anders.

Mit einem Ruck öffne ich die Augen und sehe es.

Mein Verstand blendet aus, meine Emotionen kochen über, die Bässe vibrieren durch meine Knochen und ich starre in diese Augen. Diese Augen, die mich schon den ganzen Tag verfolgen.

Ich sehe ihn!

Er steht da, schwarz gekleidet, die muskulösen Arme angespannt und er starrt mich an. Voller Lust. Voller Begierde.

Ein Stöhnen huscht von meinen Lippen und ich schwinge mich um die Stange, lasse im Scheinwerferlicht meinen Kopf und Oberkörper nach hinten fallen …

Als ich wieder hinsehe, ist er verschwunden und ich suche nach ihm. Nach seinen Augen. Nach seinem Duft.

Ich kenne ihn nicht.

Aber er ist da, immer.

Seit ich ihn heute Morgen in seinem Büro gesehen habe, sehe ich ihn überall.

Jetzt ist er verschwunden.

Ich knie mich hin, krieche an den Rand der Bühne, lasse mein Haar schwingen, drehe mich um, sodass das Publikum meinen Hintern vorm Gesicht hat und ich spüre Hände. Ich spüre Scheine, die in meinen Slip gesteckt werden.

Meine Augen suchen, aber ich finde ihn nicht.

Ich bin verwirrt, der Moment geht mir unter die Haut. Es ist, als wäre er noch da, als würde ich ihn fühlen.

Habe ich ihn mir eingebildet?

Weil ich ihn schon seit heute Morgen einfach nicht mehr vergessen kann?

Ich drehe mich wieder andersrum, sitze am Rand der Bühne, halte meine Beine gespreizt, spiele mit den Kerlen, lasse meine Finger durch ihr Haar wandern, lächele, verführe, genieße … aber ich sehe ihn nicht mehr.

Als der Song endet, bin auch ich am Ende.

Ich atme schwer, bin durcheinander und verschwitzt.

Alle applaudieren, die Scheine fallen mir aus dem Höschen, weil es so viele sind und ich eile in meine Kabine.

Was ist nur geschehen?

7. Ausflüge in die Dunkelheit

Keaton

Du genießt es. Du bist ein anderer Mensch, wenn du hier bist. Wenn die Scheinwerfer auf dich gerichtet sind und du präsentiert wirst, vorgeführt wirst, wie ein Stück Fleisch.

Oh Baby, du hast keine Ahnung, an welche Orte ich dich bringen werde, wenn du mir gehörst. Und das tust du schon jetzt. Ein Blick in meine Augen hat vollkommen gereicht. Wir haben eine Verbindung, und die sitzt tiefer in dir, als du es dir erklären kannst, nicht wahr?

Du suchst mich.

Du willst mich.

Und du liebst es, dass du wie Scheiße behandelt wirst. Du hältst dich selbst nicht für besonders wertvoll, sonst würdest du es nicht zulassen, dass Fremde deinen Arsch anfassen, dass sie ihre Finger, wenn sie die Möglichkeit kriegen, über deine kleine, süße Pussy fahren lassen. Du liebst das. Du liebst es, ihre Aufmerksamkeit zu kriegen.

Tagsüber die brave Mama und nachts die Hure.

Ich weiß, dass du eine Hure bist.

Ich weiß es und auch ich liebe es.

Ich beobachte dich – wie du dein langes Haar schwingst und die Musik fühlst. Wie du dich räkelst und mit der Stange spielst, als wäre sie mein Schwanz. Ich kann es kaum erwarten, dich zu spüren, Olivia. Kann es kaum erwarten, in deine kleine, feuchte Pussy einzudringen und dich auszufüllen, bis du vor Verzückung die Augen verdrehst.

Ich sehe dich an und du siehst mich an und ich will es so. Merke dir: Nichts passiert, wenn ich es nicht will. Ich will, dass du mich siehst. Ich will, dass du an nichts anderes mehr denken kannst.

Du bist erregt.

Ich sehe es an deinem verklärten Blick, daran, wie du die Stange beinahe missbrauchst. Du bist erregt, weil du mich gesehen hast. Du willst es. Du willst mich. Du willst die Blicke, du willst die Hände. Du willst es fühlen.

Und ich werde es dich fühlen lassen. Bald.

Als das Lied zu Ende ist, bist du durcheinander. Ich sehe an deinen großen, verwirrten Augen, dass du nicht verstehst, was gerade geschehen ist.

Ich erkläre es dir, Baby. *Wir* sind geschehen. Wir sind eine Naturgewalt. Wenn wir in einem Raum miteinander sind, wackeln Wände und es entstehen Erdbeben.

Du bist verbunden mit mir – weil ich das so will. Weil es so sein soll. Du bist die Eine.

Ich folge dir. In dem Tumult ist es nicht schwer, unbeobachtet zu deiner Kabine zu gelangen. Es interessiert mich nicht, dass irgendeine Nutte mit einem neuen Tanz beginnt. Sie fühlen es nicht. Sie können dir nicht das Wasser reichen.

Du atmest schwer und stehst vor deinem Hollywoodspiegel. Deine Hände hast du auf dem Schminktisch abgestützt und starrst dein Spiegelbild an. Ich beobachte dich, denn du willst es so. Sonst hättest du die Türe nicht einen Spalt offengelassen. Ich beschütze dich. Was, wenn ein Irrer dir folgt, Olivia? Ich muss auf dich aufpassen. Du bist der Wahnsinn.

Ich sehe unter den Stickern, dass deine Nippel abstehen und im nächsten Moment reißt du die Klebedinger von deinen runden, großen aber so perfekt straffen Brüsten. Deine Haut glitzert, denn du hast dir irgendeine billige Bodylotion darauf geschmiert. Der Tanga steckt zwischen deinen prallen Arschbacken, er setzt sich nur aus sehr schmalen Streifen Stoff zusammen. Ich kann deine wunderschöne Pussy hindurchschimmern sehen und im gleißenden Neonlicht deiner Kabine bemerke ich schnell, dass du feucht bist.

Würde ich reinkommen und dich ficken, würdest du es zulassen. Aber es ist nicht der richtige Augenblick, Olivia. Und mein Schwanz drückt gegen meine Hose. Ich will dich so sehr. Aber *ich* entscheide, ob ich dem Verlangen nachgebe oder nicht. Nicht du.

Du siehst dir selbst in die Augen und deine Fingerspitzen fahren über dein Dekolletee, deine runden Brüste. Du bist so scharf auf mich, dass du gleich platzt.

Genau wie ich.

Doch ich gebe nicht nach.

Ich sehe nur zu.

Noch.

Schnell blicke ich mich um und bin froh, dass hier hinten niemand ist. Aber ich muss aufpassen, denn ich will keine Aufmerksamkeit erregen.

Weißt du, dass ich dir zusehe?

Tust du das hier für mich?

Das Verlangen, den Reißverschluss meiner Hose zu öffnen und mich zu erlösen wird fast übermächtig, aber ich beiße die Zähne zusammen und halte stand, als du deinen Tanga zur Seite ziehst und dich auf den Stuhl sinken lässt. Ich kann dich im Spiegel beobachten, Olivia, und es wäre fatal, wenn das hier jemand anderes mitbekommen könnte. Du bist unvorsichtig.

Du lässt deine Finger über deine feuchte Spalte wandern und beißt dir in die Unterlippe, damit dich keiner hört. Dein Atem ist schwer, deinen Kopf hast du zurückgeworfen, während du deine Beine weiter spreizt und deine kleine Perle massierst. Der Lusttropfen tränkt meine Spitze, meine Erregung steigt mit deiner, mein Atem wird schneller, genauso wie deiner. Wir sind verbunden und ich kann nicht warten, bis ich hier raus bin. Diese Wichser starren dich an, sie fassen dich an und sie sollen sehen, dass du *mir* gehörst. Ich werde dich markieren, so dass es jeder sieht. Bald. Wenn ich es entscheide. Jetzt entscheide ich, hier zu stehen und deine kleine Privatshow zu genießen.

Du bist so unglaublich scharf, Baby. Wenn ich jetzt bei dir wäre, würde ich dich bis zum Anschlag ausfüllen. Ich würde dich von Orgasmus zu Orgasmus ficken.

Du lässt zwei Finger in dich gleiten und bewegst auch noch deine Hüften dazu.

Es ist peinlich, wie kurz davor ich bin zu kommen, ohne

dass ich mich berührt habe, weil du das Schärfste bist, was ich kenne. Weil deine feuchte Pussy mich verrückt macht. Weil deine wippenden Titten alles sind.

Du schreist leise auf und presst dir die Hand vor den Mund, damit dich keiner beim Orgasmus hört.

Du gehörst mir, und das wird bald jeder sehen.

8. Nicht mehr normal

Olivia

Gerade bin ich fertig und hatte einen verflucht heißen intensiven Orgasmus, bei dem ich fast spüren konnte, dass ich nicht alleine war, da geht die Tür auf, die zu den Räumen des Chefs führt … Pablo, wie immer klein, dürr, mit schmierigem lichten Haar nach hinten geschlatzt, mit Hosenträgern und einem billigen Anzug und einem widerlich grauen Dreitagebart kommt herein und grinst.

»Livi, mein Mädchen, wie geht es dir?«, fragt er pseudofreundlich. Ich richte mich auf, versuche meinen Atem zu beruhigen, mein wild trommelndes Herz, während meine Muskeln noch vereinzelt zucken.

Ich schlucke. »Mir geht's gut Pablo, prima, dass du kommst!« Ich halte seine Hand auf, als er mich befummeln will. Er tatscht gerne, bis jetzt habe ich das bis zu einem gewissen Punkt immer ertragen, aber das hört auf. *Jetzt.*

In seinen milchig blauen Augen, die immer vom Alkohol und anderen Drogen gerötet und getrübt sind, blitzt eine Warnung auf, aber mir ist das egal.

»Ich werde kündigen, Pablo.«

Seine Augen weiten sich, seine fies fauligen Zähne stinken mich an, als er den Kopf nach hinten wirft und lacht. Gott, der Kerl ist so widerlich!

Wieso sind alle Männer in meinem Umfeld nur so eklig, alle bis auf …

»Kündigen? Du?« Er krümmt sich vor Lachen.

»Ja. Kündigen. Ich«, sage ich mit aller Würde, die ich trotz meiner Nacktheit zustande bekomme und fange an mich anzuziehen, schnell schlüpfe ich in meine Jeans. Duschen werde ich zu Hause. Ich will hier nur noch weg. »Du wusstest doch, dass ich nicht für immer hier arbeiten würde, Pablo … und du hast viele …« Ich kann nicht zu Ende sprechen, denn im nächsten Moment hat er mich am Hals gepackt und gegen die Wand gedrückt. Er ist so schnell, wie ich es ihm gar nicht zugetraut hätte. Sein Gesicht mit den großen Poren ist mir so nah, genau wie das Messer, das er an meine Kehle drückt. Als ich schlucke, schrammt meine Haut über die alte Klinge.

»Du wirst gar nichts tun, wenn ich es dir nicht sage!«, knurrt er in mein Gesicht, und ganz anders als heute Nachmittag wird mir nicht heiß und kalt auf einmal. Da ist keine Gänsehaut. Keine Angst. Nur Hohn – tief in mir. Denn ich habe keinen Respekt für diesen Mann, genauso wenig wie für die meisten Männer, denen ich begegne. Männer sind von ihrer Lust geleitete schwache Wesen, die null Kontrolle über sich und ihre Triebe haben. Sie sind in meinen Augen einfach … lächerlich. »Du gehörst mir, du kleine verdamm…« Weiter kommt er nicht, weil ich mein Knie hebe und es ihm mit voller Wucht zwischen die Beine ramme. Dann schubse ich ihn mit beiden Händen von mir, packe mir meine Jacke, meine Handtasche und ramme ihm mein Knie als Krönung noch ins Gesicht, als er auf den Boden fällt und sich den Schritt haltend und mich beschimpfend zusammenkrümmt. Ich würde jetzt noch gerne irgendeinen coolen Spruch bringen, wie das immer in den Filmen oder Fernsehserien der Fall ist, aber mir fällt nichts ein. Das ist doch immer so, man würde so gerne schlagfertig und cool sein und einfach *den Spruch* hinpfeffern, aber der fällt einem immer erst abends im Bett ein. Das ist genauso Gesetz wie, dass man Dinge nicht aussprechen soll, die man sich wünscht, weil sie dann aus Prinzip nicht passieren.

Mein Hirn ist völlig leer und ich hinterlasse eine Spur von Geldscheinen, die aus meiner Handtasche purzeln, als ich aus dem Raum rausche, in den dunklen Gang … wo ich stocke, denn irgendwas ist … komisch. Es riecht so gut, so hat es hier noch nie gerochen! Aber egal! Ich muss hier weg, schnell stecke ich meine Arme in die Ärmel meiner abgetragenen Jacke und halte sie an meiner Brust zusammen, während ich weitereile. Und ja, ich weiß, es ist dumm und es lief gar nicht gut und ich hätte mit der Ankündigung wenigstens bis nach der Show und bis ich das Geld für heute Abend bekomme warten sollen, aber nachher ist man ja bekanntlich immer schlauer.

***

Keaton

Eine Sekunde. Eine Sekunde entschied heute darüber, dass dieser schmierige kleine Scheißer nicht sein Leben aushauchte. Nämlich die Sekunde, als du dein Knie hobst und das einzig Richtige getan hast, gerade in dem Moment, als ich meinen gesamten Plan aufgeben und eingreifen wollte.

Du weißt nicht, wie stolz ich auf dich bin.

Und wie erleichtert. Denn ich will nicht zum Mörder werden – aber für dich würde ich es tun.

Für dich würde ich alles tun, Baby.

***

Olivia

Der heutige Tag war aufwühlend. Riley kam weinend aus der Schule, und das passiert bei ihm nicht oft. Penny hat ihn getröstet, aber er wollte keiner von uns verraten, was geschehen ist. Er ist so sensibel, aber auch gleichzeitig stark und versucht für mich *besonders* stark zu sein und mir nicht noch mehr Ängste und Sorgen zu bereiten. Natürlich mache ich mir aber nur umso mehr Sorgen. Als ich bei Garvey anrief und wissen wollte, was geschehen ist, hatte sie natürlich keine Ahnung – von gar nichts. Gott … manchmal will ich nicht mehr, wird mir all das zu viel und droht mir über den Kopf zu wachsen, und ich bin ausgelaugt.

Eigentlich würde ich mich heute Abend am liebsten mit Rosie und einer Tüte Flips auf die Couch verkrümeln und irgendeine Serie angucken, aber ich muss hier den besten Eindruck überhaupt hinterlassen und hoffe, dass die Büros wie abgemacht tatsächlich leer sind, als ich um zehn ankomme. Heute konnte ich das erste Mal an einem Dienstag Riley selbst ins Bett bringen. Ich habe ihm aus einem unserer Lieblingsbücher vorgelesen und ihm einen Kuss auf die Stirn gegeben, bevor ich ihn in die Decke mummelte und ging.

Als ich jetzt die Glastür aufsperre, mit dem Schlüssel, den ich gestern von Miss Rodriquez-ich-bin-so-eine-Zicke erhalten habe, leuchtet nur das grünliche Notfalllicht und sonst nichts. Ich schalte die Deckenlichter an und der lange Flur, genau wie der Tresen werden erleuchtet, was das Ganze aber nicht weniger gespenstisch macht. Es ist schon dunkel vor den Fenstern, alles wirkt ausgestorben und wie aus einem Paralleluniversum. Doch ich mag die Einsamkeit, ich mag es, mich unbeobachtet zu fühlen, mich frei bewegen zu können und mir alles in Ruhe anzuschauen. Ich kann hier die ganze Nacht verbringen, wenn ich will. Ob ich alles innerhalb der zwei Stunden oder weniger schaffe, ist meine Sache … und ich lasse heute alles ruhig angehen.

»Hi!«, höre ich jemanden hinter mir sagen, und erschrecke mich fast zu Tode. Mit einem Satz fahre ich herum, schreie laut auf und knalle mit meinem Arm in das Gesicht einer zierlichen Blondine.

»Au!«, ruft sie und hält sich die Wange. Ihre blauen Augen schießen Giftpfeile auf mich ab.

»Heilige Scheiße, Sie haben mich erschreckt!« Das kann man doch als Entschuldigung durchgehen lassen. Wieso taucht sie auch einfach in der Dunkelheit aus dem Nichts hinter mir auf?

»Nun, das tut mir leid«, entgegnet sie bissig. »Ohrfeigen Sie jeden, der Sie erschreckt?«

Ich fasse mir ans Herz und atme ruhig durch. Die Kleine hat ja keine Ahnung, was ich schon alles durchgemacht habe. An mich schleicht man sich lieber nicht ran.

»Sorry«, nuschele ich. »War keine Absicht.«

Die Blondine, die Beine hat wie ein Supermodel und Brüste wie zwei saftige, symmetrische Honigmelonen, blinzelt mir mit ihren dichten, stark getuschten Wimpern entgegen. »Wie dem auch sei.« Sie bewegt probeweise ihren perfekt geformten Kiefer hin und her, als könnte er gebrochen sein. Ich unterdrücke es, meine Augen zu verdrehen, denn noch weiß ich nicht, wer hier vor mir steht.

Sie mustert mich. »Sie müssen die neue Putzfrau sein.«

»Nein, ich bin ein Einbrecher und hatte vor, streng geheime Unterlagen zu klauen.«

Einen Moment denke ich wirklich, dass sie mir das glaubt, denn ihre glupschigen blauen Glupscher glupschen mich dämlich an. Erst als ich schmunzle, entspannt sie sich.

»Ja, ich bin die neue Reinigungskraft.« Ich hasse das Wort *Putzfrau*, es ist so abwertend.

»Auf Sie habe ich gewartet.«

Ich hebe eine Braue. »Ich wusste nicht, dass man als Reinigungskraft einen besonderen Empfang bekommt. Aber schön, dass Sie auf mich gewartet haben. Wie kann ich Ihnen denn helfen?«

Sie rümpft die Nase, die übrigens unnatürlich akkurat aussieht. »Ich wollte Ihnen zur Seite stehen, falls an Ihrem ersten Abend irgendwelche Fragen aufkommen. Ich bin Pam, Mr. Rushs persönliche Assistentin.«

AHA!

Daher weht also der Wind.

Sie ist seine perfekte, blonde, honigmelonenbrüstige *Assistentin.*

»Hallo, Pam. Ich bin Olivia, Mr. Rushs neue Putzfrau. Schön, dich kennenzulernen.« Sie ist jünger als ich, höchstens einundzwanzig, deswegen spare ich mir ab jetzt das *Sie*. Ehrlich gesagt verstehe ich einfach nicht, warum dieses Püppchen davon ausgeht, dass man jemanden beim Putzen anweisen muss. Jeder mit eigenem Haushalt sollte dies eigentlich bewältigen können. Besonders wenn er vorhat, das beruflich auszuüben. Aber okay, vielleicht zeigt sie mir ja, wie man das Klo richtig bürstet und ich lerne noch jede Menge dazu …

Ich sehe ihr deutlich an, dass sie genervt von mir ist. Sie muss sich den ganzen Tag anderen Leuten unterordnen, weil sie die Sekretärin ist, und hat jetzt von mir erwartet, dass ich mich *ihr* unterordne, denn ich putze ja nur. Da ist sie allerdings an der falschen Adresse. Ich bin noch nie ein Fan davon gewesen, jemanden anhand seiner Stellung über oder unter jemand anderem zu betrachten.

Nicht was wir sind, macht uns aus, sondern was wir tun.

Sie räuspert sich. »Wenn Sie mir bitte folgen würden.« Ohne auf meine Antwort zu warten, stolziert sie an mir vorbei auf ihren gefühlt zehn Meter hohen Absätzen. Ihr Hintern ist flach wie ein Brett. Sie isst vermutlich ein Tic Tac am Tag. Hätte sie mal lieber was von den Brüsten in ihren Arsch gesteckt.

Vor einem kleinen Zimmer bleibt sie stehen und deutet hinein. »Sie können sich hier umziehen. Bitte öffnen Sie keine Schubladen oder Schränke, hier ist alles streng geheim. Mr. Rush mag es ordentlich und steril. Keine süßen Düfte oder sonst irgendwelche Raumerfrischer oder was auch immer.«

Ich lege den Kopf schief und mein Mund ist schneller als mein Hirn. Wieder mal. »Wie erträgt er dann dein Parfüm?«

Verdammt! Was tue ich hier? Wenn ich will, fällt mir nichts ein, und wenn ich es nicht gebrauchen kann, kommt der größte Scheiß aus meinem Mund.

That's my life!

Sie lächelt herablassend. »Das ist Armani und kostet mehr, als Sie in einer Woche verdienen. Mr. Rush weiß einen hochwertigen, guten Duft zu schätzen. Nicht etwa diese billigen Drugstore-Düfte.« Ihr Mund formt ein noch herablassenderes Lächeln. »Sie sollten vorsichtig bei ihm sein, vermasseln Sie es einmal, sind Sie raus. Er mag keine Verspätungen. Keine Widerworte. Er mag keine Respektlosigkeit. Eigentlich mag er es noch nicht mal, wenn jemand anderes atmet.«

»Sie sind anscheinend nicht sehr gut auf ihn zu sprechen«, stelle ich fest. Ich tippe hier stark auf verletzten Stolz oder so.

»Das dürfte Sie kaum was angehen.« Sie nickt zum gegenüberliegenden Büro. »Sie putzen bitte die gesamte Etage, sein Büro besonders gründlich. Wenn Sie fertig sind, schließen Sie ab. Sollten Sie versuchen, irgendwelche Schränke, die verriegelt sind, zu öffnen, springt der Alarm an. Viel Spaß.« Mit diesen Worten stöckelt sie davon, greift nach ihrer Handtasche, die wahrscheinlich meinen Jahreslohn deckt, und geht.

Ich verdrehe die Augen. Frauen sind Gift.

Ich öffne die Tür zur Umkleidekammer und mache das Licht an. Gerade will ich meine Tasche darin abstellen, als mir eine Uniform in den Blick fällt und ich verharre mitten im Raum mit aufgerissenen Augen.

Was zur Hölle?

Auf einem Stuhl liegt eine fein säuberlich gefaltete Hausmädchenuniform, darauf befindet sich ein Zettel. Skeptisch nehme ich ihn in die Hand und sehe, dass in akkurater Handschrift mein Name darauf geschrieben steht. Das sieht fast aus, als hätte es ein Kalligraph mit viel Hingabe geschrieben. So schön, so perfekt.

Ich erinnere mich an die Worte der blonden Pam, dass Mr. Rush keine Widerworte mag und irgendwie ist das alles ein bisschen krank.

Wieso soll ich diese Uniform, die gerade mal meinen Arsch bedeckt, zum Putzen anziehen? Das ist so typisch Mann! Die denken, dass Frauen total sexy aussehen beim Putzen, sich den Schweiß vom Dekolleté wischen und mit ihrem Staubwedel wedeln … aber ich trage normalerweise Jogginghosen und zerfetzte Shirts. Dabei stinke ich nach Schweiß, ärgere mich, bin voll mit Staub und Rosie-Scheiße und fluche schlimmer als jeder Hafenarbeiter.

Außerdem sieht mich doch gar keiner in dieser Uniform!

Augenverdrehend lasse ich sie dort liegen und suche mein Putzzeug zusammen. Gerade, als ich in der Toilette Wasser in einen Eimer laufen lasse, schalten sich plötzlich alle Lichter aus. Ich verharre in meiner Position und schaue mich verwirrt um. Stromausfall? Genau jetzt? Das kann ich mir nicht vorstellen. Ich stelle den Eimer ab und verlasse die Toilette langsam wieder.

»Hallo?«, frage ich dummerweise wie die Trottel in Horrorfilmen, als ob der Mörder jemals mit lieblicher Stimme rufen würde: *Ja, ich bin hier. Versteck dich!*

»Pam?«, frage ich vorsichtshalber nochmal.

Auf einmal geht das Licht wieder an und mich erfasst ein Schauer. Ich kann mir nicht erklären, woher er kommt und weshalb meine Härchen sich aufstellen. Eilig und ein bisschen ängstlich drehe ich mich um und erschrecke. Die Uniform liegt jetzt auf dem Waschbeckenrand, wo ich eben noch Wasser habe einlaufen lassen.

»Was?«, flüstere ich unsicher. »HALLO?« Aber natürlich antwortet mir niemand. Lag die da die ganze Zeit? Ist das ein Streich meines Hirns? Wer war das?

Wieder schaudere ich und würde am liebsten nach Hause fahren, aber gleichzeitig … brauche ich diesen verdammten Scheißjob. Und das ist sicher nur Pam gewesen, die mich erschrecken wollte.

»Okay, Pam. Sehr lustig. Ha. Ha. Ha«, rufe ich. »So gelacht hab ich schon lange nicht mehr!« Aber trotzdem reiße ich die knappe Uniform an mich und tausche mein Outfit dagegen ein. Wenn es unbedingt sein muss.

Kurz darauf ziehe ich den klobigen Staubsauger hinter mir her und sauge erstmal alle Büros. Obwohl er schier prähistorisch ist, hat er eine gute Leistung und ich bin in einer Stunde mit allen acht Büros, dem Konferenz- und dem Aufenthaltsraum fertig. Beim Vorbeisaugen habe ich versucht, mir ein Bild davon zu machen, was Mr. Rush bitte hier genau macht. Aber sein Schreibtisch ist absolut unpersönlich. Um den Staub abzuwischen, muss ich nur eine Tastatur anheben und den Monitor, sonst liegt hier nichts. Kein Foto. Keine Schneekugel. Kein kleines Blumengesteck oder eine Karte mit einem ollen Motivationsspruch. Es ist alles total unpersönlich, während in den anderen Büros manche Tische regelrecht überwuchert mit Persönlichem sind. Im Konferenzraum gibt es sogar so eine Pinnwand, wie man sie aus Hollywoodfilmen kennt. Ob hier wohl große Fälle und üble Verbrecher gejagt werden? Ob Mr. Rush vielleicht verdeckter Ermittler ist? Ob er, wenn er nicht hier ist, einen auf Gangsterboss mit dunkler Sonnenbrille und Zigarre zwischen den vollen Lippen macht? Oder einen auf Anführer irgendeiner Gang? Ich muss grinsen, als ich ihn mir mit Kopftuch und zerfetzten Bikerklamotten vorstelle. Das passt so gar nicht zu ihm. Er ist der *Ich-herrsche-in-einem-Anzug*-Typ. Über alles und jeden.

Gott, allein wenn ich an ihn denke, erschauere ich …

Ich würde ihn gerne fragen, was er in seiner Freizeit trägt. Und was er beruflich genau macht.

Doch das werde ich natürlich nicht tun, vor allem, weil ich ihn wahrscheinlich nie wieder sehen werde. Schließlich bin ich hier, wenn der normale Arbeitstag beendet ist, wenn alle daheim auf ihren Couchen sitzen und fernsehen … und sicher keinen zweiten Blick auf die *Putzfrau* verschwenden.

Er hat mich vermutlich schon längst vergessen … und keinen zweiten Gedanken mehr an mich verschwendet. Wieso also kann ich das nicht auch tun?
Mir fällt auf, dass in jedem Raum Kameras hängen, deren rotes Licht auch noch jedes Mal leuchtet, wenn ich den Raum betrete. Gruslig. Aber wahrscheinlich sind sie sowieso nur Attrappen, wie in den meisten Fällen.

Nach guten drei Stunden bin ich fertig, aber heute habe ich mir für alles Zeit gelassen und es gründlich gemacht, damit ich die nächsten Tage zur Routine übergehen kann. Alles ist blitzend sauber. Um ein Uhr verlasse ich das Gebäude und gehe zur Bushaltestelle nicht weit entfernt … Gott sei Dank, denn natürlich fängt es jetzt an zu regnen, und natürlich habe ich keinen Schirm dabei. Meine uralten Turnschuhe sind sofort durchnässt und ich bin froh, dass ich trotz der Uhrzeit nicht lange auf den Bus warten muss. Ich steige ein und lasse mich seufzend auf meinen Platz fallen.

Gott, tut das gut zu sitzen! Oh ja … ich schließe die Augen, doch als mein Nacken kribbelt, öffne ich sie wieder und schaue hinaus in den Regen.

Dort steht ein Mann, völlig durchnässt, neben der Laterne, sodass er nicht vom Lichtstrahl erfasst wird. In einem schwarzen Trenchcoat, das Gesicht nicht erleuchtet, die Hände in den Jackentaschen, völlig reglos. Und er starrt mich an!

Und ich kenne ihn!

Bevor ich irgendwie reagieren kann, fährt der Bus mit einem Ruck los und ich schüttele den Kopf, schließe meine Augen und reibe mir die Stirn. Sie schmerzt mit einem Mal, wahrscheinlich, weil sich dahinter so ein krankes Hirn versteckt.

Erst im Stripclub!

Jetzt hier!

Ich sehe ihn überall!

Ich bin wirklich nicht mehr normal!

9. Ich bin eine Katastrophe

Olivia

Heute komme ich sogar pünktlich im Diner an und beginne nicht ganz so abgehetzt mit meiner Schicht. Ich habe das erste Mal seit Langem wieder so lange an einem Stück geschlafen und fühle mich ausgeruht und frisch. Eine Last, die ich vorher gar nicht bemerkte, scheint von meinen Schultern gewichen zu sein. Kein Ausziehen mehr, keine fremden Hände, die mich begrapschen und gierige Augen, die mich begaffen. Keine Angst mehr, dass irgendwann einmal jemand im Publikum sein könnte, der auch Riley kennt und die Katastrophe perfekt machen würde. Ich bin erlöst, bin frisch und munter und strahle meine Stammgäste heute besonders herzlich an. Ich knuddele Paul sogar – einen neunzigjährigen Opa – der mir das erste Gänseblümchen mitgebracht hat, das er gefunden hat. Es bekommt einen Ehrenplatz in einem Glas auf der Theke. Ich schenke beschwingt Kaffee aus und tänzle zu einigen Songs aus den Achtzigern zwischen den Gästen umher, was meine Stammopas zum Lachen bringt. Sie sind so niedlich. Ich hasse Menschen, aber alte Menschen mag ich komischerweise, keine Ahnung wieso. Sie haben immer so viel zu erzählen, so viel erlebt, ich liebe die Weisheit in ihren Augen und die seidige Haut ihrer Hände.

Die Sonne scheint – und genauso scheint mein Gemüt.

Ich betrete gerade mit der neu nachgefüllten Kaffeekanne den Gang und bleibe wie erfroren stehen, als ich es entdecke.

Mein Verderben.

In Form eines unverschämt attraktiven Mannes, der in seinem perfekt anliegenden, dunkelblauen Anzug direkt an einem Fensterplatz sitzt und sich die Sonne ins Gesicht scheinen lässt. Wie es sich für einen FBI-Agenten gehört, trägt er eine Sonnenbrille und sein kantiger Kiefer ist rasiert. Sein Anblick allein lässt mein Herz höher schlagen und ich kann mich nicht mehr rühren.

Ich fühle mich wie die Maus in der Falle.

Will weglaufen.

Will mich sofort auf ihn stürzen.

Will besonders gut für ihn aussehen.

Will mich verstecken …

Die widersprüchlichsten Gefühle fegen durch meinen Körper, aber schließlich schaltet sich mein Verstand ein.

Es hat nichts mit dir zu tun, Babe, dass er gerade hier sitzt und sein Frühstück genießen will. Gar nichts, jetzt beweg dich und bilde dir bloß nichts drauf ein, sagt eine meiner unzähligen inneren Stimmen bissig. Doch eine andere kleine romantische murmelt: *Das ist Schicksal!* Und seufzt verträumt.

Ich straffe meine Schultern und hebe nochmal tief durchatmend mein Kinn, dann setze ich meinen Gang fort … direkt zu ihm und lege schon mal mein professionelles unverbindliches Lächeln auf. Doch er sieht gar nicht auf, sondern liest in seiner Zeitung, die er in gepflegten Fingern hält.

Heilige Scheiße.

Der Kerl tut gar nichts, hat aber die Ausstrahlung eines Atomkraftwerks und die Anziehung eines schwarzen Lochs.

Es ist, als wäre ich mit einem Mal gar nicht mehr in

meinem Körper, alles so unwirklich, als würde ich alles von oben beobachten, während ich auf ihn zuschreite.

Einen Schritt.

Zwei Schritte.

Drei Schritte.

Beim vierten – direkt vor ihm – rutsche ich aus …

Die Kaffeekanne segelt aus meinen Händen – inklusive dem Inhalt, der Gott sei Dank aus eher lauwarmem als heißem Kaffee besteht. Ich muss wie in Zeitlupe dabei zusehen, wie die braune Pampe auf sein strahlend weißes Hemd klatscht, seine Hosen, den Tisch … Chaos. Überall.

Als Sahnehäubchen stürze ich noch sehr unelegant mit einem herzhaften »FUCK!« hinterher und knie eine Sekunde drauf vor Mister Rush persönlich. Und zwar mit dem Gesicht fast in seinem mit Kaffee besudelten Schoß. Genau zwischen seinen Knien. Als hätte das ein echt mieses Schicksal genau *so* geplant!

Tja.

So kann man sich mein gesamtes Leben vorstellen. Es ist eine Abfolge von peinlichen nicht aufhaltbaren Ereignissen … die genau dann über mich hereinprasseln, wenn ich sie am wenigsten gebrauchen kann.

Ich starre zu ihm hoch.

Er legt seine nun pitschnasse Zeitung langsam weg, faltet sie sehr bedacht, zieht seine Sonnenbrille aus, und dann sieht er mich an. Mit erhobener Augenbraue und einem kleinen Schmunzeln auf den vollen Lippen.

»Hallo Miss Pierson«, sagt er mit kultivierter Stimme und wirkt, als würde es ihm mehr als gefallen, wie ich hier mit tomatenrotem Kopf – mein Leben verfluchend – vor all den anderen Gästen vor ihm auf dem Boden knie.

»Hi«, bringe ich nur hervor und muss den Blick senken. Ihm in die Augen zu sehen ist … es ist zu intensiv. Als er leise lacht, nicht aufdringlich und dröhnend, sondern gleitend und samtweich wie eine Feder, die über meine Haut streicht, erschauere ich. Dann fühle ich seine Hände mit einem Mal unter meinen Achseln und ehe ich mich versehe, hat er mich hochgehoben – wie ein Püppchen – und vor sich auf den Tisch gesetzt.

Heilige Scheiße!

»Alles okay?«, fragt er und hebt mein Bein, er streckt und beugt es und mir wird heiß, als er meine nackte Haut berührt.

Gott!

Der Kerl ist SO heiß!

»Haben Sie sich verletzt?« Prüfend beäugt er auch mein anderes Knie. Der Griff seiner starken Finger um meinen Knöchel ist angenehm und doch bestimmend. Das ist der Griff eines Mannes, der sehr gute Sachen mit diesen Händen tun kann. Ein Haus bauen, genauso wie eine Frau zum Orgasmus bringen. Ich weiß es einfach.

Ich kann ihn nur anstarren. Bin hypnotisiert. Fasziniert. Besessen davon, von ihm berührt zu werden, mit ihm zu interagieren, doch leider lässt er mein Bein sinken und berührt mich nicht mehr.

Verdammt …

Dafür lächelt er mich an und seine Augen funkeln – momentan wirken sie eher blau. Aber kein helles Blau, sondern dunkel, wie ein Ozean bei einem Sturm.

»Ich glaube, Sie werden es überleben«, scherzt er und ich

trete mir selber mental in meinen Arsch.
»Knapp.« Ich grinse ihn an und sein Lächeln wird breiter. Fuck … der Kerl hat sogar perfekte *Zähne*!

»Ja, sehr knapp«, bestätigt er ernster und setzt sich wieder hin, schwingt einen Arm über die Lehne und sieht mich an, wie ich hier so vor ihm sitze und meine Unterlippe mit meine Zähnen malträtiere, weil es in meinem Höschen förmlich brennt.

»Und jetzt?«, fragt er und selbst über und über mit Kaffee besudelt, ist er einfach nur … der Wahnsinn.

»OH stimmt!« Jetzt erst fällt mir wieder ein, was passiert ist, was ich getan habe und ich packe mir ein paar der Servietten neben uns aus dem Halter. »Habe ich Sie verbrannt?«, frage ich, während ich vom Tisch springe und hektisch über sein Hemd tupfe und reibe … Verdammt! Das war teurer, als ich an einem Tag verdiene und es ist völlig ruiniert. »Es tut mir so leid, ich werde Ihnen ein neues Hemd kaufen, sowas ist mir nicht passiert, seit ich hier angefangen habe …«

»Es ist alles gut, Miss Pierson … ich wollte es sowieso wegschmeißen.«

»Wieso?« So ein gutes teures Hemd! Meine Hand stockt an seiner Brust und ich sehe ihn an, er ist mir so nah, so nah, dass ich sein Parfum riechen kann. Betörend und unaufdringlich, aber total höschennässend – wie der ganze Mann.

Dior Homme. Ich weiß das so genau, weil ich ab und zu in die Parfümerie gehe und an Männerdüften rieche. Keine Ahnung. Ist so ein kleiner Fetisch von mir.

»Es hat hinten am Bund ein kleines Loch.«

»Das ist doch kein Grund gleich das ganze Hemd wegzuwerfen, man kann es sicher noch nähen!«, erwidere ich schnaubend. Typisch für diese Snobs. Ehrlich.

Er grinst.

»Ich bin nicht so gut im Umgang mit Nadel und Faden.« Und seine Augen funkeln als würde er sagen: *Baby, zieh dich aus und leg dich einfach auf den Tisch, ich will frühstücken.*

Mist!

Kopfkino!

AUS!

SOFORT!

»Wenn Sie wollen, kann ich es nähen«, entschlüpft es meinen Lippen, noch bevor ich es aufhalten kann und er wirkt das erste Mal, seitdem ich ihn kennengelernt habe, etwas verwundert.

»Ach ja?« Zweifelnd hebt er eine Augenbraue und betrachtet meine Hände. Instinktiv würde ich sie am liebsten verstecken. Sie sind rissig und rau von der Arbeit. Nicht so gepflegt und perfekt wie seine.

»Ja. Ich bin eine sehr gute Näherin, wenn Sie es genau wissen wollen.« Klar, als Mutter mit wenig Geld muss man das auch sein.

»Okay.« Er zuckt mit den Schultern, dann sieht er sich um. »Ich lasse es dann einfach im Büro liegen?«

»Ja.« Schade, ich habe gehofft, er zieht es gleich aus. Bei dem Gedanken daran muss ich grinsen.

»Okay.« Ich stehe immer noch vor ihm wie bestellt und nicht abgeholt und begutachte, wie die Sonnenstrahlen auf seinem Haar schimmern, eigentlich ist es eher schwarz, aber jetzt hat es eindeutig einen braunen Glanz. Interessant. Er hebt eine Augenbraue. Ich reiße mich von seinem Anblick los.

»Ich hole mal neuen Kaffee.«

»Ja.«

»Also Entschuldigung nochmal Mr. … *Rush.*« Sein Nachname ist eigentlich nichts weiter, als ein peinliches Hauchen. Gott, was ist nur los mit mir? Also über die Teenager-Trottel-Jahre bin ich eigentlich echt hinweg.

Seine Augen funkeln stärker. »Kein Problem, Miss Pierson.« Und seine Zunge schmiegt sich um die Silben, liebkost sie, als hätte er meine harte Brustwarze im Mund und würde die betörendsten Dinge mit ihr anstellen. Ich muss einen Schauer unterdrücken, grinse nochmal und gehe davon … und dabei versuche ich zwanghaft, wieder zu Atem zu kommen.

Irgendwann ersticke ich an dem Kerl noch.

Ehrlich!

10. Die Spiele beginnen

Keaton

Es lief alles nach Plan, du bist genau an der Stelle ausgerutscht, die ich präpariert habe und vor mir auf den Knien gelandet. Du weißt gar nicht, wie lange ich dich schon genau da haben will, Olivia. Aber jetzt bist du nicht nackt. Was egal ist. Zumindest meinem Schwanz. Er steht wie eine Eins.

Alles läuft nach Plan.

Bis du mir anbietest, mein Hemd zu nähen.

Damit habe ich nicht gerechnet. Ich weiß, du kümmerst dich gern um andere, du bist die absolute Geberin, Baby, und ich bin ein Nehmer. Deswegen passen wir so perfekt zusammen.

Ich sage dir zu, alleine schon, weil ich den Gedanken daran auskosten werde, zu wissen, dass du etwas von mir bei dir hast. Und dann sehe ich deinem kleinen heißen Arsch hinterher, wie du davongehst. Ich weiß, dass du ihn nur für mich so schwingst. Dass du deine Hüften aufreizend wiegst, weil du willst, dass ich dich begehre.

Oh, das tue ich.

Wenn du wüsstest wie sehr.

Gerade so kann ich mich davon abhalten meinen Schwanz anders hinzurücken, denn ich weiß, dass ich von deinen Stammkunden beobachtet werde. Dass ich ihnen suspekt bin, weil sie genau merken, dass hier etwas nicht stimmt.

***

Heute Abend ist der große Abend. Und ich bin schon voller Adrenalin, wenn ich nur daran denke. Heute Abend beginnt eine neue Phase zwischen uns. Und ich kann es kaum erwarten.

Olivia.

Dein Name ist wie für mich gemacht.

Du bist wie für mich gemacht.

Und du weißt es. Du fühlst es. Das macht dich so nervös. Und ich koste es aus, in vollen Zügen.

Noch eine Stunde, dann kann ich los und die Uhr verhöhnt mich, vergeht die Zeit doch viel zu langsam.

Dreißig Minuten.

Fünfzehn …

Zehn.

Fünf.

Ich schaue aus dem Fenster und sehe, wie du dein Haus verlässt. Wie immer bist du spät dran, Baby, und hetzt zur Bushaltestelle. Gerade noch bekommst du deinen Bus. Ich sehe in das Fenster der Etage über dir. Dort lebt Penny Leonardson – und passt auf deinen Sohn und deinen Hund auf. Sie sieht sich eine der endlosen Wiederholungen von *Friends* an und lackiert sich die Fingernägel, während Riley Markus Pierson selig in ihrem Bett schläft und vor sich hin schnarcht. Deine Wohnung – ein Stockwerk darunter – liegt im Dunkeln.

Ich warte noch, denn ich muss auf Nummer sicher gehen.

Wie immer wird Penny Leonardson um halb elf müde und schläft schließlich ein.

In aller Ruhe verlasse ich meinen Beobachtungsposten und gehe durch das Haus, das ich vor Kurzem erst erworben habe. Es riecht nach Schimmel, die Treppen knarzen, das Haus ist eine abgefuckte Drecksbude, aber ich habe es nicht gekauft, um hier zu leben. Für meine Zwecke reicht es vollkommen. Es war ein Wink des Schicksals, dass es hier stand. Genau gegenüber von deinem Haus. So leer und verlassen. Ich habe sofort zugeschlagen. Jetzt verlasse ich es durch die quietschende Tür und trete auf die Straße. Es sind keine Leute unterwegs, außer einem Junkie vorne an der Ecke, der auf Kundschaft wartet. Er starrt dich immer gierig an, wenn du vorbeigehst.

Das gefällt mir nicht.

Aber ich überlege noch, was ich in Bezug auf ihn tun werde.

Bis jetzt wirkt er nicht gefährlich.

Nur armselig.

Allerdings hat er nichts zu verlieren, und Menschen, die nichts zu verlieren haben, sind die gefährlichsten. So wie ich.

Ich gehe hinüber zu deinem Haus, das abgefuckt und fünfstöckig in den Himmel ragt und klingle bei irgendwem. Irgendeiner betätigt immer, ohne zu fragen, wer da ist, den Summer … so auch jetzt. Ich trete ein und gehe schnurstraks in den ersten Stock. Dort brauche ich nicht einmal eine Minute, um die Tür zu knacken, und stöhne fast auf, als ich eintrete.

In dein Reich.

Endlich.

Ich lege den Rucksack ab, schließe die Tür und sperre zu. Sollte Penny Leonardson kommen, um nachzusehen, was hier los ist, werde ich hören, wie sie das Schloss betätigt. Dann schalte ich das Licht an. Nein. Ich werde hier nicht mit einer Taschenlampe rumfuhrwerken. Das ist viel auffälliger, als wenn man einfach das Licht anmacht und sich frei bewegt. Nachbarn – wenn sie wissen, dass du aus dem Haus bist – werden denken, du hast vergessen, das Licht auszumachen. Wie so oft Baby, das geht echt gar nicht! Und sie werden darin nichts Verdächtiges finden, denn ich bin nur dein zurückgelassener Männerbesuch. Natürlich trage ich meine Lederhandschuhe, auch wenn es mir ein bisschen leidtut, ich würde gerne alles direkt mit meinen Fingern berühren, was du jeden Tag berührst. Als Erstes gehe ich durch den kleinen Flur in die Küche. Es stehen noch Teller im Spülbecken – es gab Spaghetti Bolognese – die du nicht mehr geschafft hast, abzuwaschen. Und drei Gläser, eines für dich, eines für Riley, eines für deine Freundin. Sie tut dir gut. Sie ist kein schlechter Mensch. Du darfst sie weiterhin sehen, Baby. Keine Sorge. Sollte sie mir allerdings suspekt werden, müssen wir schauen, was wir tun. Ich öffne den Kühlschrank und erblicke nur ungesunde Lebensmittel. Darüber kann ich nur den Kopf schütteln, obwohl es mir schon klar war. Ich packe die Äpfel aus, die ich mitgenommen habe und drapiere sie hübsch in der Schale, die verloren und etwas eingestaubt auf dem Küchentresen steht. Der Junge braucht Vitamine, die du dir nicht leisten kannst. Dann gehe ich weiter, öffne die Schränke, fotografiere, was mir wichtig erscheint. Auch die Fotos an deinem Kühlschrank. Immer du und dein Kind und dein Hund oder mal deine Freundin. Du liebst dein Kind und deinen Hund – du bist eine gute Mutter. Ein guter Mensch. Das mag ich so an dir. Ich muss lächeln, als ich ein

Foto sehe, auf dem du zusammen mit deiner Freundin eine verrückte Grimasse ziehst. Du bist als riesiger Kürbis verkleidet, sie als Hexe und der Kleine als Superman – das war letztes Halloween. Du bist so verdammt süß, Baby …

Ich gehe weiter zum kleinen Couchtisch und blättere die Zeitschriften durch, die da liegen. Hauptsächlich dreht es sich in ihnen um Hundeerziehung und Familie. Dann lege ich mich auf die ausgezogene Couch in deine Laken und rieche tief am Kissen. Es riecht nach dir … Mein Schwanz wird hart … Aber ich bin nicht hier, um mir einen runterzuholen, auch wenn die Vorstellung ganz schön verlockend ist. Schnell stehe ich von deiner Schlafcouch auf und gehe zur Fernsehwand. Nichts Besonderes. Dann betrete ich Rileys Zimmer, aber nur, weil du dort auch deine Wäsche in dem kleinen Kleiderschrank sortiert hast. Ich öffne deine Unterwäscheschublade und fotografiere jedes einzelne Stück. Du hast erlesene Unterwäsche. Auch wenn sie nicht teuer waren, so sind alle Stücke ein wenig verrucht. Du bist eben ein kleines Luder – und auch das fasziniert mich so an dir. Ich würde gerne auf deine Unterwäsche spritzen. *NOCH NICHT, KEATON!*

Halte dich zurück!, mahne ich mich selber und gehe dann ins Bad. Ich streiche über deine Handtücher. Verstelle ein wenig deine Parfums und lege schließlich dazu, was ich heute für dich dabei habe. Eine Spange.

Dieses kleine so unscheinbare Ding, mit Perlen verziert, eindeutig keine Massenware und alt, das uns zusammengebracht hat. Du weißt es nicht, aber ich erinnere mich, als wäre es gestern gewesen. Dabei ist es jetzt schon ein halbes Jahr her.

Es war Herbst und es hat natürlich geregnet. Ich wollte nur nochmal kurz in den Supermarkt, bei meiner Arbeit um die Ecke, und etwas zu trinken kaufen, da habe ich dich gesehen. Du gingst gerade durch die Gemüseabteilung, durch das kühle Supermarktlicht erleuchtet. So blass. So klein. In deinem roten kleinen Trenchcoat und den abgewetzten Stiefeln. Du hattest eine ganz rote Nase – weil du krank warst –, und suchtest dir gerade die Zutaten für Suppe zusammen. Lauch, Karotten, Petersilie. Deine Fingernägel waren unlackiert und kurz. Du warst nicht geschminkt und sahst ziemlich müde aus. Aber dein Haar strahlte, und deine Augen, die hatten diesen Schimmer … deine Lippen waren voll und rosig. Auch wenn sie rissig waren … du hattest eindeutig zu wenig getrunken. Du warst … faszinierend – ob krank und kaputt oder nicht. Vielleicht gerade *weil* ich dich das erste Mal so zerbrechlich sah, so wehrlos, so schutzlos. Du warst sofort schützenswert. Und als dein Blick mich nebenbei streifte, da war es um mich geschehen. Da wollte ich mehr davon. Mehr von diesem Augenkontakt. Mehr von diesem Kribbeln. Mehr von dir.

Alles. Du gingst schon längst weiter, und ich konnte mich immer noch nicht rühren. Immer wieder hast du gehustet oder geniest. Dein Handy klingelte in deiner Handtasche, du kramtest darin herum, und gingst gestresst ran, während du schon deinen Einkaufswagen weiterschobst und im nächsten Gang verschwandest. Und ich schaute auf den Boden – auf das Teil, das du verloren hattest, in dem Moment, in dem du dein Handy rauszogst und das da jetzt so unscheinbar auf dem Boden lag.

Eine Spange.

Ich hob sie auf und wollte sie dir geben, eilte dir hinterher … doch mein Fokus wurde abgelenkt – erneut. Von deinem Lächeln, das du der Frau an der Fleischtheke schenktest, von diesem Strahlen, das über dein Gesicht zog. Von dieser Wärme, die jeden in deinem Umkreis erfasste und in Flammen versetzte. Vor allem mich.

Ich konnte den Blick nicht mehr von dir lassen. Es war, als würde ich einen Teil von mir verlieren, wenn ich dich wieder verlieren würde. Also folgte ich dir wie in Trance.

Erst durch den ganzen Laden.

Hinaus. Und durch die Straßen bis zu deinem Haus.

Als du eintratest und ich davor stehen blieb, klingelte ich nicht und gab dir deine Spange zurück. Nein, ich schloss meine Faust darum und steckte sie ein.

Weil sie mir gehörte. So wie dein Lächeln. So wie du.

Wieder im Hier und Jetzt angekommen, mache ich noch ein paar Fotos von deinem kleinen Chaotenbad und packe dann die Kamera weg.

Jetzt kommt der eigentliche Teil meiner Arbeit.

In jedem Zimmer installiere ich an versteckten Orten eine kleine Kamera. Neueste Technik. Frisch aus der Arbeit. Du wirst nie merken, dass die Kameras hier sind und ab jetzt jeden Winkel deines Lebens filmen – inklusive Ton. Du wirst nicht merken, dass ich ab jetzt in jeder Sekunde bei dir bin, Baby. Wenn du es merkst, dann wirst du schon mir gehören. Voll und ganz. Und nicht mehr zurückkönnen.

Aber jetzt noch nicht.

Denn dieses Spiel hat erst begonnen.

11. Me, myself and him

Olivia

Pam hat mich heute zum Glück mit ihrer Anwesenheit verschont und ich habe einen angenehmen Arbeitstag hinter mir. In meiner Handtasche habe ich Mister Rushs Hemd dabei, das wie abgesprochen auf dem Stuhl in der kleinen Kammer lag. Und auf dem Hemd stand ein Parfumflakon. *Swarowski.* Ich will gar nicht wissen, wie teuer es war … und dazu hat er einen Zettel gelegt, worauf mit dieser akkuraten Schrift steht: *Als kleines Dankeschön.*

Ich wollte ihm den Duft auf den Schreibtisch stellen und ihm den Vogel zeigen, ob er es sah oder nicht, aber dann machte ich den Fehler, zog den Deckel ab und roch daran … Und man muss wissen, ich verbringe sonst echt Stunden in der Parfümerie und suche *den* Duft für mich. Für Männer finde ich so viele Düfte wundervoll. Aber für mich habe ich nie einen gefunden. Bis jetzt. Und zu teuer sind sie auch noch.

Aber das hier ... ist *der* Duft. So perfekt. Ich konnte das Parfum nicht mehr hergeben, ich wäre wahnsinnig! Denn nachkaufen kann ich es sicher nicht, ich will gar nicht wissen, wie viel es gekostet hat. Ich entschließe mich dazu, im Gegenzug Mister Rush anzubieten, dass ich mehr seiner Sachen nähen oder auch waschen kann, wenn er es braucht und es irgendwie abzuarbeiten, denn ich bin anderen

Menschen aus Prinzip nie etwas schuldig. Schließlich machte ich mich an die Arbeit.

Jetzt komme ich völlig geschafft aber befriedigt und duftend wie eine Königin daheim an. Rosie folgt mir wie jede Nacht brav die Treppen herunter, ich habe Riley auf den Armen – noch kann ich ihn tragen, aber nur wenn er sich mit den Ärmchen und dem einen Bein an mir festklammert wie ein Äffchen – und lege das halbschlafende Kind schnell ins Bett. Ich streiche ihm nochmal über das Haar und gebe ihm einen Kuss auf die Stirn. Er sieht so unschuldig aus … und ich würde mir wünschen, dass er diese Unschuld sein Leben lang behalten darf. Aber dies wird leider keinem Menschen auf dieser Erde vergönnt, nicht wahr?

Lächelnd stehe ich auf und gehe direkt ins Bad, wo ich die Kleidung einfach mitten im Raum fallen lasse und unter die Dusche trete. Es dauert ewig, bis das heiße Wasser aus der prähistorischen Dusche fließt, und der Duschvorhang klebt immer wieder an mir fest. Welcher sadistische Arsch hat Duschvorhänge eigentlich erfunden, hä? Aber als das Wasser dann heiß auf mich niederprasselt, muss ich stöhnen. Nichts auf der Welt tut so gut, wie eine schöne warme Dusche nach getaner Arbeit. Noch lieber würde ich ja ein Bad nehmen, aber hier gibt es natürlich keine. Ich zwinge mich dazu, nicht zu lange reglos dazustehen und das Wasser zu genießen – wegen der Kosten –, sondern shampooniere schnell mein Haar und meinen Körper. Alles mit einem Shampoo – ist billiger. Dann spüle ich mich ab und trete raus in das kalte Bad.

Eilig rubble ich mich mit einem Handtuch ab und

schlinge es dann um meinen Körper, bevor ich an den beschlagenen Spiegel herantrete und kurz die Tür in den Flur aufmache, damit ich mich sehen kann. Ich nehme den Kamm und will gerade anfangen mir die Haare zu kämmen, als mein Blick auf meine Billig-Parfum-Sammlung fällt … Denn da dazwischen … Glänzend und so unschuldig wie Riley beim Schlafen liegt sie.

Die Spange meiner Oma!

Die Spange, die ich schon seit einem halben Jahr suche wie verrückt.

Und von der ich dachte, ich hätte sie verloren.

Jetzt liegt sie hier im warmen Badlicht, als wäre es nie anders gewesen und auch mir wird gleich viel wärmer ums Herz. Okay, und ein bisschen kalt auch … Ich runzle die Stirn, sehe mich um, wieso auch immer und nehme sie dann vorsichtig. Es tut gut, sie zwischen meinen Fingern zu spüren. Ich habe keine Ahnung, wie sie hierhergekommen ist. Vielleicht hat sie meine Oma als Geist hierhergelegt … Vielleicht hat sie auch Riley in irgendeiner Couchritze gefunden oder Penny … Es tut gut, wieder diesen Teil meiner selbst zu finden, der für alle Zeit verloren schien.

Tränen treten mir in die Augen, als vor meinem geistigen Auge eine Abfolge von Bildern entlangläuft. Ihr lächelndes Gesicht, ihre faltige Hand, die meine hält, ihr Geruch … wie sie mir über die Haare streicht. Wegen ihr liebe ich alte Menschen. Doch so schnell wie sie gekommen sind, verliere ich die Bilder wieder, die Verbindung zu ihr und stehe alleine mit der Spange in der Hand in meinem alten Bad mit den eklig dunkelgrünen Kacheln. Ich sehe mich im Spiegel an und muss lächeln.

Als ich später in meinem Bett – okay auf meiner Couch – liege, muss ich immer noch lächeln. Ich bin total aufgedreht und lasse diesen verrückten Tag nochmal an mir vorbeiziehen. Heute Morgen, als ich vor ihm auf den Knien landete und wie süß er sich um mich gekümmert hat. Wie witzig er war, das hätte ich ihm bei meinem Vorstellungsgespräch gar nicht zugetraut. Die ganze Zeit, während ich bediente, fühlte ich seinen Blick auf mir. Und was mich bei anderen total gestört und mich nachfragen lassen hätte, ob sie vielleicht was Interessantes sehen, hat mir bei ihm gefallen. Er ist genau eine halbe Stunde bei mir gewesen, hat nur Kaffee getrunken, nichts gegessen. Ich bin nach hinten gegangen, und als ich wieder rauskam, war er verschwunden. Schade. Aber er hat mir ein enormes Trinkgeld hinterlassen. Immer wieder fühle ich seine Finger auf meinem Bein, Haut an Haut, gar nicht so rau und aufgeplatzt wie meine. Sein Blick auf meinen Beinen, seine ozeanblauen Augen … dieses kleine, freche Grinsen, das ich mir davor gar nicht hätte an ihm vorstellen können. Und wie immer, wenn ich so aufgedreht bin und nicht schlafen kann, lasse ich die Hand an meinem Bauch nach unten gleiten. Direkt in mein Höschen und streiche über meine Klitoris. Ganz zart, und doch elektrisiert es mich so sehr, dass ich aufstöhnen muss. Ich bin feucht – schon den ganzen Tag – und daran ist er schuld und die verbotenen Fantasien, die er in mir weckt.

Ich stelle mir vor, wie er mich heute einfach geküsst hätte, mitten im Diner, vor diesen ganzen Menschen – vor meinen Stammkunden und vor der Scheibe und allen Passanten, wie er mir ins Ohr gewispert hätte, dass er mich will, seitdem er mich das erste Mal gesehen hat und dass er mich jetzt vor allen ficken wird. Wie er seinen Schwanz an mir gerieben hätte, am besten ganz ohne Stoff dazwischen und langsam mit seiner ganzen Länge in mich eingedrungen wäre. Dabei mein Haar festhaltend, meinen Blick, mein Herz, mein alles … Wenn ich mir vorstelle, wie er mich dehnt und sich Stück für Stück weiter in mich schiebt. Wie ich ihn gierig umfange, wie er wieder seine Lippen auf meine presst und dann mit einem harten Ruck vor allen anderen bis zum Anschlag in mich stößt, komme ich bereits. Ich brauche niemals lange, wenn ich es mir selbst mache. Höchstens fünf Minuten und ich beiße mir schnell auf die Unterlippe, um keinen Ton von mir zu geben, der sich stark nach »Oh mein Gott, Mister Rush!« anhören würde. Ich bewege meine Hüften kreisend, während alles in mir zuckt und süße Erlösung meinen Körper und meinen aufgeriebenen Geist flutet.

Dann liege ich immer noch etwas atemlos in der Dunkelheit. Mein Herz rast … aber ich bin ausgeglichener. Völlig ruhig … ich grinse und wispere: »Danke, Mr. Rush …« Dann drehe ich mich auf die Seite und drifte ziemlich schnell in einen angenehmen Schlaf.

12. Ein ganz normaler Morgen

Keaton

Ich brauche keinen Wecker – ich habe meinen Geist darauf trainiert, jeden Morgen um punkt sechs zu erwachen. Dies tue ich auch und muss sofort an dich denken.

Du.

Wie du dich gestern unter den Laken gerekelt hast, wie du es dir schamlos, wie du bist, in der Dunkelheit selbst besorgt hast.

Wie du gestöhnt hast.

Und wie du dich danach bei mir bedankt hast.

Aber das habe ich doch gern gemacht, Baby. Wirklich gern.

Und so langsam wird der Druck in meinem Schwanz dringend, aber ich ignoriere meine Morgenlatte, gehe ins angrenzende Abfuckbad, und versuche mit steifem Schwanz zu pinkeln. Es gelingt … dank jahrelanger Übung. Danach steige ich unter die Dusche – trauere ein wenig meiner Luxusdusche hinterher in meinem Luxus-Penthouse und natürlich dem Pool, in dem ich sonst jeden Morgen meine Bahnen schwimme. Aber das gehört erstmal der Vergangenheit an, denn nun befinden wir uns in einer neuen Phase. Ich muss dir näher sein. Das andere Ende der Stadt reicht nicht, also hause ich hier wie ein Junkie auf einer Matratze auf dem Boden und bin froh, dass Wasser aus den Rohren kommt und keine braune Pampe, als ich mir die

Zähne putzen will. Dabei schlendere ich in das zweite Zimmer hier oben. Die Schaltzentrale. Dort ist ein leistungsstarkes Baby aufgebaut und ein riesiger Monitor, der immer läuft. Ich klicke durch die verschiedenen Kameras und finde dich schnarchend in deinem Bett vor.

Du bist süß, wenn du beim Schlafen sabberst. Alles gut soweit. Also schwinge ich mich in meine Sportklamotten und gehe wenigstens eine halbe Stunde joggen. Mein Körper schreit nach der sportlichen Betätigung, nach dem Brennen meiner Muskeln und dem Pochen meines Herzens. Ansonsten bin ich nicht ausgelastet und das mag ich nicht. Schweren Herzens verlasse ich in meinem Hoodie, den ich mir über den Kopf ziehe, kurz darauf das Haus und jogge eine Runde durch den eigentlich recht schön angelegten Park. Doch ich mache aus dreißig Minuten zwanzig, weil ich weiß, dass du bald aufwachen wirst und ich dich dabei unbedingt sehen will.

Ich bin aufgeregt wie ein Kind zu Weihnachten, als ich mit meinem morgendlichen Kaffee, einem Croissant und der Zeitung zurückgelaufen komme und meine Schaltzentrale betrete. Dort lasse ich mich auf den Bürostuhl sinken und trinke einen Schluck Kaffee, bevor ich von meinem Croissant abbeiße. Endlich muss ich nicht mehr wie ein Idiot durch deine Fenster starren. Andere lesen als Morgenroutine in der Zeitung, ich beobachte wie du – so wie jeden Morgen – fünfmal auf *Snooze* drückst, bis es nicht mehr geht und dich dann aus den Laken quälst, als dieses sabbernde Ungetüm von Hund – du nennst es Rosie – dir das Gesicht ableckt. Das ist wirklich ekelhaft, Olivia.

Du gehst mit ihr raus. Sie macht nichts. Wird sie wahrscheinlich später wieder in deiner Wohnung erledigen. Du bist schon wirklich ein armes Schwein.

Dann schlurfst du wieder hoch und machst dir Kaffee, du machst Riley für die Schule fertig, der so gar nicht freudig darüber aussieht, wieder in diese Irrenanstalt zwischen diese kleinen Irren zurückzumüssen.

Ich verstehe dich, Kumpel.

Ich habe die Schule auch immer gehasst.

Doch vor dir versucht er, sich zusammenzureißen, damit du nicht merkst, was *wirklich* los ist und was *wirklich* los ist, könnte schon bald zu einem kleinen Problem werden.

Eine Kinderseele hält nur ein gewisses Maß an Gemeinheiten aus, dann bricht sie für immer. Seine ist kurz davor.

Weswegen ich mich schon vor Wochen zu etwas herabließ, was eigentlich *so gar nicht* Teil meines Plans war und was mir zum Verhängnis werden könnte.

Aber ich konnte nicht anders.

Ich mag diesen kleinen blassen Jungen.

Wahrscheinlich, weil er ein Teil von dir ist. Und wie könnte ich ihn dann nicht mögen? Nun muss ich aber leider gehen, denn sonst geht mein ganzer Plan durcheinander. Ich esse und trinke schnell auf und mache mich fürs Büro fertig.

Kurz darauf sitze ich in meinem Maserati, den ich immer etwas weiter weg parke, damit er keine Aufmerksamkeit erregt, und fahre in das kleine Café mitten in der City. Ich liebe es, dort zu sitzen und die Menschen zu beobachten. Die Menschen beobachten, das habe ich schon als kleiner Junge am liebsten getan. Heute ist der erste sonnige, richtig warme Tag und so setze ich mich raus. Genau dort, wo sich die Bushaltestelle befindet. Kurz darauf kommst du wieder angehetzt, du gibst dem Kleinen noch einen Kuss und man sieht dir an, dass du sie alle hasst. So sehr … und dass du ihn am liebsten überall hin begleiten und verteidigen würdest wie eine Löwenmutter. *Aber du musst gehen, du musst arbeiten. Und ich bin hier Baby, ich kümmere mich um ihn.*

Du eilst davon und ich sehe dir noch ein paar Sekunden hinterher, bevor mein Blick zu dem Kleinen gleitet und … seiner zu mir.

Er grinst, als er mich entdeckt.

Ich lächele auch – ehrlich. Denn wenn er grinst, passieren komische Dinge in mir … Dinge, die ich so lange nicht mehr gefühlt habe. Und dann kommt er mit seinen Krücken auf mich zugehumpelt, so tapfer, so bewundernswert. Er kämpft damit, sich zu setzen, wie jeden Tag und wie jeden Tag denke ich mir: Ich könnte ihm dabei helfen, aber ich tue es nicht, er ist ein starker Junge und es ist wichtig, dass er das alleine hinkriegt. Schließlich hat er es geschafft und ist wie immer ein bisschen stolz darüber. Fröhlich grüßt er mich mit: »Guten Morgen, John …« Wenn er hier mit mir an einem Tisch sitzt, ist er immer fröhlich und strahlt. Er ist so wohlerzogen, das liebe ich an dir. Genau wie seine Gesellschaft und die Dinge, über die er mit mir spricht. Die Welt aus seinen Augen zu sehen, fasziniert mich. Mittlerweile ist das hier das Highlight meines Tages, wenn ich ehrlich bin. Lächelnd schiebe ich ihm mit einem: »Guten Morgen, Riley« seine heißgeliebte heiße Schokolade rüber. Und natürlich seinen Schokodonut. Wie könnte ich den vergessen?

13. Kröten

Keaton

Er ist intelligent, Olivia. Und ich weiß, das hat er von dir und nicht von seinem degenerierten Vater, über den ich natürlich recherchiert habe. Ich schaue ihm dabei zu, wie er seinen Donut verputzt und seine Schokolade schlürft. Es ist befreiend, ihn dabei zu beobachten. Er genießt die süßen Sachen, als würde sein Leben davon abhängen. Es ist so leicht, ihn glücklich zu machen. Wir sollten uns eine Scheibe von ihm abschneiden.

»Du bist heute spät dran«, sage ich.

Er hebt den Kopf, schaut mich kauend durch seine großen Augen an und schluckt dann. »Mom hat verschlafen. Sie verschläft immer.«

Ich schmunzle. »Weshalb weckst du sie dann nicht?«

Verschwörerisch beugt er sich mir entgegen und flüstert: »Weil ich dann auch lange schlafen kann!« Ich lache. Er ist gerissen, aber nicht gemein wie die anderen Kinder. Ich sehe die Blicke, die sie ihm zuwerfen und ich sehe auch, wie die anderen Mütter dich ansehen, Olivia. Voller Verachtung. Doch im Grunde ist das Neid, verstehst du? Sie kommen damit nicht klar, dass du es alleine geschafft hast. All das, was sie mit ihrem Mann zusammen nicht hinbekommen. Du verdienst dein Geld selbst und lässt es dir nicht von einem Mann zustecken. Du erziehst dein Kind und dazu kommt, dass du wunderschön bist – natürlich schön. Schöner, als sie es in ihren besten Jahren waren.

Als ein paar Kinder lachen, dreht er sich halb um. Ich sehe die körperlich anwesenden Mütter, die allerdings kaum nach ihren Kindern schauen, sondern viel zu oft in meine Richtung. Sie sehen Riley jeden Morgen mit mir hier sitzen, Olivia und niemand hat dir bisher gesagt, dass dein Kind sich täglich mit einem Fremden unterhält. Sie wollen dir schaden. Sie sind bösartig.

Neben ihnen stehen die Kröten. Ich weiß, dass du sie so nennst, wenn du mit Penny darüber sprichst. Sie schauen zu Riley und kichern gehässig. Einer humpelt mit Absicht und versucht, Riley somit nachzumachen.

»Was ist mit denen?«, frage ich ruhig, aber innerlich koche ich.

Riley schaut mich an. Er ist traurig, aber er hat sich angewöhnt, es nicht zu sagen oder zu zeigen. Er zuckt mit den winzigen Schultern. »Sie machen Spaß.«

»Auf deine Kosten?«, frage ich skeptisch.

Er schluckt. »Ich …«

Der blonde Rotzjunge humpelt immer noch und es reicht mir. Ich stehe auf und gehe mit festen Schritten zur Mutter dieses gehässigen Wichsers rüber. Sie raucht eine Zigarette. Typ: Sieht reich aus, trägt aber 1:1-Fälschungen.

»Hallo!«, unterbreche ich ihr Gespräch mit einer anderen Mutter.

Sie mustert mich eingehend und ich weiß, ich hätte sie auf der Toilette des kleinen Cafés in meinem Rücken ficken können, aber sie ist widerlich, Olivia. Sie ist nicht rein, unschuldig und weiblich. Sie ist dominant, bösartig und verbraucht.

»Hallo«, gurrt sie und stößt den Rauch gen Himmel.

Ich komme näher und sage leise, aber eindringlich: »Sollte Ihr Sohn den Kleinen da vorne noch einmal mobben, belästigen oder auch nur schief anschauen, sorge ich dafür, dass *er* auf Krücken läuft.«

Damit hat sie nicht gerechnet.

Sie zuckt zurück und ihre Augen werden groß, die Mütter um uns herum schauen genauso erschrocken drein, aber es ist mir egal. Ja, das war eine Drohung. Sie darf auch gerne die Polizei darüber informieren. Und ich habe trotzdem keine Skrupel, dem Jungen die Beine zu brechen, sollte er Riley noch einmal belästigen.

»Wie bitte?«, zischt sie. »Was glauben Sie …«

»Das ist meine erste und letzte Warnung. Kriegen Sie Ihren verzogenen Mistkerl in den Griff!« Und damit wende ich mich wieder ab und sehe, dass der Bus kommt.

Riley sitzt immer noch da und schaut mich mit riesengroßen Augen an. Ich knie mich vor ihn und blicke in seine unschuldigen Kinderaugen. »Du musst dir nichts gefallen lassen«, sage ich. »Sollte so etwas noch einmal vorfallen, wirst du es mir sagen, okay?«

Er nickt perplex.

»Du bist der Held in der Geschichte. Diese Kinder sind bösartig, weil ihre Eltern es sind. Verstehst du das? Aber du bist gut erzogen, Riley. Du hast das nicht nötig.«

Wieder ein Nicken.

Lächelnd zwinkere ich ihm zu, bevor ich aufstehe. »Bis morgen.«

Und ich kriege nur wieder ein schockiertes Nicken.

14. John

Olivia

Riley schläft noch nicht, als ich nach Hause komme. Ich tausche mich kurz mit Penny aus, die mir erzählt, er habe seine Hausaufgaben gemacht und danach wären sie gemeinsam mit Rosie im Park spazieren gegangen. Riley hätte heute viel über seinen imaginären Freund John erzählt und langsam beginne ich, mir Sorgen zu machen. Ich nehme ihn an der Hand und wir gehen nach unten in unsere Wohnung. Rosie trottet uns grunzend hinterher. Ich bin müde. Meine Füße schmerzen, mein Kopf auch und ich muss später noch bei Mr. Rush putzen gehen. Eigentlich lasse ich Riley in den Fällen oben, weil Penny später wieder nach ihm schauen muss, aber da ich mir langsam Sorgen mache, beschließe ich, ein wenig Zeit mit Riley alleine zu verbringen. Penny kommt später zu uns nach unten, wenn er schläft und ich zur nächsten Arbeit muss.

Rosie trottet gleich zu ihrem Schlafplatz, als wir drin sind. Draußen ist es schon dunkel, der Nachhauseweg war eine Katastrophe. Praktisch jeder Bus hatte Verspätung, es regnet immer noch, aber wenigstens ist es nicht mehr so kalt, da der Frühling kommt.

Riley humpelt krückenlos und sich abstützend in die Küche.

»Hast du Hunger?«, frage ich überrascht, da Penny mir eigentlich erzählt hat, dass sie schon gegessen haben.

Während ich aus meinen Schuhen schlüpfe und Rosie ermüdende Geräusche von sich gibt, greift Riley nach etwas auf der Anrichte. Ich gehe zu ihm und runzle die Stirn.

»Was hast du da?«

Er dreht sich zu mir um, beißt kräftig in einen saftig roten

Apfel und setzt sich an den Küchentisch. Es ist schon nach acht, ich habe nicht mehr viel Zeit, und Riley sollte bereits im Bett liegen, aber das hier ist wichtiger. So viel wichtiger als alles.

»Einen Apfel«, antwortet er schmatzend das Offensichtliche.

Ich setze mich zu ihm und überlege angestrengt, wann ich Äpfel gekauft habe. Ehrlich, ich erinnere mich nicht. Wahrscheinlich hat Penny sie dorthin gelegt, wenn sie manchmal einkaufen geht, nimmt sie uns Kleinigkeiten mit … na ja, das ist jetzt unwichtig.

»Wie war dein Tag?«, frage ich leichthin. Ich sehe, dass seine Augen gerötet sind, er ist sicherlich müde und eigentlich sollte ich ihn ins Bett stecken und ihm vorlesen, bevor Penny mich ablösen kommt. Aber diese Sache mit seinem Freund John lässt mich nicht mehr los.

Er nickt. »Er war gut, Mom! Ich hab heute Morgen mit John einen Donut gegessen!«

»So?«

»JA! Und dann hat er Gared voll fertig gemacht, Mommy, das hättest du sehen sollen!«

Ich runzle die Stirn, Gared ist diese blonde Kröte, die Riley unter anderem mobbt. Er kommt aus einer neureichen Familie, praktisch über Nacht reich geworden und das Geld wieder rausgeworfen, wie die meisten Amerikaner es tun.

»Wirklich?«

»Jaaaa! Also Gared hat mich geärgert, schon wieder, und dann hat John seiner Mama gesagt, dass er Gared die Beine bricht, wenn er das nochmal macht!« Er lacht und seine Augen strahlen. »Weißt du, und dann, dann war Mrs.

Ruffsteen total erschrocken und so, aber Gared hat mich heute in Ruhe gelassen, das war schön!«

Ich blinzle. Das alles soll ein Kind sich ausgedacht haben? Es ist schon ein wenig … zu realistisch, oder? Andererseits, welcher Erwachsene würde ein Kind auf diese Weise bedrohen?

»Riley, dieser John … wie sieht er aus?«

»Er ist rieeeeeesengroß und superstark! Und er lächelt immer, wenn er mich sieht.«

Natürlich wirken auf ein Kind die meisten Männer groß und superstark, also bohre ich weiter. »Und du siehst ihn jeden Morgen an der Bushaltestelle?«

»JA! Er wartet da immer auf mich, da kannst du Mrs. Ruffsteen fragen!«

Ich glaube nicht, dass ich noch sonderlich oft mit Mrs. Ruffsteeen-Fickarsch reden werde. Ich hasse sie und ihre Kröte. Aber ich erinnere mich nicht daran, einen Mann in dem Café gesehen zu haben.

»Riley, ich hab dir doch beigebracht, dass man nicht mit Fremden redet, oder Baby?«

Jetzt schaut er ganz schuldbewusst und ich seufze, als er die Lider senkt. Der halb aufgegessene Apfel liegt vor ihm auf dem Tisch und er blinzelt. »Aber John ist anders.«

»Das tut nichts zur Sache, Baby. John ist ein Fremder. Und er ist nett, ohne Frage, aber meistens sind solche Menschen nett, weil sie dich gerne mitnehmen wollen. Sie sehen, wie besonders du bist, und sie wollen dich haben, verstehst du?«

Sein Kopf schießt nach oben und er reißt die Augen auf, während mein Herz schneller pocht als normal. Ich kriege es mit der Angst zu tun. Was, wenn John ein waschechter Mensch ist und ich die Sache nicht ernst genug genommen habe? Es laufen viele perverse Schweine draußen herum!

»Nein, John ist nicht so«, murmelt er, aber ich sehe die Angst in seinen Augen. Ich will ihm keine Angst machen, ganz im Gegenteil. Doch ich will auch nicht, dass ihm was zustößt. Das bedeutet, dass ich ab sofort später ins Diner gehe und dafür mit Riley auf den Bus warte. Gewissensbisse plagen mich augenblicklich. Ich fühle mich wie eine schlechte Mutter, weil ich mir nicht genug Zeit für Riley nehme und will am liebsten losweinen, doch ich unterdrücke es und greife nach seinen kleinen, vom Apfel verklebten Fingern.

»Du bist mein Alles, Baby. Ich liebe dich mehr als mein Leben. Und wenn dir jemand wehtun würde, wäre das für mich ganz schrecklich, verstehst du?«

Er nickt und schluckt.

»Versprich mir, dass du nicht mehr mit Fremden redest, ja?«

Er flüstert: »Versprochen.«

* * *

Am nächsten Morgen bin ich höchst angespannt, als ich Riley zur Bushaltestelle bringe. Es ist ein warmer Tag, endlich spürt man auch im windigen Chicago den Frühling. Alles wirkt so harmlos; die Knospen sprießen, die Sonne wärmt mein Gesicht und die Leute sind gleich am Morgen schon viel besser gelaunt als an den eiskalten Tagen. Nicht einmal unser Viertel hier in Fuller Park sieht so bedrohlich aus wie sonst. Die kleinkriminellen Gangster in den Ecken wirken wie junge Burschen, die man einfach nicht ernstnehmen kann – bis sie dann ihr Messer ziehen. Die Straßenpenner sehen aus, als würden sie sich ein Sonnenbad genehmigen. Die bedrohlich in die Höhe ragenden Blockhäuser wirken wie eine friedliche Straße auf der anderen Seite der Stadt, wo es nicht so derb zugeht wie hier. Nicht einmal der Müll, der sich vor unserer Tür sammelt, die Zigarettenstummel und die Fixernadeln, die ich immer zur Seite kicke, damit Rosie oder Riley nicht damit in Berührung kommen, sehen in der Sonne gefährlich aus.

Riley stützt sich auf seinen Krücken ab und ich beobachte ihn dabei, wie er angestrengt humpelt. Seinen Rucksack trage ich und ich habe ihm die Jeansjacke angezogen, die Penny ihm zum letzten Geburtstag geschenkt hat. Sie ist stylisch und ich weiß, Riley wird trotz seiner Besonderheit einmal ein sehr schöner Mann werden. Ich möchte nicht, dass er sich von etwas so Oberflächlichem niedermachen lässt.

Mit jedem Schritt, den wir machen, wächst die Anspannung in meiner Brust. Wie eine feste Schnur, die sich um mein Herz gelegt hat. Ich weiß nicht, was oder wen ich an der Bushaltestelle in der Elm Street vorfinden werde, aber ich habe kein gutes Gefühl. Auch wenn die Sonne scheint und die Vögel zwitschern. Auch wenn heute alles so harmlos scheint. Der Druck in mir wird immer größer.

»Wir sollten deine Grandma bald mal wieder besuchen«, sage ich lauter als nötig, um mich von meinen Gedanken abzulenken. Und weil ich glaube, eine kleine Auszeit, nur ein Wochenende, würde uns beiden guttun.

»Oh ja!« Rileys Augen strahlen und ich lächle. Er liebt seine Großeltern und ich liebe sie auch und sie fehlen mir schrecklich. Ich bin noch nicht so alt, erst Ende zwanzig und manchmal, wenn mir alles über den Kopf wächst, will ich mich am liebsten in meinem alten Zimmer einschließen und die Decke über meinen Kopf ziehen – Milch und Kekse von meiner Mutter bekommen und mich von ihr trösten lassen. Aber ich bin jetzt selbst Mutter und nur so habe ich gelernt, stark zu sein. Jemanden mehr zu lieben, als alle Ideale, alle Vorstellungen.

Man könnte meinen, ich sei in meiner jetzigen Lage, weil ich in einem unharmonischen Familienhaus aufgewachsen wäre, aber dem ist nicht so. Meine Eltern sind sehr liebevoll mit mir umgegangen … so auch mit meinen fünf Geschwistern.

Wir waren ein großer Haushalt voller Leben, bei uns war immer was los und es hat nicht einen einzigen Tag gegeben, an dem meine Mutter so überfordert gewesen ist, dass sie ging oder ihr die Hand ausrutschte. Vier Mädchen zwei Jungs, mein Dad und meine Mom. Es ist nicht immer leicht gewesen, wir haben nie viel Geld gehabt, aber dafür habe ich Werte mit auf meinen Weg bekommen, die wichtiger sind, als alles Geld der Welt. Respekt, Liebe, Achtung. Meine Geschwister sind alle ihren Weg gegangen. Der Reihe nach sind es Keisha – mittlerweile Krankenschwester in Philly –, Richard – zweifacher Vater und Bänker –, Louisa – Single in New York –, Trisha – Mutter von einem rotzfrechen Sohn, mit dem ich es keine drei Minuten in einem Raum aushalte und Ehefrau –, Daniel – hat sein Studium abgebrochen, lebt ähnlich wie ich und hat jeden Tag eine Neue – und ich. Ich bin die Jüngste und war damit auch ein wenig Daddys Liebling, was meine anderen Geschwister nie so toll fanden wie ich.

Mit sechzehn bin ich von zuhause abgehauen, weil ich mit einem Jungen zusammen war, den meine Eltern nicht guthießen. Rileys Dad studierte damals schon und war somit natürlich zu alt für mich, aber ich habe gedacht, ich würde ihn lieben und bin ihm überall hin gefolgt. Ich hab viel Scheiße gebaut, die Highschool abgebrochen und dabei zugesehen, wie er mich betrog. Belog. Mich hinterging. Aber aus irgendeinem Grund habe ich es nie geschafft, mich zu trennen. Als ich dann mit Riley schwanger wurde, hat sein Vater Dexter Panik bekommen. Er hätte in seinem Leben noch so viel vor, ich hätte ihm ein Kind untergeschoben – was ich mir nicht alles anhören durfte. Nachdem Riley zur Welt kam, ging es nur noch bergab. Dexter ist ein Wichser und das einzig Gute, was er mir geschenkt hat, ist der kleine Mann an meiner Seite.

Ich wollte mich trennen, aber das ließ er nicht zu. Er sagte, ich habe ihm sein Leben versaut und jetzt würde er sicherlich nicht zulassen, dass ich ihn einfach alleine ließ. In einer Nacht-und-Nebel-Aktion, in der er betrunken war, bin ich mit Riley ausgebüchst, er war damals noch so klein! Ich hielt ihn an meiner Hand, floh aus der zu engen Wohnung. Als Dexter das mitbekam, rannte er uns nach und verfolgte uns mit dem Auto. Unkontrolliert. Besoffen … So hat mein Baby sein Bein verloren.

Danach habe ich nie wieder von ihm gehört und ich bin mir sicher, er wird sich nie mehr trauen, an meine Tür zu klopfen.

Und trotz allem, was geschehen ist, habe ich bei meinen Eltern ein offenes Ohr gefunden. Sie haben mir mit Riley geholfen, sie haben mir verziehen und dafür gesorgt, dass ich mich sammeln kann. Ich verdanke ihnen so viel – und ich habe sie so lange schon nicht mehr besucht, nicht mehr seit …

»MOMMY?«

Ich zucke zusammen und blinzle. Ich bin so tief in Gedanken gewesen, dass ich gar nicht bemerkt habe, dass wir bereits angekommen sind.

»Sorry, Baby. Hast du was gesagt?«

Riley schaut mich an und lächelt. »Schon gut.«

Wie immer sind die ganzen Mütter hier versammelt, die glauben, sie wären was Besseres. Sie rauchen, unterhalten sich und bemerken gar nicht, dass ihre Kröten sich gegenseitig auf die Straße schubsen, was ziemlich gefährlich ist bei dem Verkehr hier. Aber heute interessieren sie mich nicht. Ich schaue mich nach einem Mann um und lege meine Hand um Rileys Schultern, als würde ich ihn dadurch vor den Blicken schützen können.

Kein Mann.

»Ist John auch hier?«, frage ich, ohne Riley anzuschauen.

»Nein.« Seine Stimme klingt enttäuscht und ich blicke zu ihm hinab. Er sieht traurig aus, was mein Herz noch enger zusammenzieht. Was hat es mit diesem John nur auf sich? »Er ist nicht da.«

Ich bin erleichtert und atme laut aus, da kommt auch schon Ruffsteen-Arschfick auf mich zu. Ja, ja, ich bin Mutter. Aber gedanklich bin ich scheißwütend, was Riley ja nicht mitbekommen muss.

Sie mustert mich von oben nach unten und ich frage mich, wie sie die Augen bei so viel Mascara offenhalten kann. »Guten Morgen, Schätzchen!«

Mein Gott, das langweilt mich. »Was ist, Ruth?« Ich meine, Ruth Ruffsteen. Die Frau ist allein mit ihrem Namen für immer bestraft.

Ihre blonden Haare sind mit so viel Haarspray fixiert, dass sie fettig aussehen und der fette Klunker an ihrem Ringfinger reflektiert nicht in der Sonne. Kein echter Diamant, wie sie allen versucht, weiszumachen. »Wie schön, dass du ausnahmsweise mal mit deinem Sohn auf den Bus wartest!«, sagt sie so freundlich, als würde sie fragen, was ich heute Nachmittag vorhabe.

Ich verdrehe die Augen. »Na ja, ich hab zwei Jobs. Ich lasse mich nicht von einem Mann durchfüttern wie andere Frauen es tun, verstehst du?«

Sie lächelt überheblich und nickt. »Oh ja, das ist so bewundernswert! Ich könnte das nicht. Ich bin ja so froh, dass ich Harry habe! Er ist keiner, der vor Verantwortung wegläuft … wie andere Männer.« Sie weiß nichts über mich, aber offenbar hat sie sich schon eine eigene Geschichte zusammengereimt, also brauche ich nun auch nichts mehr zu erklären. Es ist mir egal, was sie denkt.

»Ich meine, wenn *mein* Sohn jeden Morgen mit einem Fremden hier quatschen würde …«

»Ich weiß es bereits!«, knurre ich. »Und ich kümmere mich darum!«

»Wie schön«, säuselt sie und ich seufze. Mir wird klar, dass mein Stolz hier nichts verloren hat. Offenbar hat Ruth ein paar Informationen für mich, die hilfreich sein könnten.

»Hast du ihn gesehen?«, frage ich widerwillig.

»Oh ja.« Sie nickt. »Er ist ein unglaublich attraktiver

Mann. Groß, gut gebaut, markantes Gesicht, dunkles Haar.« Na klasse, damit beschreibt sie jede Romanfigur, die es je gegeben hat. Jeden Schauspieler. Und jeden zehnten Typen an der Straßenecke.

»Und er heißt John?«

»Offensichtlich.«

»Und was noch?«

»Teuer gekleidet. Bedroht offensichtlich gerne Kinder.« Sie sagt häufig *offensichtlich*. Vielleicht fühlt sie sich dadurch intelligenter. »Er sitzt meistens in dem Café da und Riley unterhält sich mit ihm.«

Ich werde wütend und schnaube. Diese dumme Schlampe! »Das heißt, du siehst das jetzt schon länger und hast mich *nie* informiert? Oder bist mal hingegangen und hast gefragt, wer er ist?« Die Hand, die ich um Rileys Schultern gelegt habe, ballt sich zur Faust. Wie kann man nur so unglaublich widerlich sein? Ich hasse die Gesellschaft! Ich hasse diese Mütter! Und ich hasse diese Lehrer!

»Ach Schätzchen!«, sagt sie und lacht. »*Du* bist seine Mutter. *Du* hast eine Aufsichtspflicht, nicht ich. Es ist nicht meine Schuld, dass dir andere Dinge wichtiger sind, als auf dein Kind aufzupassen.« Am liebsten will ich ihr eine knallen, aber ich beherrsche mich Riley zuliebe. Diese dumme Tussi! Sie weiß gar nichts über mich!

Gott … dieser Tag fängt schon so beschissen an, dass ich weiß, wie er enden wird. Noch beschissener.

»Und außerdem informiere ich dich ja gerade, oder?«

Der Bus kommt und sie wendet sich mit erhobener Nase ab.

Ihr Glück, denn meine Finger zittern schon vor Wut. Ich

wende mich an Riley, der uns beide aufmerksam beobachtet hat, und beuge mich zu ihm hinab. »Hör zu, Süßer«, erkläre ich eindringlich und starre in seine Augen. »Lass dich nicht unterkriegen. Von keinem von denen! Denk daran, sie sind neidisch! Und … sprich mit niemandem, hörst du?« Er nickt. Ich küsse ihn auf die Stirn. »Ich liebe dich!«, sage ich und schaue ihm nach, wie er umständlich in den Bus steigt.

Das Leben ist scheiße.

15. And then everything changes

Olivia

Die Schicht im Diner verläuft recht ereignislos, leider, denn ich würde ein bisschen Ablenkung dringend brauchen. Es dauert zwei Stunden, bis ich mich etwas beruhigt habe nach dem Zusammentreffen mit den kleinen Kröten und ihren Krötenmüttern. Doch die Gespräche mit den Stammkunden und die Gruppe chinesischer Touristen, die das Diner stürmen, schaffen es schließlich, dass ich die vorherige Eskapade hinter mir lassen und mich aufs Hier und Jetzt konzentrieren kann. Konzentrieren *muss* …

Nach der Schicht bin ich total fertig, aber da Penny heute Riley abholt und danach mit ihm zu seiner wöchentlichen Physiotherapie geht, habe ich jetzt zwei Stunden frei. Zwei Stunden, die ich jede Woche immer gleich verbringe. Ich gehe in die Bibliothek. Die alte, städtische, die schon lange keine neuen Auflagen mehr bekommt, die aber im Rathaus angelegt ist, das nur so vor alter Zeit strotzt. Ich liebe diesen Ort und fühle fast wieder die feste Hand mit der seidigen Haut, die meine kleine Hand in ihrer hält. Die Hand meiner Oma. Ich war in jeden Ferien bei ihr, wir haben die Tage damit verbracht, durch den Park zu schlendern, oder am Bridgewood River entlang, um Enten zu füttern, oder eben durch die ehrwürdigen Reihen hier zu streifen und unserer größten Leidenschaft zu frönen. Dem Lesen. Leider kommt diese momentan viel zu kurz. Ich habe einfach keine Zeit mehr, um ausgiebig in die Fantasiewelt abzutauchen, die uns so talentierte Menschen bescheren und es bricht mir immer wieder ein bisschen das Herz. Als ich klein war, verließ ich diesen Ort mit einem Stapel von zehn Büchern für eine Woche. Von King, Rushdie, Orwell, Kundera, Tolkien, Rowling, Follett bis Gordon war alles dabei. Ich habe jeden einzelnen ihrer Titel durch, teilweise mehrfach. Wenn man mich bei meiner Oma suchte, fand man mich dort grundsätzlich auf dem Dachboden, auf dem uralten Sofa, wo die Federn rausgesprungen waren, mit einem Buch in der Hand, das nur von einer kleinen Tischlampe beleuchtet wurde. Deswegen trug ich bald eine Brille, die ich aber schon länger durch Kontaktlinsen ersetzt habe. Kein Kerl will eine Stripperin mit Brille auf der Bühne … obwohl einige meiner Stammkunden gerne einen Lapdance mit strengem Dutt und Brille genossen.

Apropos … mir fällt ein, dass ich endlich das tun muss, was ich schon so lange vor mir herschiebe. Je eher, desto besser!

***

Weil ich es einfach nicht mehr vor mir herschieben kann, entscheide ich mich also nach meiner Arbeit bei Mr. Rush am Abend spontan, es gleich hinter mich zu bringen. Ich habe ihm auch das Hemd endlich fertiggemacht. Es gründlich gewaschen – zum Glück sind alle Flecken rausgegangen, es genäht, sogar gebügelt, gefaltet und ihm fein säuberlich auf den Schreibtisch gelegt. Dann habe ich noch jede Menge Zeit vertrödelt, weil ich nicht loswollte. Aber es muss einfach sein.

Also setze ich mich in den Bus, der glücklicherweise sofort kommt, sobald ich heute in die kalte Nacht hinausgetreten bin, und lasse mich seufzend auf den Sitz fallen. Meine Fußsohlen brennen, als wäre ich über Lava gelaufen, und meine Lider sind schwer … aber ich war heute ziemlich schnell mit den Büros fertig und habe es sogar geschafft, nicht zu viele Gedanken an Mister-ich-bin-so-heiß-Rush zu verschwenden. Das Pflasterset, das heute auf meiner Uniform lag, wunderte mich doch etwas. Mein Blick glitt automatisch zu dem Schnitt, den ich mir heute vor lauter Stress im Diner zugefügt hatte, als ich beim Brotschneiden auf der harten Kruste abgerutscht war und ich erschauerte. Schaute mich um … doch da war nichts, außer die rot blinkende Kamera direkt über mir.

Ob mich darüber wohl jemand beobachtete? Vielleicht sogar … ER?

Ich grinste bei dem Gedanken.

Du Idiotin spinnst!, schimpfte mich allerdings meine innere Miss Prüde, *jetzt schwing deinen kleinen Hintern zur Arbeit, du bist hier nicht um tagzuträumen, von einem Kerl, der so weit außerhalb deiner Liga spielt, wie die Entfernung zwischen Erde und Jupiter!*

Seufzend klebte ich das Pflaster auf und machte mich an die Arbeit …

Jetzt sitze ich hier im Bus und betrachte wieder das Pflaster. Es ist wasserfest, so dass es nicht durchweichen kann, und meine Wunde vor dem Putzwasser geschützt wurde. Es ist das erste Mal seit Jahren, dass sich irgendwer, irgendwie um mich kümmert. Ja klar, Penny macht mir schon eine Hühnersuppe, wenn ich es mir erlaube, mal krank zu werden, und sie nimmt dann immer Riley und Rosie, damit ich genesen kann, aber das hier ist irgendwie was anderes.

Weil es von *ihm* kommt.

Ich streiche fast schon verträumt lächelnd über das dumme Ding und alle meine etlichen Persönlichkeiten in meinem Kopf verdrehen die Augen.

Ich bin sowas von am Arsch!

***

Der Parkplatz vor dem Club ist nicht gerade voll. Nur fünf Wagen parken hier, alte rostige Karren und ein total schnittiger schwarzer Maserati. *Heiß* …

Es regnet mal wieder und so mache ich, dass ich schnell die paar Schritte von der Bushaltestelle zum Eingang komme. Dabei springe ich über etliche Pfützen, in denen sich die neonroten Buchstaben spiegeln und verfluche mich wie so oft, dass ich grundsätzlich *immer* meinen Regenschirm vergesse. Am Eingang angekommen, sind meine Haare völlig durchnässt und ich erinnere mich daran, dass ich mir echt mal wieder eine neue Jacke und Sneaker besorgen wollte, denn beides hält so gut wie gar keine Flüssigkeit mehr ab. Meine Socken sind sofort durchnässt und ich ignoriere das widerlich schmatzende Gefühl, als ich den Club betrete und sich meine Augen an das schummrige Licht gewöhnen. Es ist noch zu früh. Heute hatte ich nicht viel zu tun im Büro und Celeste räkelt sich als einzige auf der Hauptbühne, wo ein paar eher gelangweilt wirkende Kerle über ihrem Bier brüten und wahrscheinlich über ihr beschissenes Leben nachdenken. Denn ganz im Ernst, jemand, der regelmäßig einen Stripclub besucht, hat eindeutig irgendwelche schwerwiegenden Komplexe, die er kompensieren muss!

Meistens haben sie ein Würmchen in der Hose, sind potthässlich oder haben von ihrer Mama nicht oft genug die Brust gekriegt oder so …

Wie auch immer. Ich nicke Jerry dem Barmann zu und er grinst breit zurück, so dass seine Zähne in dem dunklen Gesicht im Schwarzlicht nur so strahlen. Gruslig …

Ich mache, dass ich nach hinten zu den Umkleiden komme. Ich habe Glück, keine der Oberzicken macht sich gerade für ihre Show fertig oder kommt von der Bühne. So kann ich in aller Ruhe zu meinem Spint, schließe ihn auf und atme erleichtert durch, als ich sehe, dass er noch drin ist …

Ich nehme ihn an mich, fühle mit Genugtuung, wie der Ring eng meinen Finger umschmiegt, und drehe mich um, denke schon, es würde weiterhin so glatt laufen, aber das ist natürlich nicht der Fall.

Pablo tritt gerade durch die Tür herein, mit einem breiten fiesen Grinsen auf dem Gesicht und ihm folgt Karl – sein Schläger. Verdammte Scheiße noch eins, ich stecke echt in der Klemme!

16. Kurswechsel

Olivia

Ich halte den Atem an und tief in meinem Bauch verknoten sich etliche Organe fast schon schmerzhaft, als Pablo die Tür hinter sich schließt und Karl sich mit verschränkten Armen direkt neben ihm positioniert. Karl ist riesig. Seine Arme sind wie Baumstämme und er kennt keinerlei Gnade. Er ist ein richtig, richtig kaputter Kerl. Für Pablos Drecksarbeit zuständig und alleine, dass er jetzt hier dabei ist, lässt sämtliche Alarmglocken in mir schrillen.

Verdammt! Ich hätte nicht herkommen sollen! Aber ich konnte den Gedanken nicht ertragen, den Ring zu verlieren. Er ist neben dieser Klammer das Einzige, was mir von meiner Oma bleibt. Normalerweise trage ich ihn am Ringfinger, als Abschreckung für irgendwelche Kerle, aber zu meinen Shows habe ich ihn natürlich immer ausgezogen und in meinem Spind eingeschlossen ...

»Hi«, säuselt Pablo.

Ich grinse. »Na, alles fit im Schritt?« Ich weiß, ich sollte ihn nicht provozieren, nicht zu weit gehen, aber etwas noch Schlimmeres, was ich jetzt machen kann, ist, ihm meine Angst zu zeigen. Kerle wie er lieben verängstigte Frauen. Es macht sie an. Er ist ernsthaft krank.

»Dass ich deine kleine Bitch-Fresse hier nochmal sehe, hätte ich ja nicht gedacht, aber das erleichtert mir natürlich einiges.«

Ich ziehe nur eine Augenbraue hoch.

»Du schuldest mir noch Geld!«, blafft er mich an und ich runzle die Stirn, mache einen Schritt zurück. Messe die Entfernung zum Fenster ab und überlege, ob ich es schaffe, es rechtzeitig zu öffnen und hinauszupurzeln. Wir sind hier im ersten Stock, da hinten sind irgendwelche versifften Büsche, aber besser in ihnen zu landen als in Karls Armen!

»Ich schulde dir gar nichts!«

»Du bist einfach so gegangen, deine Show ist ausgefallen, Einnahmen gingen mir flöten!«

Ich verdrehe die Augen und überlege, dass es vielleicht wirklich besser wäre, sich einsichtig zu zeigen, auch wenn er Bullshit labert. Also nehme ich meinen Geldbeutel aus und frage: »Okay, du hast recht. Wie viel bekommst du noch?«

»Dreitausend Dollar!« Meine Finger verharren und ich schaute auf, direkt in seine breit grinsende hässliche Fresse.

»So viel verdiene ich niemals an einem Abend!«

»Eiertretzulage!«, säuselt er und ich packe meine Geldbeutel wieder weg, hebe mein Kinn und sage: »Du kannst mich mal!«

»Oh, ich habe gehofft, dass du das sagen würdest!« Er winkt Karl nach vorne und ich weiche weiter zurück … Jegliches Blut weicht sonst wohin und meine Knie werden ganz weich, als der Riese mit ausdruckslosem Gesicht auf mich zu stapft. Verdammt!

Alle Instinkte brennen durch, ich will nur noch weg und springe zur Seite – zum Fenster. Er packt mich am Arm und schleudert mich mit so einer Wucht direkt gegen die kahle Backsteinwand, dass ich Englein mit ihren Geiglein in meinem Kopf singen höre. Und zwar nicht das Halleluja!

AUTSCH! Ich keuche, krame in meiner Handtasche – viel

zu spät – nach meinem Pfefferspray und schreie auf, als Karl mich packt, mit einer riesigen Pranke meine Haare und mit der anderen meinen Arm nach hinten zieht, ihn nach oben verbiegt, so dass ich ihn fast knacken fühle und er brennt wie die Hölle, als er mich dann mit dem Gesicht voran gegen die Wand drückt. Ich kann mich nicht wehren, bin diesen Kräften hilflos ausgeliefert, und die Tasche mit dem Spray liegt nutzlos bei meinen durchweichten Füßen. Blut rinnt heiß aus meiner Nase, über meinen Mund und mein Kinn.

Das Herz in meiner Brust rast wie ein Presslufthammer.

Verdammt! Ich hätte mich auf das hier nie einlassen sollen! Ich hätte hier niemals anfangen dürfen zu arbeiten, denn ich weiß ja, wie das bei anderen Mädchen ist. Einmal drin, kommst du nicht mehr raus …

Nie! Wieder! Doch jetzt ist es zu spät, jetzt stecke ich knietief in der Scheiße.

»Also … ich hätte natürlich noch einen Vorschlag zu machen, wie du alles abarbeiten kannst. Dafür müsstest du natürlich komplett in meinen Besitz übergehen.« Pablo steckt sich eine seiner widerlichen billigen Zigarren an und setzt sich auf die Kante des Schminktisches neben mir.

Ich versuche, ihm ins Gesicht zu spucken, aber treffe nur die Wand und mein Kinn – wie peinlich.

Aber ich gehöre gar keinem! Niemals! Pablo grinst, seine Augen sind blutunterlaufen, die Tränensäcke riesig, genauso wie die Pupillen.

»Schade, ich dachte, du wärst ein bisschen schlauer …« Dann nickt er Karl wieder zu, der packt meine Jeans und ich weiß, dass er sie mir mit einem gewaltigen Ruck vom Körper reißen wird, mir wird klar, worauf das hier hinausläuft und mir wird kotzübel. Ich schreie auf, mobilisiere all meine Kräfte und bin bereit, zu kämpfen … richtig zu kämpfen. Ihnen die verdammten Augen auszukratzen und ihre Eier zu Matsch zu verarbeiten … als eine Stimme durch den Raum hallt. Nicht ruhig, nicht leise, sondern so hart wie ein Peitschenschlag. »Nein!«

***

Obwohl seine Stimme klingt wie der eisige Hauch des Todes und seine Schultern in dem weißen Hemd angespannt sind, ist sein Blick völlig ruhig. So total locker … doch seine Augen, diese Augen sind dunkelblau und glühen fast in ihrer Intensität, mit denen er Karl mustert – und sonst keinen.

»Wer bist *du* denn?«, fragt Pablo abfällig. »Verpiss dich, die Show läuft vorne!«

Er ignoriert den Wicht auf dem Schminktisch. »Lass. Sie. Los.«

Drei Worte, drei Worte, die selbst mir einen Schauer über den Rücken jagen. Es ist, als hätte sich die Luft im Raum verändert. Als würde sie prickeln und knistern. Karl schnaubt nur und fasst provokativ wieder hinten in meine Hose.

Ich schließe die Augen und fühle darin Tränen brennen! Tränen! Wann habe ich bitte das letzte Mal geheult? Das darf ja wohl nicht wahr sein! Und dann auch noch vor ihm!

Was macht er überhaupt hier? *Bitte, bitte verschwinde!,* bettle ich innerlich, weil ich nicht will, dass ihm was passiert, doch als ein Schrei durch den Raum hallt, reiße ich die Lider wieder auf und sehe gerade, wie … Pablo sich brüllend die Hand hält und am Boden kniet. Seine Finger stehen in unnatürlichem Winkel ab, mein Gehirn schafft es nicht, zu verarbeiten, was es da gerade sieht. Dann ist er schon bei uns und der Eisengriff, der mich gefangen hielt, lockert sich. Dafür brüllt Karl auf und kracht jetzt genau gegen die Wand neben mir, fällt ohnmächtig – ich hoffe es zumindest – zu Boden. Scheiße! Sanft, viel zu sanft, im Gegensatz zu all der Brutalität gerade eben, werde ich am Arm genommen und umgedreht. Ich atme so schnell, dass ich keuche. Er hingegen wirkt auf den ersten Blick völlig ruhig. Doch seine Augen sind nicht so klar wie sonst, sie sind voller Rage, funkeln vor Wut wie zwei Gletscher in der Sonne. Doch er kontrolliert sich. Absolut. Er gibt mir ein Taschentuch und meine Finger zittern, als ich es an meine Nase drücke. Dann gibt er mir einen Autoschlüssel.

»Schwarzer Maserati! Warte da auf mich!« Und wendet sich von mir ab, baut sich vor Pablo auf, der heulend wie ein Baby auf dem Boden hockt, sich die Hand hält und vor und zurück wippt. Ich zögere keine verdammte Sekunde, schaue nicht einmal zurück, drehe mich um und taumle aus dem Raum. Als ich mich an der Wand abfange, hinterlasse ich einen blutigen Handabdruck, wahrscheinlich weil ich mir an die Nase gefasst habe. Es ist mir egal. Ich stolpere nach vorne, an der Bar vorbei und direkt hinaus in den Regen … Es tut so gut, als die eisigen Tropfen auf mein Gesicht fallen, doch gleichzeitig, als ich den Kopf hebe, wird mir schwarz vor Augen und ich klammere mich schnell an die Brüstung.

Das Auto steht da gleich. So nah und doch so weit entfernt. Also er hätte mich wenigstens raustragen können … *Gott, du bist so dumm! GEH WEITER!*, empört sich eine der Stimmen in mir und ich setze ein Bein vor das andere … versuche, mein Ziel zu fokussieren, obwohl immer wieder alles vor meinen Augen verschwimmt.

Und das nicht nur durch den stärker werdenden Regen. *Gehirnerschütterung* … informiert mich eine der Stimmen trocken. *Ist klar bei der Wucht, mit der du gegen die Wand geschmettert wurdest, ich hoffe, der Scheißring war es wert!*

Ich drücke auf das Knöpfchen und schluchze fast auf – fast – als ich die Tür aufreiße und mich auf den Beifahrersitz fallen lasse. Doch ich schließe nicht die Augen und entspanne mich nicht, so wie alles in mir danach drängt, denn ich weiß, dass dies bei einer Gehirnerschütterung tödlich wäre. Stattdessen drücke ich jetzt mein Shirt gegen die Nase, weil das Taschentuch völlig durchgeblutet ist, und schaue mich um, versuche, mich abzulenken, und meine Gedanken zu ordnen. Das Auto ist picobello aufgeräumt, mit dunklen Armaturen, Ledersitzen und keinem einzigen Staubkorn irgendwo. Natürlich …Was tut er hier nur? Wollte er etwa in den Stripclub gehen? Und wieso war er dann mit einem Mal hinten in den Umkleiden?

Bevor ich mich weiter fragen kann, wird die Fahrertür geöffnet und er schwingt sich absolut elegant in den engen Raum, nimmt etwas von seinem Duft (den ich gerade aber leider nicht riechen kann) und Feuchtigkeit vom Regen mit, startet den Motor und macht das Licht an. Meine Handtasche, die er mitgenommen hat, landet auf meinem Schoß …

Ich werde geblendet, meine Augen sind so empfindlich. »Hände weg!«, kommandiert er knapp und ich lasse sie sinken. Sie zittern und ich verkrampfe die Finger in meinem Schoß. Er untersucht meine Nase so sanft, ist mir dabei so unglaublich nah … dass ich die goldenen Funken in seinen Augen sehen kann. Sie sind jetzt nicht mehr so dunkelblau, sondern neigen eher zu einem satten Blaugrün …

Ich betrachte ihn genauer. Seine durchnässten Haare, die Tropfen, die in seinen Wimpern und auf seinen Lippen schimmern. Sein weißes Hemd … wo eindeutige rote Spritzer drauf sind und runzle die Stirn. »Du hast ihn aber nicht getötet, oder?«, kommt wieder das Erstbeste aus meinem Mund, was mir einfällt.

Er schnaubt, sein Blick, soeben auf meine Nase gerichtet, bannt mich wieder, als er mir mit einem kleinen kalten Schmunzeln in die Augen sieht und macht mich nervös. Da ist etwas in ihm, etwas Dunkles, etwas Gefährliches – und so Anziehendes, dass ich erschauere.

»Seit wann sind wir beim Du, Olivia?« Oh mein Gott! Ich bin total im Arsch! Habe Scheiße erlebt, ich bin kurz davor ohnmächtig zu werden, und doch ist das Einzige, was mich gerade interessiert, wie er soeben meinen Namen ausgesprochen hat. So wurde er noch nie angesprochen und so etwas habe ich noch nie empfunden, wenn jemand ihn sagte. Ich bin völlig geflasht und kann nicht antworten. Wieder mal. So peinlich! Gott!

»Sie ist nicht gebrochen«, verkündet er, wendet sich ab und fährt los … rückwärts, wofür er einen Arm an meiner Kopflehne aufstützt und ich sein jetzt wieder ausdrucksloses Gesicht genauer betrachten kann.

So verheerend in seiner Schönheit. So verdammt perfekt … Und so gefährlich.

Ich lächle und … drifte doch endlich dahin, wo ich eigentlich nicht hinwollte. In die Ohnmacht.

»HEY!« Er schnipst mit den Fingern vor meinem Gesicht herum, und ich reiße die Augen wieder auf.

»Ja?«, frage ich total verwirrt.

»Nicht schlafen!«, blafft er und ich merke erst jetzt, dass er ganz anders ist als gestern früh in dem Diner. Er ist angespannt, düster … und irgendwie wirkt er nach wie vor ziemlich … angepisst. Er öffnet ein Fenster, sodass kalter Regen in mein Gesicht peitscht und ich kreische auf. Er grinst, als ich fluche und lässt es wieder hoch. Also jetzt bin ich eindeutig wieder wach und das schmerzhafte Pochen in meiner Nase verklingt immer mehr … genauso wie der Blutstrom. Zum Glück.

Dafür nehmen die Schmetterlinge, die wild in meinem Bauch flattern, aber verheerende Ausmaße an.

***

Immer und immer wieder öffnet er das verdammte Fenster, wenn er merkt, dass ich kurz davor bin, abzudriften und nach dem dritten Mal kann ich nicht mehr an mich halten. Ich verfluche ihn mit allen möglichen Schimpfwörtern, die ich vor Riley niemals sagen würde. Und ich bin mir sicher, dass Mister Rush sich sowas noch nie von irgendeiner Frau anhören durfte. Doch ich kann nicht anders. Er lacht leise. Lacht ehrlich … und mir fällt wieder was ein.

RILEY! Sie werden sich schon Sorgen machen, wo ich bleibe, zumindest Penny, da Riley schon lange schläft. Also krame ich nach meinem Handy und schreibe ihr.

Hey Süße, komme heute erst später nach Hause, mach dir keine Sorgen!

Ich schicke es ab, bevor ich es mir anders überlegen kann, und lehne dann mit geschlossenen Augen meinen Kopf nach hinten.

»Wagen Sie es nicht!«, knurre ich, als ich höre, wie das Fenster ein bisschen herunterfährt … und es surrt wieder nach oben, wie ich mit einem Auge mitbekomme. Ich schaue zu ihm, er ist ganz auf die leere Straße konzentriert, hat die Hände viel zu fest ums Lenkrad gelegt und die Lippen zu einer schmalen Linie zusammengepresst. Irgendwas behagt ihm ganz und gar nicht und ich überlege, ob ich vielleicht ein Gespräch anfangen, ob ich mich bedanken sollte. Genau in dem Moment, als ich den Mund aufmache, vibriert mein Handy und verkündet das Eintreffen einer neuen Nachricht. Natürlich von Penny. Es beginnt mit einem schockierten Smiley und ich muss lachen und dann … *Hast du etwa jemanden kennengelernt?* Grinsend verdrehe ich die Augen … fühle aber selber, wie meine Wangen rot werden, und werfe ihm einen kleinen Seitenblick zu. Er sieht weiter nach vorne und könnte von seiner Position auch gar nicht entziffern, was ich tippe.

Ich glaube schon! Und mein Herz mich schon wieder fast erschlägt.

Die Antwort kommt sofort. *OMG. Ich will ALLES wissen!*

Ich grinse breiter und tippe nur *Morgen!*, bevor ich mein Handy wieder in der Handtasche verstaue und nach vorne gucke.

Er fängt auch kein Gespräch an, also halte ich den Mund und genieße einfach nur den Luxus um mich herum, und die Anwesenheit des Mannes zu meiner Linken. Egal, wie lange es auch anhält. Was auch immer es ist.

Ich will so viel davon mitnehmen wie möglich.

17. Was du wirklich willst

Keaton

Du denkst, du bist endlich in Sicherheit, Olivia. Dabei bist du erst jetzt in Gefahr.

Ich kann es nicht mehr ändern. Du bist schuld daran. Mein Plan war ganz anders, es sollte jetzt noch nicht soweit kommen. Das Spiel hat gerade erst angefangen, Spaß zu machen – und ich will noch nicht, dass es zu Ende geht. Ich will noch nicht an diesen Punkt gelangen. Aber du hast mich gezwungen. Mit deiner Dummheit, mit deiner Arglosigkeit. Damit, wie du einfach so mitten in die Gefahr spaziert bist, von der sich jeder normale Mensch sonst ferngehalten hätte.

Ich hätte dir diesen verfluchten Ring geholt, Olivia.

Es war alles schon geplant.

Schwarz auf weiß.

In meinem Notizbuch.

Aber du magst Pläne nicht gerade, nicht wahr, meine Hübsche? Du magst es nicht, dich an Regeln zu halten oder an Vorgaben oder an den gesunden Menschenverstand. Du bist einfach in die Höhle des Löwen marschiert. Eine sanfte, schöne Gazelle, direkt hinein ins Maul der Bestie.

Dein einziges Glück war, dass noch eine andere Bestie im Hintergrund lauerte. Ein anderer Jäger, den du jetzt aus seiner Deckung und zum Handeln gezwungen hast. Niemals hätte ich zugelassen, dass sie dich ernsthaft verletzen. Schon was sie mit dir getan haben, ist viel zu viel. Viel zu viel. Und es kostete mich jedes Quäntchen meiner Selbstbeherrschung, diesem degenerierten Abschaum kein Ende zu bereiten. Ich habe andere Methoden, Darling. Subtilere. Bessere als den Tod.

Du hast mich gefragt, ob ich sie getötet habe, diese Frage brachte mich ehrlich zum Schmunzeln. Weil du so naiv bist und mich doch so leicht durchschaust.

Nicht wahr, Baby?

Du witterst die Gefahr, die von mir ausgeht – und du liebst sie.

Du rennst nicht vor ihr davon, du suchst sie geradezu.

Du bist ein böses Mädchen, das seit Jahren am Abgrund entlangmarschiert.

Vorsicht, dass du nicht fällst.

Du bist genauso *anders* wie ich. Man könnte meinen, mein genaues Gegenstück.

Aber das werden wir niemals so wirklich erfahren …

Leider.

Du protestierst immer noch nicht, als ich mit dir in die Tiefgarage des Towers fahre, in dem ich lebe, du kommst einfach mit. Mit nach Hause zu einem wildfremden Mann! Und wenn es nicht ich wäre, Olivia, was würdest du dann tun?

Würdest du dasselbe machen?

Einfach so?

Der Gedanke macht mich so wütend, wie ich in deiner Gegenwart nicht werden darf … also versuche ich, mich abzulenken, und betrachte deine Beine, deinen so verdammt perfekten Hintern in der engen Jeans, die schmale Linie deiner Taille, als du vor mir in den Aufzug steigst und wir nach oben fahren. Und dann schaue ich dich nicht mehr an.

Ich kann es nicht. Denn du zerstörst meine Kontrolle, du machst alles zunichte … Und das hat davor noch keine Frau jemals geschafft.

Es ist traurig, dass es morgen schon wieder vorbei sein wird zwischen uns.

So traurig.

***

Olivia

Alles was mir dazu einfällt, wie er lebt, ist WOW! Es geht in einen verglasten Aufzug, vorbei an einem Portier, der selbst um diese Stunde topfit ist und Mister Rush freundlich grüßt. Er kriegt ein genauso freundliches »Guten Abend, Mister Henson« zurück, was mir gefällt. Mister Rush – Gott, der Name alleine lässt Hitze durch meinen Körper schießen – ist kein Arschloch. Er behandelt die ihm scheinbar Niederen nicht herablassend, was ich ja schon bei meinem Vorstellungsgespräch bemerkte.

Sobald wir in dem kleinen Raum des Aufzugs sind, kann ich nicht mehr klar denken, er ist so nah, er nimmt jeden einzelnen Quadratzentimeter um mich herum ein und ich kann ihn wieder riechen. Seinen sauberen frischen Duft, als würde er gerade erst aus der Dusche kommen und nicht schon den ganzen Tag auf den Beinen sein. Auf seinem weißen Hemd sind nach wie vor feine Blutspritzer und ich sollte vor ihnen zurückschrecken, aber ich tue es nicht. Ich kann nicht. Niemals vor ihm.

Der Aufzug öffnet sich direkt in einem Penthouse – was auch sonst. Die Lichter gehen automatisch an und erleuchten teuren Marmorboden, über den man in ein ausschweifendes riesiges Wohnzimmer, Esszimmer, Küche kommt … ich kann nicht anders, mir klappt der Mund auf und ich drehe mich einmal im Kreis. Die Möbel der Küche sind ausschließlich weiß und hochglänzend. Man merkt kaum, dass hier jemand lebt – keine Flecken über den Lichtschaltern, wie sie im Laufe der Jahre entstehen, keine offenstehenden Töpfe, die man vergessen hat, abzuspülen. Keine Schüsseln, in denen unnötiger Krimskrams liegt, wie etwa Einkaufsmarken, Kassenzettel und Schlüssel. Keine verwelkte Pflanze – nur weiße, gepflegte und riesengroße Orchideen. Die großen Fenster bieten einen wundervollen Ausblick. Ein paar Türen gehen vom Flur aus ab, wahrscheinlich Schlafzimmer, Büro, Bad und was auch immer ein alleinstehender Mann noch so braucht. Und eine Treppe, die nach unten führt.

Wie kann er sich all das hier nur leisten?

Das ist der pure Luxus, den sonst nur die Superreichen genießen.

Und dann die Aussicht. Sie ist magisch und zieht mich an, wie die Motte das Licht. Ich gehe nach vorne, direkt zu der Scheibe und halte mich gerade so davon ab, eine Hand darauf zu legen. Hier ist alles so steril und rein, dass ich mir denken kann, was er von Fingerabdrücken hält. Ich überblicke die funkelnde Stadt, den klaren Himmel und die Mondsichel darüber, die Wolken haben sich verzogen. Als würden sie mir diesen einmaligen Ausblick gönnen.

So wunderschön. Er öffnet zwei Knöpfe an seinem Hemd

und lässt seinen Kopf hin und her kreisen, als würde er den Nacken entspannen wollen, geht dann in den Küchenbereich, der von einem Tresen vom Wohnbereich getrennt wird. Er öffnet ein paar hochglanzweiße Schränke, kommt dann mit einigen Utensilien und einem Shirt von sich zurück.

»Sie wollen sich sicher umziehen und etwas frischmachen, das Bad ist da hinten.« Er nickt in die Richtung, öffnet eine Flasche Wein – und schenkt uns beiden ein. Aber er gibt mir kein Glas, er sieht gar nicht in meine Richtung. Er ist angespannt. Sein ganzer Körper scheint vor Anspannung schier zu vibrieren.

»Okay … äh danke …«, sage ich und nehme das weiße T-Shirt, das er mir gegeben hat, kann mich gerade so davon abhalten daran zu riechen und alles mit Blut zu versauen. Dann mache ich, dass ich in das untere Bad komme – wo ich fast schon wieder einen Schock erleide. Es ist alleine so groß wie meine ganze Wohnung.

Wahnsinn! Und auch hier besteht alles aus Weiß und Marmor. Zwei Waschbecken, obwohl er alleine lebt. Eine begehbare Dusche, in die vier Menschen passen würden. Sanfte LED-Beleuchtung, die die Haut im großen Spiegel reiner aussehen lässt, als sie ist.

Schnell wasche ich mir das Blut vom Gesicht und sehe, wie es rot im Abguss verschwindet. Dann ziehe ich mein unbrauchbares Oberteil aus, das voll damit ist und wasche mir die verschmierte Schminke weg. Hier unten liegt nichts Persönliches von ihm herum, alles ist wie aus einem Katalog entsprungen – gruslig. Aber ist ja klar … wer sich so eine Wohnung leisten kann, spart auch nicht an der Putzfrau!

Ich kämme mir mit den Fingern durch die zerzausten

Haare, damit sie nicht ganz so chaotisch aussehen, und spüle mir zweimal den Mund aus, um den metallischen Geschmack loszuwerden … Dann fühle ich mich schon viel besser und schlüpfe in sein T-Shirt. Gut, mein schwarzer BH scheint etwas durch, aber da kann ich jetzt nichts machen.

Was tust du hier überhaupt? Geh nach Hause!, fleht mich eine der Stimmen in mir an, die Bedachte, die Vorsichtige, die, die IMMER Angst hat. Aber ich schnaube nur …

Oh nein! Diese Chance, etwas mehr über den ach so geheimnisvollen Mister Rush zu erfahren, lasse ich mir sicher nicht entgehen!

Er wird mich schon nicht töten!

***

Als ich wiederkomme, brennt im Kunstkamin Feuer, er sitzt auf einem der drei ausladenden dunklen Ledersofas, immer noch in schwarzer Hose, aber nicht mehr in dem blutbespritzten Hemd, sondern in einem sauberen, schwarzen Rollkragenpullover, der sich verboten eng um seinen athletischen Oberkörper schmiegt. Die Ärmel hat er hochgekrempelt, sodass gebräunte, muskulöse Haut und seine Rolex mich echt ablenken. Eine Strähne fällt ihm in die Stirn, ich will sie wegstreichen, und verdrehe über mich selbst die Augen.

Er ist immer noch mein Chef.

Und ich habe hier nichts zu suchen.

Doch ich nehme die stumme Einladung an, setze mich auf das beigefarbene Sofa neben seinem – etwas zu hart, aber das sind diese teuren Designermöbel meistens; ungemütlich und eher was fürs Auge als für alles andere –

und nehme das Glas Wein. Ich trinke mir Mut an – jawohl, das tue ich und seine Augen lösen sich vom Feuer, in das er geblickt hat, und wenden sich mir zu.

Wieder fühle ich mich wie ein Schmetterling, der von einer Nadel in einem Schaukasten aufgespießt wird. Für alle Zeit unbeweglich und nur dazu da, seinen Besitzer zu erfreuen.

Doch ich schaffe es, nicht zusammenzuzucken.

Er sagt nichts, sieht mich nur an und ich räuspere mich, bevor ich endlich sage: »Der Wein ist gut.«

»Ja«, ist seine Antwort. Also Smalltalk ist nun wirklich nicht seine Stärke …

Er wirkt so auf mich fokussiert. Als gäbe es nichts außer mir auf dieser Welt. Und ich mag es. Viel, viel zu sehr.

Aber vielleicht fragt er sich nur, wann ich endlich abhaue, vielleicht will er mich gar nicht hier haben, sondern fühlt sich nur verpflichtet, sich um mich zu kümmern, nach dem, was ich erlebt habe.

Und ich sitze mir hier meinen Arsch platt, obwohl er vielleicht schon längst schlafen wollen würde und nur höflich ist!

Meine Fresse, Liv! Mach, dass du endlich davonkommst! JETZT!

Ich schlucke und flehe ihn stumm an: *Gib mir ein Zeichen, irgendeines … irgendwie … SAG WAS!* Aber er trinkt nur noch einen Schluck Wein, einen Arm lässig über die Lehne geworfen, und sieht mich über den Rand des Glases mit diesem Blick an, der in mir alles durcheinanderbringt. Er sagt kein einziges Wort … und ich schlucke.

Und ich gehe immer noch nicht.

»Also … hier wohnen Sie also …«

»Das tue ich.«

»Die Aussicht ist wunderschön.«

»Stimmt.« Lacht er mich etwa innerlich aus? Seine Augen funkeln auf jeden Fall amüsiert, aber ansonsten ist da *nichts*. Ich möchte mich vor Unbehagen winden, aber ich trinke noch einen Schluck, fühle bereits die Hitze des Alkohols in mir aufsteigen, denn ich bin nichts gewöhnt. Und ich weiß, ich sollte aufhören zu trinken oder wenigstens zu reden – oder beides, aber ich will mehr über ihn erfahren! Das ist meine Chance!

»Wieso waren Sie in dem Stripclub?«, frage ich also wieder einmal das Erstbeste, was mir in den Sinn kommt, dem Alkohol sei Dank! Und klinge dabei irgendwie … eifersüchtig und dazu wie eine totale Idiotin. Doch wenn ich ehrlich bin, regt mich die Vorstellung, dass er irgendwelche halbnackten Frauen beobachtet, auf. Wenn er nur wüsste, was *ich* ihm für eine Show bieten könnte, er würde nie wieder einen Fuß in so ein verseuchtes Etablissement setzen. Nie wieder.

Er schmunzelt jetzt ganz offensichtlich, soweit ein Mister Rush jemals schmunzelt.

»Ich könnte Sie dasselbe fragen, Miss Pierson.« Ich werde knallrot, als er diese Frage sofort in aller Seelenruhe auf mich zurückfeuert. Das sind wahrscheinlich FBI-Methoden, die er hier verwendet und ich verenge die Lider und verschränke die Arme vor der Brust.

So nicht Freundchen.

»Ich habe zuerst gefragt!« Ja, ich klinge ein bisschen kindisch, aber es ist mir egal, vor allem weil er nun wirklich amüsiert scheint, aufgetaut.

»Nun gut, Sie haben gewonnen. Ich war dort, weil ich

mich mit einem Freund getroffen habe, der seelischen Beistand brauchte, Miss Pierson.«

Oh.

Keine heißen Frauen begafft?

Nicht heimlich auf sie einen runtergeholt?

Ich bin geschockt darüber, wie erleichtert ich bin.

»Also besuchen Sie normalerweise keine Stripclubs?«, frage ich und er antwortet lässig – mit diesem verdammt überlegenen Schmunzeln, als würde ihn gerade etwas *tierisch* amüsieren: »Normalerweise nicht. Und Sie, Miss Pierson?« Er grinst echt schon wieder, als wüsste er was, was ich nicht weiß, und als würde es ihm höllisch Spaß machen, mich mit diesem Wissen zu quälen.

»Ich … ich war dort, weil …« Oh Shit! Ehrlich sein oder lügen? Dem neuen Boss erzählen, dass man bis vor ein paar Tagen eine Stripperin war oder nicht? Und dem Mann, den man eindeutig heiß findet? Irgendwas drängt mich zur Lüge, wie bei allen anderen Menschen aber ich sage die Wahrheit. Wahrscheinlich weil ich schon etwas blau bin.

»Ich habe dort gearbeitet.« Ich hebe dabei mein Kinn, mein Stolz verbietet mir, mich dafür zu schämen! Ich habe Geld verdient, nie gegen meine Prinzipien verstoßen, ich muss mich nicht schämen! Doch es schleicht sich keine Missgunst in seinen Blick, ganz im Gegenteil, eher sowas wie … Bewunderung.

»Okay«, sagt er nur und trinkt noch einen Schluck.

»Okay? Das ist alles?« Ich bin völlig baff. Keine anzügliche Bemerkung? Keine Frage, wieso ich sowas Grauenhaftes getan habe? Keine Verwunderung, kein: VERLASSEN SIE SOFORT MEINE WOHNUNG, SIE LASTERHAFTE

HURE?

»Wie soll ich denn Ihrer Meinung nach reagieren?«

»Schockiert?«

»Wieso?«

»Weil ich …«

»Weil Sie Geld verdient haben? Wieso sollte mich das schockieren?«

»Ich habe mich vor fremden Männern ausgezogen, um Geld zu verdienen!«

»Hat es Ihnen Spaß gemacht?«

Wow … mit dieser Frage hätte ich nicht gerechnet, sie erwischt mich eiskalt. Ich meine, welcher Mensch würde das als Priorität sehen? Man denkt nicht an den Spaß, wenn man über so einen Job nachdenkt, sondern doch ans Geld, oder? Doch nicht er. Mr. Rush ist schon wirklich eine ganz besondere Spezies Mensch – aber das weiß ich nicht erst seit jetzt … Das ist es, was mich so an ihm fasziniert. Er ist absolut unvorhersehbar, mystisch, ein bisschen gefährlich, so wie wir Frauen es – leider – viel zu gerne haben. Und er besitzt ganz eindeutig nur sehr wenig Skrupel. Ich schlucke … fühle kurz in mich hinein und antworte wieder so ehrlich, wie ich sonst bei keinem Menschen dieser Welt wäre. Aber er ist eben auch anders als jeder Mensch, den ich bis jetzt getroffen habe. »Ja.«

»Dann ist doch alles gesagt.« Er trinkt sein Glas leer und schenkt sich ein, genauso wie mir … Ich sollte nicht noch mehr trinken, ich kann schon jetzt nicht mehr klar denken, aber tue es trotzdem.

»Sie sind komisch, Mister Rush.«

»Wieso?«

»Weil sie nicht schockiert sind oder finden, ich sollte mich schämen.«

»Man sollte sich nie dafür schämen, dass man tut, was man liebt, Miss Pierson.«

»Und was lieben Sie so?«, entfährt es mir wieder, bevor ich es aufhalten kann.
Oh Gott, was tue ich hier eigentlich? Für einen Augenblick verliert er seine lässige Eleganz, indem er sich durch die Haare streicht und sie durcheinanderbringt. Dann hat er sich wieder gefangen.

»Dies und das!«

»Ach kommen Sie!« Ich bin wirklich mutiger und setze mich neben ihn auf das Sofa. »Ich war so ehrlich zu Ihnen, jetzt sollten Sie sich revanchieren!« Er sieht mich schmunzelnd an, seine Augen glühen förmlich und sein Gesicht ist so weich, wie ich es noch nie gesehen habe. Fast schon … irgendwie … fasziniert. Wie ich hier vor ihm sitze und ihm sage, was er tun sollte. Ich glaube nicht, dass sich das sonst besonders viele Menschen wagen.

»Sollte ich das, Miss Pierson?«

»Japp!« Ich trinke noch einen Schluck. Fast das zweite Glas ist leer und ich sollte wirklich, *wirklich* aufhören, aber er schenkt mir nach und sagt schließlich, während er sich zurücklehnt: »Nun gut …« Seine Hand liegt direkt hinter mir, fast berührt sie meine Haare und ich wünsche mir so sehr, dass er es tun würde, aber er sieht mich nur mit schiefgelegtem Kopf an und sagt: »Was ich liebe, Miss Pierson?«

Sein Blick geht mir wieder unter die Haut, als er langsam und genüsslich über meinen Körper wandert und … und hungrig wird. Rau. Lustvoll. In mir zieht sich alles zusammen. So hungrig hat mich noch nie ein Mann angeschaut und ich fühle mich ausgeliefert. Dann sieht er mir wieder in die Augen und ich weiß, derselbe Hunger, den er ausstrahlt, ist auch in meinem Blick zu erkennen.

»Ja?«, frage ich und meine Stimme bebt ein bisschen.

»Ich liebe aufrichtige Personen. Personen, die sich nicht verbiegen lassen, die nicht dem Mittelmaß oder irgendwelchen Trends folgen, sich an gesellschaftliche Zwänge halten, nur weil das eben alle tun. Ich liebe Menschen, die so sind, wie sie sind. Ohne sich zu verstellen.«

»Okay.« Wieso fühlt es sich gerade so an, als würde er mich mit seinen Worten meinen? Mir wird ganz heiß, also noch heißer als vom Wein sowieso schon und ich klammere mich an den Stiel wie eine Ertrinkende. »Was noch?«

»Sie sind gar nicht fordernd oder, Olivia?« Und da ist es wieder! Mein Name! Von diesem so sinnlichen Mund ausgesprochen. Irgendwann werde ich einfach umkippen und sterben, wenn er mich so nennt.

»Das sind Sie doch auch!«, antworte ich aufsässig und nehme noch einen Schluck. Mein Kopf dreht sich … *huiiiii* …

Er nimmt mir das Glas ab und stellt es auf den Tisch, als hätte er soeben beschlossen, dass es reicht. »Bin ich das?«, fragt er sanft … und mit einem Mal sind da seine Finger, hauchzart in meinen Haaren, und spielen mit ihnen, lassen sie durch seine Fingerspitzen gleiten, womit er diese eine Barriere überschritten hat.

Ich halte den Atem an.

Sehe nur in seine funkelnden Augen.

»Jetzt sagen Sie mir, was Sie lieben, Miss Pierson.«

Hübsche mystische Männer, die mich in ihren Bann ziehen, würde ich am liebsten antworten. Aber ich kann nicht. Obwohl ich soeben noch getrunken habe, ist meine Kehle wie ausgetrocknet.

»Ich liebe Schokolade!«

»Welche Frau tut das nicht?« Seine Finger gleiten über meinen Hals, hauchzart, wie die Flügel eines Schmetterlings und ich erschauere … Sie gleiten nach unten … und wieder nach oben und lenken mich ab.

»Ich liebe ihre Finger!«, schießt es aus meinem Mund, noch bevor ich das aufhalten kann, es ist fast ein Quieken.

»Tatsächlich?«, fragt er und gleitet an meinem Kiefer entlang – über meine Kehle. So gefährlich. So kribbelnd.

Ich schließe die Augen und lasse meinen Kopf etwas nach hinten fallen.

»JA!« Verflucht. Was tut er nur mit mir? Ich beiße mir auf die Unterlippe, weil ich mehr will … einmal die Barriere überschritten, will ich *alles*.

A

L

L

E

S!

Und noch viel mehr …

»Sie sind eine der sinnlichsten Personen, die ich je getroffen habe, Olivia Pierson.« Seine Stimme ist leise und kontrolliert, aber etwas heiser, so dass ich genau merke, dass diese Situation auch ihn nicht kalt lässt. »Was sollen meine Finger mit Ihnen tun?« OH GOTT!

Seine Finger streichen an meinem Kinn nach oben und zwei davon über meine Unterlippe. Ich mache automatisch einen kleinen Schmollmund, schmiege mein Fleisch an seine leicht rauen Fingerspitzen.

Heiß …

Mir ist so heiß …

Das Feuer in mir lodert so hoch, dass ich weiß, ich werde mich verbrennen … aber ich kann nicht mehr aufhören. Obwohl ich gar nichts tue.

Diese Situation ist so intensiv … dabei berührt er mich gerade mal mit seinen Fingerspitzen.

Wahnsinn.

So was habe ich noch nie erlebt.

Noch nie ...

»Alles, was Sie wollen«, wispere ich und spüre wie seine Finger stocken. Ich öffne die Augen und schaue ihn an. Sein Blick brennt.

»Ich kann mit Ihnen alles tun, was ich will, Miss Pierson?«

»Ja!«, hauche ich.

»Das ist ein gefährliches Angebot, das Sie mir hier machen.«

»Das weiß ich!« Ich sehe ihn an. Fest. Und ohne zu zucken.

Jeglicher Humor ist aus seinen Zügen verschwunden.

Er ist so schön.

Das Schönste, was ich jemals gesehen habe.

Langsam und vorsichtig, als würde ich mich einem wilden Raubtier nähern, von dem ich nicht weiß, wie es reagieren wird, hebe ich eine Hand und umfasse seine … Ich ziehe sie von meinem Gesicht weg und merke, wie er die Zähne aufeinanderbeißt, weil er denkt, ich würde ihm gerade eine

Abfuhr erteilen … aber das könnte ich nicht, selbst wenn mein Leben davon abhinge. Doch seine Pupillen weiten sich, als ich seine Finger mit meinen verschränke … es fühlt sich so richtig an, das zu tun. Als würden die zwei letzten Teile eines Puzzles ineinanderrasten, eines Puzzles, das mein Leben ist. Langsam erhebe ich mich. Er lässt es zu, dass ich mich auf seinen Schoß setze. Unsere miteinander verschränkten Hände sind zwischen uns, ich tue das Gleiche mit unseren freien Händen und halte sie, fange an, mich langsam und genüsslich auf ihm zu bewegen. Mein Becken zu kreisen und fühle, wie er sofort auf mich reagiert.

Sein Blick verdunkelt sich … und seine Nasenflügel blähen sich.

»Was wollen Sie von mir, Mister Rush?«, frage ich und sehe unter meinen Wimpern zu ihm auf, beiße mir auf die Unterlippe und dränge mich enger an ihn …

Und wie er mich jetzt ansieht. Es ist der intensivste gierigste Blick, mit dem ich jemals betrachtet wurde. Ich sehe, dass seine Kontrolle am seidenen Faden hängt und lächle, als ich es erkenne …

Er gibt mir keine verbale Antwort. Aber dafür eine andere.

Seine Hand löst sich von meiner, schnellt nach oben, er ergreift mein Kinn, fest und sicher und so, dass ich mich nicht rühren kann und im nächsten Moment landen seine Lippen auf meinen. Sein anderer Arm umfängt meinen Hintern, umfängt mich wie ein Käfig, aus dem ich nicht fliehen kann – selbst wenn ich will – und er drückt mich so eng an sich, dass kein Blatt Papier mehr zwischen uns passt.

Und ich bin verloren.

18. Rush

Olivia

In einem Moment sitze ich noch auf ihm und denke, ich habe die Kontrolle. Im nächsten Moment liege ich am Boden vor der Couch und er ragt über mir auf. Unsere Finger sind wieder verschränkt, er drückt sie auf den kalten Boden, nur mein Unterkörper ist auf dem weichen Teppich, schmiegt sich an seinen Unterkörper.

Er sagt nichts, er hält mich nur so … in seiner Gewalt. Wehrlos.

Sein Schwanz ist hart und bereit.

Und mein Höschen ist feucht wie die Niagarafälle.

Ich halte mich gerade so davon ab, zu betteln, als er so gar nichts tut, außer mich festzuhalten, so nah und doch unerreichbar ist das, was ich gerade am dringendsten von ihm will …

Ich hebe mein Becken und reibe mich an ihm.

Er stößt sein Becken nach vorne und drängt mich hart auf den Boden zurück.

OH GOTT!

Ich fühle seine gesamte Länge direkt an meiner Jeans, und wünsche, ich wäre nackt … oder dass wenigstens diese verdammte Jeans weg wäre …

Es ist nicht genug!

Aber ich habe die Botschaft verstanden.

Er hat die volle Kontrolle.

Nicht ich. Und fürs Erste … lasse ich es zu.

Wieso auch immer. Denn das ist sonst gar nicht meine Art.

Ich traue den meisten Männern in meinem Leben nicht genug, um ihnen die Kontrolle zu übergeben. Aber bei ihm fühlt sich das natürlich an, als er mich fest und warnend ansieht – immer noch kein Wort sagt und seine Hände von mir lässt.

Ich bleibe genauso liegen, wie ich bin, ohne mich zu rühren. Nur mein Herz rast und mein Atem geht keuchend.

Er grinst kurz und zufrieden, beugt sich vor und küsst meinen Hals. Ich würde am liebsten die Arme heben, sie um ihn schlingen, ihn an mich ziehen … irgendwie doch etwas tun, aber ich bleibe völlig passiv und nehme einfach nur, was er mir gibt. Seine Lippen sind so weich, so zart, sein Atem heiß, als er an meinem Hals herabwandert.

»Oh Olivia, was ich alles mit dir tun werde«, wispert er heiser in mein Ohr und öffnet den Knopf meiner Jeans.

Die Lust in mir explodiert fast in tausend kleine Einzelteile …

Er zieht den Reißverschluss runter, küsst sich an meinem Hals weiter bis zum Bund des T-Shirts … und zerrt dann das Shirt hoch, direkt über meine Brüste. Ich liebe es, zu sehen, wie sich seine Augen vor Lust noch verdunkeln, als er bemerkt, wie sich meine steifen Nippel durch den Stoff pressen. Förmlich um Berührung betteln und er gibt mir ein wenig davon … stützt sich auf einen Arm und zieht mit der freien Hand die Körbchen herunter, gerade so, dass meine Brustwarzen drüber schauen. Er stöhnt bei diesem Anblick und ich drohe schon wieder zu explodieren.

Er grinst so sexy, als ich leise wimmere … ehrlich, so einen Laut habe ich *noch nie* von mir gegeben, aber ich kann mich nicht schämen, denn er beugt sich vor und saugt sanft an einer Brustwarze. Sein Mund so heiß, seine Zunge so weich.

Ich schreie: »Mister Rush!« und beuge meinen Rücken durch, fühle dann sein breites Grinsen an meiner überempfindlichen Haut …

»Nenn mich Keaton!«, meint er gönnerhaft und widmet sich der anderen Brustwarze.

»GOTT!« Ich kann nicht mehr anders und kralle meine Hände in sein Haar.

»Das geht auch.« Sein Mund verschwindet. Genauso wie er. Verwirrt blicke ich auf und sehe, wie er über mir steht. Die Beine breit, die Hände zu Fäusten geballt, wie ein gefallener Engel … die klar definierte Brust unter dem dünnen Pullover hebt und senkt sich schnell, sein dunkles, glänzendes Haar ist zerzaust, seine Lippen geschwollen und die Flammen des Kamins tanzen über sein Gesicht. Außerdem ist er hart hinter seiner Hose, und riesig.

In meinem Bauch zieht sich alles vor Verlangen zusammen. Ich will ihn. So sehr. Und er will mich auch, aber er hält sich zurück.

Wahnsinn …

Dieser Mann ist Wahnsinn in allen Belangen.

»Zieh deine Jeans aus!«, fordert er und seine Stimme ist nur ein bisschen heiser, ansonsten kontrolliert und ruhig, genau das Gegenteil von dem Chaos, das in *mir* tobt. Ich will aufstehen, aber er fordert mich auf, liegen zu bleiben … und ich runzle die Stirn, bleibe aber am Boden. Er, groß und mächtig wie ein Riese, ich, klein und verletzlich wie eine Ameise. Genauso fühle ich mich. Eine Bewegung von ihm und er könnte mich zertreten. Doch tief in mir weiß ich, dass er das nie tun würde. Ich zerre den rauen Stoff meine Beine runter, strample ihn dann fort und liege nur in schwarzem Höschen vor ihm. Außerdem in seinem Shirt und dem BH, den er unter meine Brüste geschoben hat … Scheiße …

»Das Shirt auch!« Er zerrt sich den Pullover mit einer Hand über den Kopf und schmeißt ihn fort, sodass er oben ohne ist, und lässt sich auf die Couch hinter ihm nieder … und ich stocke …

Mit offenem Mund. Total bescheuert.

Denn ehrlich … ich hätte gedacht, solche Männer wie ihn gäbe es nur auf den Hochglanzmagazinen, nur im Fernsehen und überhaupt, wenn man schon so ein Gesicht hat, sollte so ein Körper echt verboten werden. Sowas gibt es nicht in der Realität, und doch sitzt er hier vor mir mit seiner klar definierten Brust, einem ganz leichten Sixpack, breiten Schultern und einem sexy V … als wäre er soeben aus *Pinterest* herausgestiegen. Ich mag keine Bodybuilder, ich mag es, wenn die Männer muskulös und männlich, aber nicht wuchtig sind. Ich mag athletische Körper genau wie seinen. Es ist, als wäre er aus meinen feuchtesten, dreckigsten Fantasien entstiegen … als wäre er nur hier, um sie mir zu erfüllen. Seine Haut ist blass im Kerzenschein, absolut perfekt, ohne ein Tattoo – oder einen Makel.

Meine Nippel werden noch härter und der Stoff scheint sie einzuschnüren, doch als ich meinen BH öffnen will, sagt er: »Der bleibt, aber das Höschen verschwindet …« Ich ziehe es aus und presse die Beine zusammen. Ich kann nichts dagegen tun.

Er hebt mahnend eine Augenbraue und ich öffne sie … wobei meine Wangen glühen und die Hitze durch meinen ganzen Körper schießt.

Ich öffne mich ihm, wie ich mich noch nie einem anderen Menschen geöffnet habe. Es erfordert so viel mehr Mut, mich hier nur für ihn zu entblättern als vor einer Horde johlender Männer.

»Fass dich an, Olivia!«, fordert er leise und ich schließe die Augen. »Sieh mich an!« Das kommt härter und ich reiße die Lider wieder auf. Mich vor einem Fremden berühren? So … intim? Das ist wirklich nicht einfach, und doch greife ich nach unten und streiche zaghaft über meinen Kitzler. Er ist übersensibel … Ich zucke zusammen, weil Lust sofort tief in mir auflodert und alles wieder in Brand setzt, sehe ihm in die Augen, während ich meinen ganzen Mut zusammennehme und diesem Fremden eine Show liefere, die sonst noch keiner jemals zuvor bekommen hat.

Er macht es mir leicht, mich dieser verruchten, dreckigen Seite in mir hinzugeben, denn ich weiß, dass er mich nicht verurteilen wird. Egal was ich auch tue. Ich weiß es tief in mir und so … lasse ich die Lust durch mich fließen und berühre mich richtig. Als wäre ich alleine … bewege dabei leicht mein Becken und fühle, wie sich alles in mir danach sehnt, dass er mich ausfüllt. Auf einen Ellbogen gestemmt, gebe ich mich voll dem Moment hin und lasse den Kopf nach hinten fallen. Stöhne … Schließe doch die Augen und fühle wie meine Haare über den Boden streichen.

»STOPP!«, sagt er und reißt mich aus dem Strudel der Lust, der mich immer höher nach oben bringt … ich halte an und reiße die Lider auf, sehe ihn an … wobei mein Blick leicht verschwommen ist. Er sitzt immer noch auf dem Sofa.

Sein Atem geht immer noch schnell – wenn nicht sogar schneller als zuvor.

Seine Lippen sind einen Spalt weit geöffnet.

Seine Hose ist offen.

Und er hat seinen Schwanz in der Hand.

Ich versteinere.

Sein Schwanz ist riesig!

»Komm her!«, fordert er heiser, so gar nicht mehr kontrolliert.

Und ich gehorche, krieche auf ihn zu … und lecke mir über die Unterlippe. Ich will den Lusttropfen auf dieser prallen Eichel beseitigen, will fühlen, wie er sich in mich schiebt, mich dehnt, mich ausfüllt …

Ich lege meine Hand in seine, die er mir entgegenstreckt, wieder rasten gewisse Stücke an ihren Platz und ich lasse mich von ihm nach oben ziehen. Direkt über ihn … Unsere Blicke sind verwoben, als ich mich herabsenke und er seine Erregung mit einer Hand festhält. In seiner Wange zuckt ein Muskel, als er sich in mich schiebt, gegen den leichten Widerstand ankämpft und ich mich langsam, so quälend langsam, dass wir jeden Zentimeter des anderen fühlen, herablasse. Schon ab der Hälfte denke ich, ich kann nicht mehr. Der letzte Sex ist schon zu lange her, ich bin zu eng, und er ist zu groß. Ich will mich hinauf bewegen, denn mit einem Mal überwältigen mich die Intensität dieser Vereinigung, des Moments, seines Blickes und die Nähe seines Körpers unter mir.

Aber er knurrt: »Zu spät!« und stößt einfach in mich bis zum Anschlag. Es ist, als würde er mich zerreißen. Ich schreie auf und lasse meinen Kopf nach hinten fallen … muss mich erst an ihn gewöhnen, aber er lässt mir keine Zeit.

Er ist nicht sanft.

Niemals.

»*Jetzt* gehörst du mir!«, knurrt er und dann wirbelt er mich herum, wirft mich mit dem Rücken auf die Couch und stößt wieder in mich.

Jetzt gibt es kein Halten mehr.

Und ich verstehe.

Diesen Schritt hat er mir noch zugestanden, alleine zu machen.

Er hat es sogar von mir gebraucht.

Dass ich zu ihm komme.

Seine Hand ergreife.

Dass ich mich mit ihm vereinige.

Dass ich die Macht noch ein letztes Mal ergreife … und sie dann komplett an ihn abgebe.

19. Außer Kontrolle

Keaton

Ich hatte dich, Olivia.

Ich hatte dich auf all die Arten, wie dich andere auch hatten – und auf alle weiteren Arten ebenso.

So wie ich hatte dich noch keiner.

Ich weiß, ich habe nicht nur deinen Körper, sondern deine gesamte Welt gefickt.

Du hast mir deine brave Seite gezeigt, deine schüchterne und deine dreckige, verruchte.

Das alles gehört jetzt mir.

Die brave Heilige.

Und die verdorbene Hure.

Ich sitze im Morgengrauen neben dir auf der Bettkante und weiß, es ist jetzt Zeit. Zeit, dich gehen zu lassen. Dass du für immer aus meinem Leben verschwindest, so wie alle anderen.

Ich bin gesättigt.

Die Jagd hat sich gelohnt, du warst exquisit.

Doch der Nervenkitzel ist jetzt vorbei.

Die Nacht ist vorbei.

Alle Geheimnisse aufgedeckt.

Ich weiß jetzt, wie du schmeckst.

Sogar an den verbotensten Stellen.

Ich weiß, was für Töne du von dir gibst, wenn du kommst.

Ich weiß, wie du dich dabei von innen anfühlst.

Wie sich dein Blick verschleiert, kurz davor.

Und wie sich mein Name von deinen Lippen anhört, wenn du ihn voller Lust stöhnst, schreist, keuchst, wimmerst.

Wir haben nicht viel geschlafen.

Wir haben noch weniger geredet.

Und doch weiß ich jetzt alles, was ich wissen muss.

Es ist an der Zeit, weiterzuziehen.

Ich sollte dich nun wecken, dich eiskalt rausschmeißen und dir natürlich auch kündigen. Ich habe nun keinen Gebrauch mehr für dich. Du bist nutzlos. Und doch ertappe ich mich dabei, wie ich mich nochmal neben dich lege, zusehe, wie die ersten Sonnenstrahlen über deine Haut kriechen, deine perfekte Haut.

Ich erwische mich dabei, wie ich eine Hand hebe und sie an deine Wange lege, deine Wärme fühle, wie ich mich vorbeuge und an deinem Haar rieche, den Duft tief in mich aufsauge und wie sich eine Gewissheit in mir verstärkt.

Eine Gewissheit, die ich noch nie bei einer anderen Frau empfunden habe.

Ich kann dich nicht gehen lassen.

Nie wieder.

***

Olivia

Als ich aufwache, weiß ich sofort, dass ich alleine im Bett bin. Und ich weiß auch sofort jedes dreckige noch so kleine Detail von dem, was wir gestern gemacht haben.

Oh mein Gott!

Noch im Nachhinein werde ich knallrot.

Aber gestern … gestern wurde ich das nicht.

Ich habe Dinge getan, gesagt und gestöhnt, von denen ich nie geglaubt hätte, dass sie über meine Lippen kommen würden.

Erst auf dieser Couch.

Danach in der Dusche …

Und vor allem in diesem Bett.

Oh ja, vor allem hier.

Ich vergrabe mein Gesicht in den Kissen, als alles, was wir gestern getan haben, über mich hereinfällt wie ein Hurricane. Genauso verheerend und kraftvoll und genauso alles verändernd.

Dieser Mann hat wirklich meine Welt aus den Angeln gehoben und ich werde nie wieder die sein, die ich vorher war.

Keaton Rush ist über mich hinweggefegt, hat alles mit sich gerissen und … nichts als süße Verwüstung zurückgelassen.

Ja, verwüstet. Mein Körper ist verwüstet. Ich bin an den unmöglichsten Stellen wund! Und Muskeln tun weh, von deren Existenz ich bis jetzt keine Ahnung hatte.

Knallrot wie ich bin, hebe ich den Kopf und schaue nach draußen. Die Sonne scheint direkt in mein Gesicht und ich stöhne angestrengt. Bevor mir auffällt, dass es ganz sicher nicht morgens ist und dass ich … nicht mehr hier sein sollte!

Ich springe auf, nackt wie ich bin, und stöhne erstmal vor Schmerzen auf, aber ich hechte trotzdem aus dem Schlafzimmer und ins Wohnzimmer, in den Flur und zu meiner Tasche, wo ich mein Handy nehme und auf die Uhr schaue.

»Scheiße!«, fluche ich, wirble herum und renne ins Wohnzimmer. Dort stürze ich zu meinen Sachen, die nach wie vor auf dem Boden liegen, versuche wenigstens zu *verdrängen*, was er hier mit mir gemacht hat … Erst von oben … und dann, nachdem ich in einem phänomenalen intensiven Orgasmus auseinandergefallen bin, nochmal von hinten. Tief von hinten. Die Faust in meinen Haaren … ich versuche, nicht daran zu denken, wie es sich angefühlt hat, als sein Becken immer wieder gegen meinen Hintern stieß, als er mir befahl, es rauszulassen, und als er mich fragte, ob ich nochmal kommen wollte … wie es war, als er mich dann noch tiefer und härter fickte.

Als ob das möglich wäre …

Ich kann den kleinen heißen Schauer nicht unterdrücken, der durch mich hindurchrieselt, als ich daran denke – und ich reiße die Augen wieder auf, als ich ein Räuspern vernehme. Es kommt aus der Richtung des Essbereiches, wo er, wie ich erst jetzt bemerke, voll angezogen sitzt. In einer edlen dunkelgrauen Hose, schwarzem Gürtel, schwarzen Schuhen, weißem Hemd und feuchtem Haar. Mit einer echt heißen, stylischen Brille auf der Nase und einem Laptop vor sich, sieht er mich mit hochgezogener Augenbraue an, wie ich hier mit einem Bein in der Jeans stecke und vor mich hin träume.

Ich erschauere heftiger unter seinem Blick und es ist wieder, als würde die Zeit stehen bleiben. Ich sehe nochmal, wie er mich gestern angesehen hat, als er in mir war, wie er mich *verschlungen* hat.

»Ich habe dich im Diner entschuldigt. Echt schlimme

Grippe hast du dir da einfangen«, sagt er und seine Stimme … Gott … ich höre, wie er mir wieder Befehle gibt, Befehle, die mich bis ins Mark erschüttern und meine Grenzen sprengen. Schamlos, skrupellos, hart. Wie er mir sagt, ich soll unter dem prasselnden Wasser der Dusche seinen Schwanz wichsen, ihn kommen lassen … und alles schlucken.

Und ich sehe mich, wie ich vor ihm knie und es einfach tue.

Bevor er mich packt, nass wie ich bin, auf den Teppich in seinem Bad stößt und es mir mit seinem Mund besorgt.

Und wie er das getan hat.

Mein Gott, dieser Mann ist absolut talentiert mit seiner Zunge, seinen Fingern, seinen Worten, seinem Schwanz … So versaut – und ich dachte, solche Männer gäbe es nur in Büchern.

Ich werde sofort wieder feucht und stammle: »Okay.« Ich weiß nicht, wie ich es finde, dass er einfach so entschieden hat, mich schlafen zu lassen und bei mir in der Arbeit anzurufen, aber besser so, als wäre ich ohne eine Entschuldigung nicht aufgetaucht, oder?

Kurzentschlossen steige ich in das andere Jeansbein und ziehe die Hose hoch. Ich bin überempfindlich und zucke zusammen, lasse mir aber nichts weiter anmerken. Mein Höschen finde ich nicht. Es ist spurlos verschwunden, genauso wie mein BH und der Stoff ist rau an meinem Intimbereich. Ich schaue mich um, finde sein Shirt und ziehe es mir über den Kopf. Dann weiß ich nicht, was ich tun soll … wieder mal. Alles in mir zieht mich zu ihm, ich will noch ein letztes Mal diesen Mund auf mir spüren, ich will spüren, dass das gestern real war und nicht nur eine meiner absolut heißen Fantasien mit dem Sexgott vor mir. Besagter lehnt sich zurück, verschränkt die Arme vor der Brust und legt den Kopf schief. Sein Gesicht unlesbar. Genauso wie der ganze Mann.

»Also äh … danke für die Nacht …«, sage ich und steige in meinen Schuh, also zumindest in den, den ich auf die Schnelle finde. Er antwortet nicht, aber sein Blick wird stechend. »Ich … ich werde mal nicht länger stören.« Ich schaue mich nach dem anderen Schuh um und finde ihn nicht, schließlich geh ich auf alle Viere und schaue unter der Couch nach, wo ich auch fündig werde, und ihn anziehe.

Jetzt bin ich fertig, ich kann gehen … leider.

Doch als ich mich wieder erhebe, steht er plötzlich hinter mir und mein Herz bleibt fast stehen. Mit einem Ruck zieht er mich an sich … sein starker, muskulöser Arm presst mich an seinen steinharten Körper – und sein Mund und seine Nase sind in meinem Haar.

»Du glaubst doch wohl nicht, dass ich dich nach gestern Nacht einfach so gehen lasse, Miss Pierson«, raunt er direkt an meiner Haut und ich spüre in meinem Rücken, wie er hart wird.

Ich schließe ergeben die Lider und antworte: »Ich habe gehofft, dass du sowas sagen würdest, Mister Rush.« Es ist komisch, ihn zu duzen, es ist komisch, in seinen Armen zu sein, es ist komisch, seine Lippen an meinem Hals zu fühlen und seinen harten Schwanz an meinem Arsch. Es ist komisch und gleichzeitig absolut perfekt.

Er dreht mich um, packt mein Kinn mit zwei starken Fingern und biegt meinen Kopf zurück. Seine Augen brennen wieder, als er mich ansieht. Ein starkes Grün nimmt mich gefangen, als er sagt: »Ich sage es dir noch einmal und ich werde mich nicht ständig wiederholen: Du. Gehörst. Jetzt. Mir!«

Er küsst mich, kurz und leidenschaftlich und schiebt mich zu der Couch, an deren Kante ich mit den Kniekehlen stoße und falle … weich … Schon kniet er zwischen meinen Beinen, schon bin ich atemlos und schon öffnet er wieder meine soeben geschlossene Jeans und schiebt seine Hand hinein, massiert meine pochende Pussy und lehnt seine Stirn an meine. »Du hast noch zwei Stunden und dreizehn Minuten Zeit, bevor du losmusst …« Er schiebt zwei Finger in mich.

»Ja …«, keuche ich und dränge ihm mein Becken entgegen, ich will schon wieder mehr. Ich will schon wieder alles, was er mir geben kann.

»Und wir werden jede einzelne Minute davon nutzen, Olivia. Wie findest du das?« Er bewegt seine Finger, soweit er das in der engen Jeans tun kann, gleichzeitig beugt er seinen Kopf und knabbert an meinem Hals.

»Das finde ich sehr gut«, kann ich gerade noch rausbringen und kralle eine Hand in sein dunkles Haar, fühle sein Grinsen an meiner Haut. Er ist heute noch stoppliger, hat sich nicht rasiert und er kratzt mit seinen Stoppeln an meinem Hals entlang, als er sich wieder nach oben küsst, bis zu meinem Ohr.

»Wem gehörst du?«

»Dir.«

»Was willst du von mir?« Er zieht die Hand zurück, sie ist total nass, schiebt sie unter mein/sein Shirt und massiert meine Brust, während seine Zunge in meinen Mund eindringt und dort plündert. Gott, der Kerl ist so heiß! So fordernd!

So dominant! Genau das, was ich brauche!

»Deinen Schwanz!«, keuche ich in seinem Mund. Er grinst, und zerrt mir dann die Jeans die Beine herab, genauso wie die Schuhe. Schon kniet er wieder vor mir und presst sich an meinen überfluteten Intimbereich. Leider hat er jedoch noch seine Hose an, was *echt* nervt. Und wieder küsst er mich knapp, bevor er fragt: »Wo willst du meinen Schwanz, Olivia?«

»In mir!«, raune ich und greife nach unten, öffne den klimpernden Gürtel und er lässt es geschehen, während ich ihn drängender küsse. Ja, ich bin wund, ja, alles tut weh, ja, ich will, dass er mich wieder nimmt. Härter diesmal. So hart es geht … ich bin ein Luder und ich bin sein.

»Dann nimm ihn dir!«, meint er und stöhnt leise, als ich seine Hose öffne und ihn anfasse. Ich hole ihn raus und streiche mit den Fingernägeln über seinen Schaft, wobei er erschauert und seine Lider für ein paar Sekunden vor Wonne zugleiten. Er ist so groß, ich kann ihn kaum umfassen, aber ich tue es dennoch und dränge ihm mein Becken entgegen … »Du kleines heißes Miststück!«, keucht er, als ich die Füße auf der Couch aufstütze, mich praktisch hinhocke und ein paar Mal mit seiner Spitze zwischen meinen Schamlippen entlangreibe.

Ich weiß nicht, wen ich damit mehr quäle.

Aber ich genieße es, wie er die Zähne zusammenbeißt und sich jeder einzelne Muskel an seinem Oberkörper anspannt.

»Hör auf, zu spielen!«, blafft er mich an, packt mit einer Hand meinen Hintern und hält mich mit unerbittlicher Kraft fest. Er hält mich, als wäre ich leicht wie eine Feder und ich liebe es, wie sich sein Bizeps dabei anspannt, wie er sich unter dem Hemd wölbt.

Dann stößt er in mich …

Unerbittlich.

Das ist er.

Das ist, was ich brauche.

Und ich vergesse für ein paar Minuten, wer ich sein sollte und bin nur noch, wer ich bin …

Es ist köstlich.

***

Immer und immer wieder stößt er in mich, sein Mund auf meinem, sein Atem in meinem Mund, sein Geschmack so köstlich, sein Körper so hart … genauso wie seine Stöße. Ich komme. Es ist ihm egal, er macht weiter. Wie schon gestern Nacht. Der Mann hat ein Stehvermögen und eine Kraft, die unglaublich ist.

Er fickt mich durch den gesamten Orgasmus hindurch und zieht sich dann zurück, kommt direkt auf meinen Venushügel und fordert dann hart: »Das bleibt dort!«, bevor er aufsteht und davongeht.

Irgendwohin, mir ist es wirklich egal wohin …

Er lässt mich völlig k.o. und selig auf der Couch liegen. Meine Muskeln beben, Schweiß benetzt meinen gesamten Körper. Ich könnte schon wieder duschen … und ich bin so glücklich, so losgelöst …

So etwas wie mit ihm habe ich noch nie empfunden.

Noch nie …

Und ja, er hält nichts von Kuscheln nach dem Sex oder

weichen Worten und Berührungen, aber momentan ist dieser harte dreckige Sex genau das, was ich von ihm will und brauche. Mehr will ich doch gar nicht!

Oder?

Ich bin ganz sicher nicht hier, weil ich einen Prinzen suche, mit dem ich in den Sonnenuntergang reiten kann. Denn ich weiß, solche Männer gibt es nicht. Ich hatte schon einmal die Vision davon, wollte, dass es unbedingt klappt … und was habe ich davon? Ein Kind, das nicht ohne Krücken gehen kann.

Ein Mann passt nicht in unser Leben. Ich traue keinem Menschen in Rileys Nähe, außer Penny. Das ist die Wahrheit … besonders keinem Mann!

Es geht hier um Sex!

Das war mir von vornherein klar und das ist auch gut so! Ich bin nicht so wie andere Frauen, die einmal wirklich befriedigt werden und sich sofort Hals über Kopf verlieben. Ich brauche keine Liebe, denn Liebe ist ein Mythos. Wenn es darauf ankommt, denkt jeder Mensch nur an sich selbst. Das ist die Wahrheit.

Und doch will ich gerade nichts lieber als ihm folgen. Ich will testen, was er tun würde, wenn ich mich einfach so an ihn kuscheln würde, in seine Arme. Ich will testen, ob er mich auch anders berühren würde als nur hart und fordernd. Ob er mich sanft küssen würde und nicht nur leidenschaftlich. Ob ich in seinen Augen jemals einen anderen Funken als Lust sehen könnte.

Und das ist gefährlich.

Also nutze ich die Chance, während er im Bad ist – und tue das einzig Richtige. Schnell mach ich mich mit einem

Tempo sauber, ziehe meine Jeans an, schlüpfe erneut in meine Schuhe, packe meine Handtasche und verschwinde!

Laufe vor ihm davon, aber vor allem … vor meinen eigenen verräterischen Gefühlen!

20. Samstagmorgen

Olivia

Noch als ich aus dem Bus aussteige und mich beeile, nach Hause zu kommen, rast mein Herz. Was ist nur gestern Nacht geschehen? Es ist ein klischeehafter Satz, aber ich meine es absolut ernst, wenn ich sage, dass dieser Mann meine Welt erschüttert hat. OH JA! Erschüttert! Er hat mich zum Beben gebracht, jede Sekunde, die er mich berührt hat, wenn ich ihn in mir spürte. Die ganze Busfahrt über sind mir Bilder durch den Kopf gezuckt, die ich immer wieder versuche, abzuschütteln. Seine Hände auf meinem Hintern, seine Lippen an meinem Hals. Das Beben der aus Glas bestehenden Duschwand, als er mich mit einem kräftigen Ruck dagegen krachen ließ. Sein Duft in meiner Nase, unsere Haut aneinandergepresst, dass kein Blatt Papier mehr dazwischen passte. Mein Schritt brennt. Ich kann einfach nicht aufhören und ich spüre, während ich durch den Nieselregen nach Hause haste, wie mein Bauch zu kribbeln beginnt, wie die Lust erneut in mir aufsteigt und wie ich ihn wieder will, obwohl ich wund bin.

Hör auf, Dummkopf!, mahnt mich die rationale Stimme in meinem Kopf. *Konzentrier dich lieber, dass du nicht gegen den nächsten Baum rennst, weil du so dämlich durch die Gegend grinst.* Ich schüttele meinen Kopf, um wieder zur Besinnung zu kommen. Es war das Beste, dass ich weggelaufen bin, auch wenn alles in mir bei ihm bleiben wollte. Am liebsten würde ich noch jetzt in seinen starken Armen liegen. Okay, wir haben nicht gekuschelt, aber er hat mich gehalten, während wir es von hinten gemacht haben … und ich hab mich in seine Haut gekrallt, als er über mir schwebte und mir voller Lust in die Augen starrte. Egal, wie sehr ich es gewollt habe, ich habe nicht die Kraft gefunden, den Blick abzuwenden. Es war einfach … legendär. Und vielleicht ist es gut, es dabei zu belassen. Eine schöne Nacht, an die wir uns beide zurückerinnern können, wann immer uns danach ist. Ich habe keinen Platz für einen Mann in meinem Leben, und wenn ich mir Mr. Sexy-Rush so ansehe, bin ich mir sicher, dass er auch kein großartiges Interesse an einer Beziehung hat. Ich glaube nicht einmal, dass der Eisklotz dazu fähig ist, etwas zu empfinden außer Hottigkeit hoch tausend.

Ich blinzle, meine Haare locken sich wegen der Luftfeuchtigkeit an den Schläfen und mir wird klar, dass ich an unserer Haustür vorbeigelaufen bin. So viel zum Thema ›dumm durch die Gegend grinsen‹. Augenverdrehend gehe ich zurück, öffne die uralte Tür und mache mich auf den Weg nach oben.

Meine Beine sind müde und ich bin wund, weshalb das Treppensteigen schon nach kurzer Zeit zu einem Extremsport für mich wird. Als ich oben ankomme, keuche ich und fahre mir durch das feuchte Haar. Ja, es ist wärmer geworden, aber der Regen macht mich noch ganz verrückt, vor allem, weil er immer so plötzlich kommt.

Ich entriegle die Tür, gehe rein, und zucke heftig

zusammen, als Penny plötzlich vor mir steht. Sie trägt schwarze Leggins und einen weiten, weißen Pullover aus dünnem Stoff darüber. Ihre Dauerwelle hat sie halb zusammengesteckt und natürlich kaut sie wieder Kaugummi. Ihre Augen verraten mir genau, was sie von mir will, aber ich bin noch nicht bereit dazu.

»Wieso bist du hier unten?«, fragte ich total locker und entspannt, als wäre letzte Nacht nichts Aufregendes vorgefallen.

»Oh, wir waren die Nacht oben bei mir, aber wir wollten es beide nicht verpassen, wenn du nach Hause kommst.« Dabei zwinkert sie mir verschwörerisch zu und ich weiß schon jetzt, ich hab keine Chance, zu entkommen.

»Natürlich nicht«, murmele ich und überlege, wie viel ich Penny erzählen kann, bevor sie loszieht, um meine Hochzeit zu planen. Ich weiß, wie sehr sie sich Mr. Right in meinem Leben wünscht, aber auch, wenn die Nacht mit Keaton Rush unfassbar gut war, ist er sicherlich nicht der Eine für mich … und auch, wenn er das wäre, werde ich das nie rausfinden, denn meine einzige Liebe gilt Riley.

Ich schließe die Tür hinter mir und lasse meine Tasche sinken. Penny ist ganz aufgeregt, sie versucht, es sich nicht anmerken zu lassen, aber ich kenne sie, wenn sie so ist – erpicht auf Informationen, die sie dann bis ins kleinste Detail mit mir analysieren kann. Analysieren … analysieren

… *anal* … *Analsex. Oh mein Gott!* Was ist denn jetzt los? Ich meine, sowas ist noch nicht mal geschehen, wieso denke ich überhaupt daran? Heftig schüttele ich den Kopf und Penny runzelt die Stirn.

»Alles okay?«, fragt sie. »Ich meine, du siehst ziemlich mitgenommen aus … und das erste Mal, seit ich dich kenne, im guten Sinne.« Jetzt wackelt sie auch noch mit den Augenbrauen und ich seufze, wobei ich innerlich natürlich direkt wieder an jedes schmutzige Detail denken muss, was Mr. Rush gestern mit mir gemacht hat …

»Oh mein Gott, du wirst ja rot!«

Ich zucke schon wieder zusammen. »Kann ich erstmal einen Kaffee trinken?«

»Klaro!« Sie grinst. »So eine harte Nacht muss man erstmal sacken lassen, ich verstehe schon!« Ich folge ihr teils amüsiert, teils genervt in die Küche, von wo aus ich auch ins Wohnzimmer sehen kann. Riley sitzt auf der Couch, er scheint mich nicht bemerkt zu haben und das ist kein Wunder, denn im Fernsehen laufen die typischen Samstagmorgen-Zeichentrickfilme. Er trägt noch seinen Pyjama, was ihm an einem Samstag absolut gegönnt sei. Eines der Hosenbeine habe ich zurecht genäht, wie ich es bei all seinen Hosen tue, damit das untere Ende nicht lose herumhängt. Seine großen Augen starren gebannt auf den Bildschirm und er knabbert an seinem Daumennagel.

Ich lächele und merke, dass ich ihn in den wenigen Stunden unfassbar vermisst habe. »Hey Baby, kriegt man hier kein Hallo mehr?«, frage ich und sein Kopf schießt mit so einem Ruck zu mir herum, dass seine wieder zu lang gewachsenen dunklen Haare zur Seite fliegen. Seine Augen leuchten. Er ist so süß, wenn er überrascht wird. Gerade sieht er aus wie am Weihnachtsmorgen!

»MOM!«, ruft er und versucht schon umständlich aufzustehen, aber ich komme ihm zuvor. Eilig umarme ich ihn und küsse ihn auf die Wange.

»Wo warst du?«, fragt er mit einem erwachsenen Vorwurf in den Augen, der mich fast zum Lachen bringt.

»Ich musste länger arbeiten, Schatz.«

»Bis heute Morgen?«, fragt er skeptisch. »Tante Penny hat gesagt, dass du zu müde warst und dann in einem Hotel geschlafen hast.« *Wow*, denke ich und muss fast lachen. Was für eine dämliche Ausrede, aber zum Glück hinterfragen Kinder nicht so viel und nehmen das meiste einfach hin.

»Ja, weil ich so lange arbeiten musste«, sage ich und stupse mit meinem Zeigefinger gegen seine Nase. Etwas ist komisch. Riley fühlt sich wärmer an als sonst und erst jetzt bemerke ich, dass er blass ist. Ich mustere ihn. »Fühlst du dich gut?«

»Kommt frühstücken!«, ruf Penny und als ich die Teller klappern höre und den Kaffee rieche, knurrt mein Magen.

Er zuckt mit den Schultern. »Ich weiß nicht, Mommy.«

»Hast du Schmerzen?«, frage ich und überlege, ob er sich eine Grippe eingefangen hat.

»Ein bisschen«, sagt er und zeigt auf seinen Bauch, der unter dem Entenpyjama verborgen liegt. »Hier!«

Ich reibe seinen Bauch und gebe ihm einen Kuss auf die warme Stirn. Es ist noch kein Fieber, aber definitiv erhöhte

Temperatur. »Jetzt essen wir erstmal was, und dann stecke ich dich ins Bett!«

Ich helfe ihm beim Aufstehen und wir setzen uns an den wundervoll gedeckten Tisch. Ich betrachte die große Auswahl. »Warst du einkaufen?«, frage ich verwundert.

Penny schüttelt den Kopf. »Das meiste hab ich aus deinem Kühlschrank.« Mein Blick fällt auf die Äpfel, die Penny geschnitten und zum Joghurt gestellt hat und ich kann mich einfach nicht erinnern, wann ich das gekauft haben soll! Aber dann denke ich mir, dass ich momentan einfach an Schlafmangel leide.

Ich bin froh, dass Riley am Tisch sitzt und Penny mich somit nicht mehr löchern kann. Eine Weile genieße ich diese heimelige Atmosphäre, trinke meinen Kaffee und höre Penny zu, die davon berichtet, wie sie gestern Abend zusammen Brettspiele gespielt haben und wie artig Riley gewesen ist. Mein Sohn hingegen stochert eher weniger begeistert in seinem Essen und noch, bevor ich ihn fragen kann, ob alles in Ordnung ist, reißt er die Augen auf und ich weiß einfach instinktiv, was gleich geschehen wird.

Mit einem Satz bin ich auf den Beinen, greife unter seine Arme und ziehe ihn schnell zur Spüle rüber.

Gerade richtig, bevor er seinen gesamten Mageninhalt erbricht.

Verdammt!

21. Zufälle sind ein Gerücht

Olivia

H*allo, schlechtes Gewissen!*
Ich habe nur darauf gewartet, dass du kommst.

Mit vor der Brust verschränkten Armen haste ich unsere Straße runter. Zwischen Madame Chloès Bäckerei – die edler klingt, als sie aussieht – und dem Kiosk, der Jugendlichen Wodka verkauft, befindet sich eine Apotheke, in der ich für Riley einkaufen möchte. Laut Penny ging es ihm gestern Abend noch gut, und ich weiß aus Erfahrung, dass eine Magen-Darm-Grippe bei meinem Kleinen immer sehr plötzlich auftritt. Jetzt, da er sich einmal übergeben hat, ist sein Fieber gestiegen und Penny ist bei ihm und kümmert sich um ihn, während ich Medikamente kaufe. Ich mag keine Tabletten, aber mir ist natürlich bewusst, dass ich was gegen seine Übelkeit brauche. Und ja, am besten wäre es, zum Arzt zu gehen, aber ich weiß nicht, mit welchem Geld und so hoffe ich einfach, dass Medikamente, viel Tee und Wadenwickel es besser machen werden.

Ich fühle mich mies, weil ich die ganze Nacht meinen Spaß hatte, während Riley eine Krankheit ausgebrütet hat. Wäre ich da gewesen, hätte ich die Anzeichen schon gestern bemerkt und ich bin wütend auf mich. Und auf Mr. Rush, der mich mit in sein Luxusapartment genommen und mir den Verstand aus dem Kopf gevögelt hat, wortwörtlich, sodass ich an nichts anderes mehr denken konnte, als an den Mr. Rush in seiner Hose.

Zum Glück hat der Regen nachgelassen, aber heute ist es grau, zumindest mittlerweile. Ich habe mein Haar zusammengebunden, doch das bringt jetzt auch nichts mehr, weil es zu allen Seiten absteht. Die Penner und Drogendealer, die es hier überall gibt, ignoriere ich. Sie kennen mich, sie kennen Riley und ich kenne sie. Das Geheimnis ist Freundlichkeit. Und ich war oft genug freundlich und Riley ist süß genug, dass sie uns in Ruhe lassen. Zum Glück.

Das kleine Glöckchen über der Tür bimmelt, als ich die Apotheke betrete. Es riecht nach Kamillentee und es ist leer. Ich weiß, dass Mr. Baker, der Inhaber, den Laden gerade so über Wasser hält. Heutzutage braucht keiner mehr eine Apotheke. Jeder kriegt seinen Scheiß von überall her, sogar aus dem Internet und die Menschen sind bequem geworden.

»Hallo Liv!«, sagt der alte Mann freundlich lächelnd, als er mich sieht.

»Hey.« Ich fahre mir über die Stirn und blicke mich um. Das meiste hier ist verstaubt. Niemand kauft den Krimskrams, der an der Kasse liegt oder den überteuerten Apothekentee in den Regalen.

»Wie kann ich dir helfen?«

»Riley hat sich eine Magen-Darm-Grippe eingefangen.«

»Oh!« Seine braunen Augen sehen wirklich traurig aus! »Warte einen Moment, ich suche dir was zusammen.« Er verschwindet hinten und ich wippe ungeduldig mit dem Fuß auf und ab, schaue immer wieder auf mein Handy. Fast erwarte ich schon, dass Penny anruft, um mir zu sagen, dass es nicht besser wird, und wir ins Krankenhaus müssen. Dann bin ich erleichtert, dass sie sich nicht meldet, aber dann denke ich wieder, dass es kein gutes Zeichen ist, wenn sie sich nicht meldet.

Ungeduldig schaue ich nach hinten und endlich kommt Mr. Baker zurück. Er legt mir ein paar Packungen hin, erklärt mir, dass es das Beste für Kinder sei, um Fieber zu senken und Magenbeschwerden zu reduzieren, als auch Durchfall im Zaum zu halten.

»Okay, okay, pack mir alles ein!«

Er lächelt und scannt die Packungen über die Kasse. Als ich den Betrag sehe, unterdrücke ich ein Schlucken. 45 Dollar für das bisschen!

Während Mr. Baker meine Sachen in eine Tüte packt, ziehe ich meinen Geldbeutel aus der Handtasche. Das Kunstleder blättert an den Kanten ab und er ist lange nicht mehr beige, sondern fast schwarz, weil meine Tasche abgefärbt hat. Billigqualität.

Ich habe gerade mal zwanzig Dollar dabei und überlege, was ich jetzt tun soll. Richtig peinlich wird es, als Mr. Baker fertig ist mit Einpacken und mich abwartend anschaut. Und noch peinlicher wird es, als das Glöckchen in meinem Rücken ertönt.

Ich schlucke.

»Also … äh … Mr. Baker …« Ich senke meine Stimme, damit der neue Kunde mich nicht hören kann. »Momentan ist es ein wenig …« Noch bevor ich fertig erklären kann – und ich weiß, Mr. Baker hätte keine Ausnahme gemacht, weil er selbst keine Kohle hat – spüre ich auf einmal eine Präsenz in meinem Rücken, die mich starr werden lässt. Ich kann nichts mehr sagen, rieche ihn sofort, fühle ihn, obwohl er mich nicht berührt, und mein Herz macht einen Salto. Ohne ihn zu sehen, weiß ich, dass er es ist, und als seine große, wundervolle Hand an meiner Taille vorbeihuscht und fünfzig Dollar auf den Tresen legt, erschaudere ich.

»Stimmt so!«, höre ich seine tiefe Stimme in meinem Ohr und spüre seinen Atem. Oh mein Gott! Zittrig atme ich aus.

Mr. Baker schaut mich irritiert an, aber ich kann einfach nicht reagieren, also zuckt er die Schultern, kassiert ab und bedankt sich. Da ich immer noch starr bin, drückt er die Tüte Keaton in die Hand.

»Danke«, sagt dieser und meine Kehle wird trocken. »Olivia?« OH MEIN GOTT! Er muss aufhören, meinen Namen zu sagen!

Als ich immer noch nicht reagiere, seufzt er, nimmt mich am Arm und führt mich aus dem Laden. Erst an der frischen Luft werde ich wieder etwas klarer und blinzele. Langsam schaue ich auf, treffe auf diese Augen, die eine Mischung aus allen schönen Farben sind, die die Natur zu bieten hat. Seine markante Kieferpartie wird noch immer von einem kurzen Bart bedeckt, die langen Wimpern umrahmen die funkelnden Augen, wie ich es noch nie gesehen habe. Er trägt schwarz. Über seinem dünnen Rollkragenpullover und der Hose einen Trenchcoat. Und er sieht wahnsinnig gut aus.

»Du bist weggelaufen.« *Was*?

Ich versuche, mich zu sammeln. »Das Geld können Sie von meinem Lohn abziehen, Mr. Rush!« Ich bin angestrengt, total abweisend zu klingen, aber ich weiß, dass meine Stimme zittert. Seine Anwesenheit, seine Aura ist so stark, dass ich mich ein wenig klein fühle und ich bin nicht der Typ Frau, der sich schnell klein fühlt oder kleinhalten lässt.

Er lässt sich nicht anmerken, was er zu empfinden vermag. »Sehen Sie es als Geschenk, Miss Pierson.« Oh, ich höre sehr deutlich, dass er angepisst ist.

»Ich lasse mich nicht gerne beschenken.«

Er hebt eine Augenbraue. »Dann sehen Sie es als Investition. Wenn es Ihnen nicht gut geht, kommt niemand zur Arbeit und wir haben keine Vertretung für Sie.«

AUA! Das sitzt. Aber ich hebe die Schultern und recke mein Kinn. Moment mal, haben wir nicht beide eine wunderbare Nacht gehabt? Warum so feindselig?

Ach ja … ich bin heute Morgen abgehauen, ich habe ihn sitzen gelassen und das traut sich sicher keine Frau bei Mr. Sexy-Rush.

»Die Tabletten sind nicht für mich!« Er weiß nichts von Riley, und ich gedenke, es dabei zu belassen. Mein Sohn geht niemanden was an, weder meinen Chef, noch meinen One-Night-Stand!

»So?« Abwartend schaut er mich an.

»Jaaaa … meine Freundin ist krank!«

Er schaut mich so lange und tief an, dass ich denke, ich bin aufgeflogen, aber dann zuckt er nur mit den Schultern. »Okay. Wie dem auch sei. Ich bin nicht hier, um über deine Freundin zu sprechen.«

Erst jetzt wird mir klar, dass er in einer Ecke der Stadt ist, in der er eigentlich nichts zu suchen hat und nun bin ich diejenige, die ihre Augenbrauen hebt. »Verfolgst du mich etwa?«

Das bringt ihn zum Schmunzeln, als hätte ich einen Insiderwitz verpasst und mir wird klar, wie oft er das eigentlich macht und es macht mich irgendwie ganz verrückt.

»In diesem Fall, ja. Ich halte Zufälle für ein Gerücht. Du bist abgehauen. Ich werde nicht einfach sitzengelassen. Also musste ich dich abfangen.«

Ich verenge die Augen zu Schlitzen. »Du bist mir gefolgt?«

»Nein, aber ich weiß, wo du wohnst.«

»Du warst …«

»Ich war nicht in deiner Wohnung! Ich habe dich einfach abgepasst! Und nicht *du* bist diejenige, die hier Fragen stellt, verstanden?« Unter seinem harten Ton zucke ich zusammen und kann nichts mehr sagen. Er ist nicht laut, aber sehr autoritär. Er kommt mir näher und jetzt verschlägt es mir sowieso den Atem, denn ich rieche ihn und seine Wunderaugen funkeln nur Zentimeter von meinen entfernt und meine Gefühle fahren Achterbahn.

»Ich habe dir gesagt, dass du mir gehörst, Olivia. Solltest du noch einmal einfach so weglaufen, wirst du es bereuen. Hast du das verstanden?«

Ich starre ihn mit großen Augen an und bin empört darüber, dass er mich mit dieser eindeutigen Drohung gerade erregt! Gott, was ist nur falsch mit mir? Es macht mich an, wenn er herrisch und fies zu mir ist! Was sagt das über mich aus?

Keine Ahnung, zieh dich aus und reib dich an ihm, brüllt meine Libido und lässt die Hüften schwingen.

Gott!

»Drohst du mir gerade?«, frage ich und verschränke die Arme vor der Brust.

»Hast du mich verstanden?«, fragt er im Gegenzug direkt

an meinen Lippen und ich halte den Atem an, bevor ich ganz automatisch und langsam nicke.

»Schön.« Jetzt greift er nach meiner Hand, öffnet sie und hängt die Tüte hinein. Dann lässt er verheißungsvoll seinen Mund über meinen streifen und wispert: »Ich lasse dich gehen, weil du eine kranke Patientin zuhause hast. Aber das nächste Mal kommst du nicht so einfach davon, Miss Pierson.« Und bevor ich blinzeln kann, ist er weg. Hat mich stehen lassen und ich kann nur noch seinem breiten Rücken nachstarren.

22. Detective Penny

Olivia

Am frühen Abend schläft Riley. Die Medikamente haben sein Fieber etwas gesenkt und zumindest muss er nicht mehr alle zwanzig Minuten zur Toilette rennen oder in den Eimer brechen. Er ist immer noch warm, aber längst nicht mehr so glühend, nachdem wir ihn den ganzen Tag mit Wadenwickeln versorgt und ihm Medikamente gegeben haben. Ich will nicht, dass er sich quält, und bin froh, dass er schläft. Schlaf ist bekanntlich die beste Medizin. Penny und ich sitzen auf meinem Sofa, Rileys Tür habe ich aufgelassen, damit ich ihn höre, wenn er ruft. Wir trinken ebenfalls einen Tee und ich habe es endlich fertiggebracht zu duschen und trage meinen flauschigen Bademantel. Penny hat sich auch umgezogen und ihre Locken zusammengerafft. Ohne Schminke sieht sie so viel schöner aus, aber ich lasse sie machen, denn sie liebt es, stundenlang kunstvoll ihr Gesicht zu verzieren. Der Fernseher läuft stumm im Hintergrund und wir haben die kleine Stehlampe im Flur eingeschaltet. Das Sofa habe ich bereits aufgeklappt und mein Bettzeug drauf gelegt, sodass wir halb in die Kissen gekuschelt sind. Ich weiß, dass ich einem Mr. Rush-Gespräch jetzt nicht mehr entkommen kann. Lustigerweise will ich das auch gar nicht, denn irgendwie brauche ich es gerade, das alles mit meiner besten Freundin zu teilen. Seit ich ihn gesehen habe, hat es nur die Besorgnis um Riley geschafft, ihn aus meinem Kopf zu verbannen, aber seitdem er schläft, ist es, als würden die Gedanken um Keaton in meinem Kopf Trommelwirbel schlagen. Penny sitzt da, nippt an ihrem Tee und schaut mich über den Rand der Disneytasse hinweg an. Sie wartet. Ich habe nicht vor, sie weiter warten zu lassen.

»Mr. Rush«, sage ich trocken und sie spuckt fast den Tee aus, verschluckt sich und hustet mit aufgerissenen Augen. Ich klopfe ihr belustigt auf den Rücken, bis sie sich beruhigt.

»Ehrlich jetzt?« Sie weiß gleich, dass ich auf die letzte Nacht anspiele und nicht etwa erzählen will, dass Mr. Rush mir eine Gehaltserhöhung gegeben hat. Penny hat ihn noch nie gesehen, aber natürlich kennt sie seinen Namen, hat sie mir doch über eine Freundin den Job beschafft.

»Ehrlich jetzt.« Ich erzähle von meinem abgefuckten Abend und davon, wie Keaton mich gerettet hat. Davon, wie anziehend er seit der ersten Sekunde auf mich wirkt und dass ich praktisch keine andere Wahl hatte.

»Und er hat dich mit in sein Penthouse genommen?«, japst sie fast und hat sich mittlerweile auf die Couch gekniet, die Augen vor Aufregung aufgerissen. Ich zucke mit den Schultern und klammere mich an meiner Tasse fest. Wenn ich an die letzte Nacht denke, oder an seine Worte vorhin, zieht sich alles in mir zusammen. Am liebsten will ich gleich wieder in seine Arme springen – oder auf seine Hüften, aber etwas anderes hält mich wieder davon ab. Er hat etwas an sich, was ich nicht klar benennen kann, doch … es gefällt mir irgendwie. Es gefällt mir, dass er wie ein Racheengel über mir steht und mich bestrafen will! Es gefällt mir, mich auch mal zu unterwerfen und nicht die toughe, junge Mutter sein zu müssen, sondern die junge Frau, die einfach nur genießt. Diese Seite, die ich anscheinend in mir trage … ist einfach irgendwie schön!

»Sein Penthouse ist beeindruckend, aber es hat mich nicht wirklich interessiert.«

»Ich weiß, du stehst nicht auf den materiellen Scheiß.« So bin ich nicht groß geworden und ich werde nie Wert auf sowas legen. Auf das Herz kommt es an. »Nun erzähl schon! Hattet ihr Sex?«

Alleine das Wort lässt mich fast abheben. »Oh ja«, sage ich und nicke. »Den hatten wir.«

»OH MEIN GOTT, ENDLICH!«, ruft Penny.

»Shhht!«, zische ich.

»Wie lange hast du mit keinem Mann mehr geschlafen? Ich hab mir schon Sorgen gemacht, du wärst asexuell geworden.«

Ich verdrehe die Augen. »Sehr witzig.«

»Und? Wie war es?« Hätte sie mich das nicht direkt gefragt, sondern mir eine Nachricht geschrieben, hätte sie zehntausend Fragezeichen dahinter gesetzt. Diese Fragezeichen stehen nun überall in ihrem Gesicht.

»Unbeschreiblich, Penny. Wirklich. Es war … heilige Scheiße. Also erst Mal, ich schwöre dir, er hat einen absolut perfekten, riesigen … riesigen …«

»*Schwanz!*«, unterbricht sie mich ungeduldig. »Red weiter!«

Ich grinse. »Oh ja! Riesig und so gebogen, dass er genau …«

»*An die richtigen Stellen kommt!*« Wieder winkt sie ungeduldig und ich werde knallrot bei der Erinnerung daran, an *was* für Stellen er genau gekommen ist, meine Güte! Dass ein Kerl mich allein mit seinem Schwanz *so* befriedigt, hielt ich bis dahin nur für ein Gerücht. Nun, Mister Rush hat mich eines Besseren belehrt … Ich schlucke und winde mich ein bisschen, weil ich ihn sofort wieder in mir fühlen kann, versuche, mich zu erinnern, über was wir uns eigentlich unterhalten haben.

»Und er ist … so dominant irgendwie. Und … ich hätte nie gedacht, dass mir sowas gefällt, aber es war spannend und echt heiß, mich ihm komplett hinzugeben!«

Sie legt den Kopf schief. »SM? Ist nicht so meins.«

»Nein!«, sage ich etwas zu laut und senke meine Stimme schnell wieder. »Nicht SM. Es ist, wie er mich ansieht. Wie er mich hält. Wie er mir sagt, was ich tun soll … du weißt, ich bin keine von diesen Frauen. Aber die Erfahrung war … wow.«

Sie lacht, doch ich sehe durchaus die Ernsthaftigkeit in ihren Augen. »Solange du dich nur im Bett kontrollieren lässt und nicht im realen Leben …«

»Niemals!«, beruhige ich sie.

Sie nickt zufrieden. »Und? Seht ihr euch wieder? Ich meine, er ist schon echt heiß!«

Ihre Aussage verwirrt mich. »Woher weißt du, wie er aussieht?«

Penny hebt ihr Handy und wackelt damit vor meinem Gesicht rum. »Halloooo? Social Media?« Ach ja, stimmt ja! Ich halte mich davon fern, weil ich nicht möchte, dass Rileys Dad in irgendeiner Form versucht, Kontakt aufzunehmen. Ich bin nicht auf der Flucht, aber ich will ihm auch keine Gelegenheit bieten …

»Ich habe ihn eben in der Apotheke gesehen«, gebe ich zu.

»Aha?« Pennys Augenbraue flutscht so schnell nach oben, dass mir fast vom Zusehen schwindelig wird. »Was für ein Zufall, oder?«

»Es war kein Zufall. Er hat mich abgefangen, weil ich heute Morgen einfach abgehauen bin und das hat ihm nicht gepasst.«

Penny ist zu lange ruhig und jeder aufgeregte Funken in ihren Augen ist verschwunden. Sie blinzelt und mit einem Mal weiß ich, was ich falsch gemacht habe! Aber es ist zu spät, um mein Gesagtes zurückzunehmen.

»Stalkt er dich? Du weißt, Stalking ist kein Witz! Hast du nicht diese eine Serie gesehen, mit diesem total irren Typen?« Ihr Ex hat sie lange gestalkt, und auch ziemlich extrem, bis er verhaftet wurde, weil er die einstweilige Verfügung missachtet hat. Das war eine harte Zeit und ich verstehe, dass Penny da empfindlich ist.

»Nein, er hat mich einfach abgefangen, weil er mich zur Rede stellen wollte.«

»Hmm …«, macht sie nachdenklich und ich hasse es, wie ihre Augen an mir kleben. »Trotzdem ein bisschen komisch, dass das nicht übers Telefon ging oder bis Montag warten konnte. Es ist doch irgendwie gruselig, dass er einfach bei Mr. Baker auftaucht. Oder?«

Ich verdrehe die Augen. »Penny, nicht jeder ist wie Hank. Vergiss diese Schabracke endlich.«

Sie seufzt tief und senkt den Blick. »Ich weiß, es tut mir leid. Ich übertreibe wahrscheinlich total.« Sie sagt noch irgendwas, aber ich werde abgelenkt, weil mein Handy vibriert. Instinktiv weiß ich, wer es ist und mein Herz rast, als sich mein Verdacht bestätigt. Eine Nachricht.

Mr. Rush.

Komm raus. Sofort!

23. Bestrafungen

Keaton

Natürlich kommst du, genau wie ich es wollte, sofort raus, Olivia. Ich habe auch nichts anderes erwartet. Ich stehe in eurem versifften Hausflur, höre aus allen Wohnungen irgendwelche Geräusche oder Stimmen, aber die interessieren mich nicht. Was mich interessiert, bist du. Du mit deinen goldblonden, langen Haaren, die feucht über deine Schultern hängen. Mit deinem kleinen, vollen Schmollmund, der wie gemacht für meinen Schwanz ist. Du mit deinen großen, so unschuldigen Augen. Unschuldig, so wirken sie auf den ersten Blick, aber ich sehe das Feuer, was darin tanzt.

Du trägst einen weißen, dicken Bademantel und ich weiß, dass du darunter nackt bist. Ich habe gesehen, wie du duschen gingst. Ich habe gesehen, wie du deinen Körper eingeseift hast. Ich habe gesehen, wie du besorgt neben Riley saßt und ihn in den Schlaf gestreichelt hast. Du willst nicht, dass ich von seiner Existenz weiß, weil da doch diese eine Seite in dir ist, die mir nicht traut. Aber eigentlich solltest du all den anderen Menschen um dich herum nicht trauen, Olivia. Ich bin der Letzte, der dir wehtun würde.

Außer jetzt.

Ich bin immer noch fucking wütend und da dein Sohn jetzt schläft und das Schlimmste überstanden hat, kann ich mich nicht mehr zügeln. Du weißt nicht, was ich eigentlich schon in der Seitengasse der Apotheke mit dir tun wollte. Und was ich mit dir tun will, seit du Penny von uns erzählt und von meinem großen Schwanz geschwärmt hast. Ja, mein Schwanz ist groß, und ja, ich weiß genau, was ich damit zu tun habe und er ist bereit für dich. Die Kameras sind nicht umsonst in deiner Wohnung, Olivia. Ich habe jedes Wort gehört. Und ich bin steinhart.

»Keaton?«, fragst du. Du musst erst in drei Stunden wieder mein Büro putzen und erst dann musst du mich wieder Mr. Rush nennen. Ich lasse es durchgehen, aber das, was du heute Morgen getan hast, kann ich einfach nicht auf sich beruhen lassen.

In deinen Augen sehe ich die Unsicherheit, du kaust auf deiner Unterlippe und verschränkst die Arme vor der Brust. Hast du Angst vor mir, Olivia? Zumindest jetzt solltest du die auch haben.

»Ich habe es mir anders überlegt«, sage ich und merke selbst, wie gepresst meine Stimme klingt. Ich lasse dir kurz Zeit, damit du mein Gesagtes analysieren kannst, und sehe schon jetzt die Verwirrung in deinen Augen, wie es deinen Kopf fickt, nicht zu wissen, was ich meine. Niemand lässt mich einfach so sitzen, Olivia. Und auch, wenn ich dachte, dass unser Spiel nach dem Sex vorbei sein würde, muss ich zugeben, dass du deinen Reiz hast und ich dich immer noch nicht gehen lassen will. Und solange ich das nicht will, wird das auch nicht passieren.

Deshalb ist es ratsam, wenn du mir jetzt einfach gehorchst.

Deine Arme sinken und du legst den Kopf schief. Ich

hätte dich draußen auf der Straße vor den ganzen Junkies ficken können und du hättest es mir durchgehen lassen, weil du süchtig nach mir bist. Ja, das bist du. Besessen von mir, genauso wie ich von dir. »Was?«

Ich packe dein Kinn und die warme Luft verlässt zischend deine süßen Lippen. »Du wirst nicht noch einmal weglaufen, hast du mich verstanden?«

Deine Augen spiegeln keine Angst wider, keine Unruhe. Du starrst direkt in meine und du kämpfst mit dir, Olivia. Wie eine kleine Löwin. Du fragst dich, ob du mich zum Teufel schicken sollst, aber wir wissen beide, dass du das nicht tun wirst. Schließlich nickst du und ich lächle.

»Braves Mädchen.« Du denkst, ich werde dich jetzt küssen und in romantisches Getue verfallen, aber ich drücke dich auf die Knie. Das war noch nicht alles. Du wirst spüren müssen, was du da angerichtet hast. Erst dann wirst du deine Lektion lernen, Olivia.

Du wehrst dich nicht und das würdest du auch nie tun, nicht gegen mich. Du liebst es, dich mir zu unterwerfen, genau wie in der letzten Nacht. Du liebst es, die wehrlose Kleine zu sein, du liebst es, wenn ich mit dir mache, was ich verdammt nochmal will.

Deine großen Augen schauen zu mir auf und du atmest schnell. Ich wette, du bist schon jetzt klitschnass, obwohl ich dich noch nicht einmal berührt habe, nicht wirklich zumindest. Nicht so, wie du momentan berührt werden willst.

Du hebst die Hände und willst meinen Gürtel öffnen, aber so läuft das nicht, Babe. Ich packe deine Handgelenke, drücke sie wieder nach unten und mache meine Hose selbst auf. Es geschieht in dem Tempo, in dem ich es will. Du hast momentan einen Scheißdreck zu bestimmen. Als ich meinen steinharten Schwanz auspacke, liegt dein Blick darauf. Du schämst dich nicht einmal, du kleines Miststück und starrst ihn ungeniert an. Du leckst dir sogar gierig über die Unterlippe, als hättest du einen saftigen warmen Schokoladenkuchen vor dir, genauso wie du ihn liebst.

»Mund auf«, knurre ich, woraufhin du mir wieder einmal gehorchst und ich schiebe mich mit einem Ruck in deinen feuchten, kleinen Mund bis in deinen Rachen.

Du keuchst.

Ich stöhne.

Grob wickele ich mir dein feuchtes Haar um die Faust und du willst mich anfassen, mit deinen kleinen Händen nachhelfen, mich massieren. Auch diesmal drücke ich deine Hände weg und befehle knapp »Verschränk sie hinter dem Rücken!« Du reagierst nicht schnell genug und ich gebe ein geknurrtes »JETZT« hinzu. Du tust, was ich dir sage, einfach so … und ich komme fast.

Du bist so perfekt, Baby.

Und du ahnst, dass ich auch bereit bin, zu drastischeren Mitteln zu greifen. Hättest du es nicht freiwillig getan, hätte ich mit meinen Handschellen nachgeholfen.

Mein Blick bleibt auf dir, während ich die Zähne zusammenbeiße und du zu mir nach oben schaust. Du machst mich fertig, Olivia. Aber wenn ich mit dir durch bin, wirst du noch viel fertiger sein.

Ruckartig und tief drücke ich mich immer wieder in deinen Mund und du lässt deine Zunge spielen und stöhnst inbrünstig um mich herum, sodass ich deinen heißen Atem spüren kann. Das gefällt dir, oder? Du willst genauso behandelt werden.

Ich muss zugeben, du fühlst dich fantastisch an, Baby. Egal, wie ich es mit dir mache oder wo, es ist perfekt. Ich wusste von der Sekunde an, in der ich dich gesehen habe, dass du eine kleine Hure in dir trägst und ich liebe es, sie rauszuholen. Dich vor mir knien zu sehen, mit meinem Schwanz in deinem Mund, während du zu mir aufschaust, mit diesem hingebungsvollen Blick, als wäre ich deine Gottheit, als wäre ich ALLES für dich … ist mehr, als ich wollte. Es ist das perfekte Bild in meinen Augen. Ich will es immer wieder und wieder sehen und ich spüre, dass es nicht mehr lange dauert, aber ich werde in dir kommen. Nicht in deinem Mund, sondern in deiner engen, feuchten Pussy. Deshalb zerre ich dich wieder auf die Beine, gebe dir keine Zeit, die Situation zu begreifen, und öffne deinen Bademantel ruckartig. Ich weiß, dass jederzeit jemand rauskommen und uns sehen könnte. Auch wenn es dunkel ist, draußen ist es zu gut beleuchtet, um sich vor fremden Augen schützen zu können. Doch damit musst du leben, Baby. Das nächste Mal überlegst du besser, bevor du Scheiße baust. Ich hoffe, du verstehst die Nachricht.

Deine Lippen sind geöffnet und deine Augen geweitet, als dein wunderbarer Körper entblößt wird und ich dir den Stoff vom Körper reiße. Deine Nippel sind hart, und auch wenn ich es nicht sehen kann, weiß ich, dass du zwischen den Beinen ausläufst. Dein chaotisches Haar fällt wild über deine Schultern, doch so gerne ich dich auch ansehen will, daraus wird heute nichts.

»Keaton«, flüsterst du und ich weiß, dass du Bedenken hast, aber das juckt mich einen Scheiß.

Wortlos drehe ich dich um, pinne dich hart mit dem Gesicht an die Wand und drücke meinen Schwanz gegen dein Steißbein. Du fühlst dich so warm an, Olivia, so weich. Die Luft verlässt zischend deine Lungen, als ich dir ins Ohr flüsterte: »Klappe. Halten.« Und du beißt die Zähne zusammen. Du hasst es, Befehle zu befolgen, aber gleichzeitig willst du mich in dir spüren. Dieser Zwiespalt, nicht wahr? Bald schon wirst du ihn nicht mehr empfinden, denn ich werde dir klarmachen, dass ich alles bin, was du willst und brauchst.

Ich packe deine Hüften und ziehe deinen Arsch zu mir, sodass du dich etwas beugen musst und natürlich, weil du meine kleine Schlampe bist, machst du das perfekte Hohlkreuz, spreizt die Beine und schämst dich nicht einmal, mir deine kleine Pussy zu zeigen. Ich werde dir keine Erlösung verschaffen, Olivia. Dafür wirst du selbst sorgen müssen. Später.

Ich lasse meinen Schwanz von hinten über deine nasse Spalte fahren und du stöhnst, woraufhin ich meine Hand auf deinen Mund drücke. »Ich hab gesagt, du sollst still sein!« Flach atmest du gegen meine Handfläche und ich drücke mich weder sanft noch langsam in dich. Ich muss ein paar Sekunden verharren, denn du fühlst dich besser an, als ich es in Erinnerung habe. Ich will dich, Olivia, und in dir zu sein ist nicht genug.

Du stöhnst, aber das tust du vorsichtig und leise, weil du

weißt, dass du die Konsequenzen sonst tragen musst und du willst nicht noch mehr davon, oder etwa doch?

Wieder packe ich dein Haar, ziehe deinen Kopf zurück und ficke dich einfach. Es ist mir egal, ob uns jemand beobachtet, es ist mir egal, wie entblößt du gerade vor aller Leute Augen dastehen könntest. Ich will dich einfach nur schnell und hart.

Jetzt stützt du dich mit den Händen an der dreckigen Wand ab und drückst deinen Arsch noch mehr in meine Richtung. Ich hole aus und schlage dich auf deine linke Arschbacke. Du stöhnst lauter. Du bist wirklich eine kleine Hure.

»Halt still!«, fordere ich und auch, wenn es dir schwerfällt, bemühst du dich.

Deine Mühe reicht mir nicht, deshalb kriegst du noch einen Klaps.

Diesmal hast du es begriffen.

Deine Wände ziehen sich um mich zusammen, du kannst dein Stöhnen nicht mehr kontrollieren, und ich weiß, dass du kurz davor bist.

»Wag es nicht«, knurre ich. »Halte es zurück!« Du wimmerst und spannst dich an und ich weiß, wie hart es ist, was ich von dir fordere, aber du wirst es tun müssen. Sonst werde ich dich wieder bestrafen.

»Oh Gott«, höre ich es sinnlich von deinen Lippen rollen.

»Olivia?« Das ist Penny, die von drinnen nach dir ruft. Ich denke nicht einmal daran, eine Pause einzulegen, spüre aber, dass du kurzzeitig abgelenkt bist. Nicht mehr als eine Sekunde, denn ich ficke dich einfach weiter.

»JAAAA!«, erwiderst du viel zu laut, während du wieder

anfängst, um meinen Schwanz herum zu zucken.

»Wag. Es. Nicht!« Jedes meiner Worte begleite ich mit einem harten Stoß und du lässt den Kopf hängen, deine Haare fallen dir ins Gesicht.

»Ich komme gleich!«, rufst du zwar an Penny gewandt, aber ich weiß, dass du mich meinst. Ich weiß es. Und ich werde es nicht zulassen. Es bringt mich zum Schmunzeln, wie du dich abmühst, meinem Befehl zu folgen, wie hart es für dich ist, nicht zu kommen, dich bei Penny nicht zu verraten. Wie schwer du dich selbst zügeln kannst.

Kurz bevor du soweit bist, komme ich und ich lasse es zu. Ich kann es durchaus kontrollieren, doch in diesem Moment, scheint es mir richtig, also halte ich mich tief in dich gedrückt und spritze ab.

Es ist besser als alles andere.

Und dann ziehe ich mich schwer atmend zurück, während du dich umdrehst, total verschwitzt und gefickt vor mir stehst und deine langen Beine zittern.

Deine Augen werden ungläubig, als ich meine Hose schließe, was du entsetzt beobachtest.

»Was …«

Ich presse dich ein letztes Mal an die Wand, drücke mich an dich und meine Finger gleiten zwischen deine Beine, wo es nur so trieft. Mit zwei Fingern streiche ich von deinem Kitzler bis zu deinem Eingang und du stöhnst.

»Das bleibt da drin«, flüstere ich an deinen Lippen und lasse meine Fingerspitzen leicht in dich gleiten, woraufhin dein Kopf zurück und deine Augen zufallen. »Und ab sofort spielst du nach meinen Regeln.«

So schnell, wie ich hergekommen bin, wende ich mich wieder ab und gehe. Lasse dich nackt da stehen und hoffe für dich, du hast deine Lektion gelernt.

24. What the fuck?

Olivia

Oh mein Gott!

Ich stehe immer noch da und starre ihm wie ein Trottel hinterher. Und ich bin immer noch nackt. Langsam komme ich wieder zur Besinnung und mir wird klar, was hier gerade geschehen ist. Hektisch blicke ich mich um, aber weit und breit ist niemand zu sehen, also greife ich schnell nach meinem Bademantel und ziehe ihn über, binde den Gürtel am Bauch fester als nötig und versuche, mich zu kontrollieren, bevor ich wieder reingehe. Was ist da gerade passiert? Gott, er hat mich wirklich nicht kommen lassen! Ich kann es einfach nicht fassen! Das war der heißeste Sex in meinem Leben, aber hier stehe ich, total unbefriedigt, weil er mich erst gezwungen hat, den Orgasmus zurückzuhalten und dann … nachdem er gekommen ist, einfach gegangen ist! Wie kann er nur! Am liebsten hätte ich ihm einen Schuh nachgeschmissen, aber mir fällt auf, dass er ja schon ziemlich lange weg ist und ich hier wie ein Dummkopf stehe und vor mich hin starre. Ich kann es wirklich nicht fassen.

Er hat mich bestraft, weil ich heute Morgen einfach gegangen bin und jetzt hat er das Gleiche mit mir getan, mich aber vorher nochmal gefickt. Ich sollte stinksauer sein, aber irgendwie fühle ich mich, als wäre ich auf Drogen.

Total berauscht, verwirrt und jetzt wirklich wund gehe ich zur Türe und klopfe. Natürlich habe ich in der Hektik keinen Schlüssel mitgenommen. Zuerst habe ich gedacht, er will über irgendwas Wichtiges reden oder so, aber sowas habe ich einfach nicht erwartet.

Penny macht auf. »Wo zur Hölle warst du denn?«, fragt sie. Ich befürchte, dass sie was mitbekommen hat. Sonst wäre sie doch mal rausgekommen und hätte nach mir geschaut, oder?

»Ich … äh … Mr. Rush war kurz da. Also Keaton.«

Sie schließt die Tür hinter mir. »Aha?«

»Er wollte was mit mir besprechen.«

Ich schaue sie forschend an und sehe in ihren Augen, dass sie mir nicht glaubt. Ich weiß, was Penny denkt, wenn ich ihr jetzt erzähle, was wirklich passiert ist. Ich meine, mein Kind liegt krank im Bett und ich mache sowas! Aber ich wusste ja zu dem Zeitpunkt, dass Penny bei ihm und er sicher ist!

»Ach ja!«, ruft sie sarkastisch und schlägt sich gegen die Stirn, wie Keaton vorhin gegen meinen Arsch, der immer noch brennt. Heilige Scheiße! Das war einfach unglaublich mit ihm … »Hab vergessen, dass es keine Handys gibt und wir noch Brieftauben hin und her schicken müssen.«

Ich verdrehe die Augen und gehe in die Küche, um etwas zu trinken. Ich fühle mich so … beobachtet. Als wäre ich nicht alleine, also abgesehen von Penny. Aber das liegt daran, dass ich so süchtig nach diesem Mann geworden bin und ununterbrochen an ihn denke. »Sehr lustig«, sage ich. Eigentlich habe ich gerade keinen Nerv für sowas. Ich bin immer noch verwirrt und ein bisschen scharf.

»Wie dem auch sei! Ich geh hoch, bis du in die Arbeit musst«, höre ich sie rufen, registriere, dass sie ein wenig angepisst klingt, reagiere aber nicht darauf.

»Bis später«, murmele ich lediglich und trinke von der Wasserflasche.

* * *

Es regnet mal wieder und ich komme mit pitschnassen Füßen im Büro an. *Ich muss mir jetzt mal wirklich neue Schuhe kaufen*, mache ich mir eine mentale Notiz und ziehe die nassen Socken aus, um sie gegen neue zu tauschen, die ich in der Tasche dabei habe. Dann öffne ich die Tür zu der kleinen Kammer, wo ich mich immer umziehe und das Putzzeug steht und bleibe wie vom Blitz getroffen stehen. Denn da, auf dem Stuhl, wo *immer* etwas liegt, liegt auch jetzt etwas …

Ein edel aussehendes kleines Päckchen. Ich weiß nicht, was drin ist, aber sofort schlägt mein Herz schneller.

Es ist von *ihm.*

Ihm, den ich immer noch in mir spüren kann.

Der mich vorher einfach hat stehen lassen!

Den ich immer noch höre, wie er sagt: »Ab sofort spielst du nach meinen Regeln.«

Er, der mir einfach nicht mehr aus dem Kopf geht und wo ich schon beim Gedanken an ihn feucht werde.

Wie auch jetzt.

Er hat mich so unbefriedigt zurückgelassen – und total verwirrt.

Ich hätte gedacht, das mit Mister fucking hot Rush wäre nur ein One-Night-Stand, aber er hat scheinbar andere Pläne. Und ich muss zugeben, dass ich das erste Mal seit Rileys Vater gewillt bin, mich länger als eine Nacht mit einem

Mann zu befassen. Wenn auch nur auf sexueller Ebene. Er hat etwas an sich, das süchtig macht wie die stärkste Droge. Alleine wenn ich an ihn denke, fühle ich mich, als würde ich auf Wolken tanzen. Mein Mund ist trocken, mein Höschen feucht und meine Knie weich, als ich das Päckchen nehme und an der kleinen Lasche ziehe. Es öffnet sich und vor mir liegt ein schwarzer edel aussehender Vibrator eingebettet in rotem Samt. Ich knalle das Päckchen wieder zu und fühle, wie ich knallrot werde.

Ein Vibrator!

Er hat mir einen Vibrator geschenkt!

Oh mein Gott!

Unter der Verpackung liegt ein gefaltetes Blatt Papier. Wie immer eine Nachricht von ihm an mich. Und ich öffne sie mit zitternden Fingern.

»Unterhalten Sie mich, Miss Pierson!«, steht da in seiner wunderschönen Handschrift und darunter noch: »Aber wage es nicht, zu kommen!«

Ich kichere wie ein kleines, aufgeregtes Schulmädchen, das das erste Mal an den Rechner ihrer Eltern schleicht, um zu sehen, was ein Porno ist … Ich fühle mich jung, wild und so unsagbar verdorben, wenn ich daran denke, was er von mir verlangt. Ich soll ihn unterhalten, okay … aber wie will er es sehen? Ist er etwa hier? Irgendwo?

Bei dem Gedanken daran schlägt mein Herz noch schneller, es hämmert bis in meinen Hals. Der Gedanke an meine Arbeit ist vergessen. Der Gedanke an *alles* ist vergessen!

Ich nehme das Päckchen und gehe schnurstracks in sein Büro, mache dort das Licht an, nichts ist zu sehen …

»Keaton?«, frage ich leise, zaghaft, wie ein totaler

Vollhonk und schaue mich um, schaue sogar, weil in meinem Kopf echt was nicht richtig läuft, hinter die Tür und schließlich unter den Schreibtisch, als würde er da unten zusammengekauert sitzen.

»Du hast echt nicht mehr alle Krüge im Regal, Olivia Pierson!«, murmle ich mir selber zu und richte mich auf, streiche mir über den Nacken und plustere die Backen auf, bevor ich die Luft in einem langen Atemzug entweichen lasse.

Ich stelle mir vor, wie er mit einem Mal hinter mir steht und mit dieser sexy Stimme in meinen Nacken raunt: »WAS?«

Aber er taucht nicht auf wie ein Vampir oder Geist.

Er ist nicht da.

Ich bin alleine.

Enttäuscht lasse ich mich auf seinen Sessel fallen und lege die Verpackung mit dem Vibrator vor mich. Schmolle ein bisschen und drehe mich auf seinem Stuhl hin und her. Ich hätte schon gerne noch einen kleinen Nachschlag von dem, was es vorhin im Treppenhaus gab, oder am besten noch ein ganzes verdammtes Sieben-Gänge-Menü! Oh ja, ich will mir so richtig den Bauch vollschlagen mit seinem … ein rotes Blinken erweckt meine Aufmerksamkeit.

Es ist genau gegenüber …

Die Kamera in der Ecke des Büros blinkt … und ich neige den Kopf zur Seite, sehe mir das Ding genauer an.

Leuchten die Dinger nicht, wenn sie gerade aufnehmen?

Sieht er mich?

OH, das würde so vieles erklären!

Sieht er mir vielleicht jeden Abend hier beim Arbeiten zu?

Blinken deswegen die Kameras immer rot, wenn ich einen Raum betrete?

Und sollte ich deswegen nicht verwirrt sein, verunsichert? Sollte mir der Gedanke nicht unangenehm sein?

Sollte, sollte, sollte – Hosenschnolte … Ich hasse dieses Wort eigentlich! Ich habe es schon immer gehasst, wenn Lehrer in der Schule gesagt haben, du solltest dies nicht machen und das nicht machen. *Ja, ihr Arschkrapfen, das weiß ich, ich mache es aber trotzdem, und weil ich mir von niemandem irgendwas vorschreiben lasse, wie irgendwas sein sollte, mache ich es jetzt erst recht anders*, habe ich mir dann immer gedacht – und war dadurch nicht gerade beliebt bei meinen Lehrern oder bei jeglichen anderen Autoritätspersonen. Ja, ich war und bin eben eine kleine Rebellin, und? Lemminge hat das System genug! Ich war nie einer von ihnen und werde niemals einer sein. Ich war immer anders als die anderen … und genau deswegen finde ich die Vorstellung, dass Mister Rush vielleicht irgendwo in einem dunklen Raum sitzt und mich gerade beobachtet … aufregend, erregend … total spannend.

So wie alles mit ihm ist.

Er hat gesagt, ich soll ihn unterhalten, mit diesem Dildo.

Diese Kamera blinkt rot …

Er will eine Show!

Und wenn ich eines kann, dann eine heiße Show liefern!

Ich streife sofort alle *solltest* und *müsstest* von mir ab. Sofort werde ich zu der Frau, die ich bin, wenn ich alle Konventionen und jegliche Moral und Skrupel hinter mir lasse. Es fühlt sich so befreiend an!

So gut!

Ich lächle und stehe auf … mein Rücken ist durchgestreckt,

meine Schritte elegant und fließend und meine Hüften wiegen sich hin und her, als ich den Tisch umkreise und dabei den Haargummi aus meinen Haaren ziehe. Ich lasse die goldenen Wellen über meinen Rücken fließen … fühle fast, wie er sie packt, wie vorhin, als er in meinem Mund war, so hart, so bereit zu kommen … so unsagbar berauschend!

Ich lehne mich mit dem Hintern an den Schreibtisch, lasse meinen Kopf nach hinten fallen und meine Hände zu dem Verschluss meines Hoodies gleiten, den ich immer zum Putzen anziehe. Ich öffne den Reißverschluss langsam, sehe dabei genau in die Kamera, ziehe ihn runter, und wieder hoch und wieder runter und grinse dabei breiter. Frech … und weiß, dass er gerade flucht, irgendwo … mich beobachtend. Der Gedanke macht mich so an, dass ich am liebsten nur meine Hose öffnen und meinen Kitzler schnell massieren will. Schnelle Erlösung für die ungeduldige Liv. Aber er will eine Show – und er bekommt sie!

Langsam lasse ich den Hoodie von meinen Schultern gleiten … und ziehe auch das Top aus. Gott sei Dank trage ich einen schwarzen, recht heißen BH. Meine Nippel sind hart und bohren sich durch den Stoff – schon jetzt. Dann gleiten meine Finger nach unten, ich öffne den Knopf der Jeans. Dann den Reißverschluss – gaaaaaaaanz gemächlich und greife dann mit der Hand hinein, streiche über meine Pussy und merke, wie feucht ich bin.

Nach wie vor.

Wow …

Wenn er mir wirklich zusieht, dann wird er spätestens jetzt wahnsinnig, ich ignoriere den Vibrator mit Absicht … will ihn reizen, will ihn aus seiner Deckung locken (falls er denn überhaupt in der Nähe ist) und ihn ein bisschen dafür bestrafen, dass er mich heute leer ausgehen ließ, und befriedige mich so, dass er es nicht sieht, einfach unter der Hose. Stöhnend lasse ich den Kopf nach hinten fallen, als meine Fingerspitzen über meine Klitoris gleiten …

Ich bin bereit, zu kommen, er hat es verboten, aber ich spiele mit dem Gedanken auf sein Verbot zu scheißen.

Wer ist er? Mein Daddy?

Igitt! Falscher Gedanke Liv!, denke ich, grinse und stöhne dann auf und muss kurz pausieren, weil ich sonst kommen würde.

Der Kerl macht mich heiß, selbst wenn er nicht da ist!

Er ist ein kleiner heißer Bastard und ich liebe es, dass er genau das ist …

»Was denkst du, was du da tust?«, fragt es mit einem Mal aus Richtung der Tür. Ich brülle auf und ziehe schnell die Hand aus meiner Hose. Würde ich nicht am Tisch lehnen, wäre ich einfach umgefallen. Mein Kopf wirbelt herum und ich fasse an mein rasendes Herz, als ich sehe, wer lässig im Türrahmen lehnt.

Mister *ich ficke dich, lasse dich leer ausgehen und schenke dir dann Vibratoren und denke noch ich kann dir was befehlen* Keaton.

In einem schwarzen Rollkragenpullover.

Eine Hand lässig in der Jeanstasche, lehnt er im Türrahmen und beobachtet mich unter einer hochgezogenen Augenbraue.

FUCK!

Er ist hier!

FUCK!

»Du kannst den Mund wieder schließen, Olivia. Du wirst

mir jetzt keinen blasen.« Ich klappe meinen Mund wieder zu, fühle ihn sofort, will ihn sofort. Oh Gott, ich wollte noch nie irgendwas so sehr wie den Schwanz dieses Mannes.

Er stößt sich ab und schlendert auf mich zu, lässig, elegant, der Jäger und seine Beute. Er spielt mit mir – und ich liebe seine Spiele!

Zuerst geht er zu seinem Plattenspieler und legt eine Platte auf. *Corrupt* von *Depeche Mode*. Es ist, als wäre das DAS Lied von uns.

Als Nächstes schlendert er zu der kleinen Bar in einer Ecke und schenkt sich was zu trinken ein, meine Augen folgen jeder einzelnen seiner selbstsicheren Bewegungen. Dann setzt er sich auf einen der zwei Sessel, legt einen Knöchel auf sein Knie, sein markantes Kinn stützt er auf eine Faust, die er auf der Armlehne ablehnt, und sagt: »Tu, was ich dir gesagt habe.«

»Hast du mich über die Kamera beobachtet?«

»Kann sein.«

»Tust du das jeden Abend?«

»Du hast da etwas nicht verstanden, Olivia, du stellst hier nicht die Fragen. Du folgst meinen Anweisungen. Wir wissen beide, was du willst, seitdem du mich heute geschmeckt hast und wenn du tust, was ich verlange, dann wirst du es vielleicht sogar bekommen. Also folge.«

Ich verenge die Lider.

Die Gedanken in meinem Kopf rasen.

Es gibt zwei Möglichkeiten.

Ich genieße, was auch immer zwischen uns ist. Ich genieße dieses Spiel aus vollen Zügen – und mache mit.

Oder ich werfe ihm die verdammte Schachtel mit dem

gottverdammten Vibrator an den Kopf, drehe mich um und gehe.

Doch ich ahne tief in mir, dass es kein Zurück gibt, wenn ich diesem Mann noch einmal den Rücken kehre. Er hat mir eindeutig klargemacht, was er davon hält, wenn ich vor ihm weglaufe, und dass er ein zweites Mal nicht akzeptieren wird.

Also sage ich »Okay!«, zucke die Schultern und … tue es …

Ich lasse mich einfach gehen.

Ich lächle ihn an, seine Augen funkeln voller Gier und kontrolliertem Verlangen, als ich mich umdrehe und die Jeans herabziehe. Er gibt ein kleines zischendes Geräusch von sich, als er merkt, dass auch mein Höschen so gut wie durchsichtig ist … ich wackle mit meinem Hintern – wenn ich eines kann, dann das! Schließlich habe ich ihn dafür, und als ich wieder zu Keaton schaue, sehe ich, wie ein Muskel an seiner Wange spielt, die Faust, auf die sein Kinn gestützt ist, ist auch nicht mehr entspannt. Oh nein …

Er fordert.

Und ich werde folgen.

Was aber nicht heißt, dass ich ihn nicht reizen werde, nicht provozieren, nicht auch mit ihm spielen …

Ich zwinkere ihm zu, er verengt die Lider. Dann fege ich einfach seine ordentlichen Papierstapel vom Schreibtisch. Der Muskel an seiner Wange zuckt heftiger und ich setze mich darauf, lege mich schließlich auf die Seite, mit meinem Hintern zu ihm. Ich streiche über meine Seite, bis zu meinem Arsch …

Ich haue drauf.

Sein Blick funkelt nicht mehr, er glüht.

Provokant ziehe ich mein Höschen zur Seite.
Er flucht leise … ich lasse den Stoff wieder über meine Scham gleiten.

Die unglaublich feucht ist, by the way. Auch mich lässt das hier nicht kalt.

Dann öffne ich die Verpackung … und gleite mit dem schwarzen edlen Vibrator über meine Seite … meinen Hintern und wieder nach oben … Ich mache ein Hohlkreuz, präsentiere ihm meinen Hintern und schiebe mein Höschen zur Seite. Er sieht alles ganz genau, als ich nach hinten greife und mit dem kühlen Silikon über meine Nässe gleite. Ich schließe die Augen, als die Vibrationen jedes Nervenende von mir in Flammen setzen. Immer wieder streiche ich damit über meine Spalte und dann setze ich an meinem Eingang an.

Der Vibrator wird mir aus der Hand gerissen und zur Seite geschmissen.

Ich keuche auf.

Keaton ist auf einmal über mir, er packt meine Haare und sein Blick … sein Blick … WOW! So außer sich habe ich ihn noch nie gesehen!

So voller Leidenschaft.

Gier.

HUNGER.

So voller kaum gezügelter Emotionen.

»Du stehst darauf, meine Pläne zu zerstören!«, sagt er und küsst mich …

WOW!

Ich will mich auf den Rücken drehen, aber er klatscht mir auf den Arsch, nimmt mich dann und zieht mich weiter zum

Rand des Tisches, sodass mein Arsch fast darüberhängt – genau in der richtigen Höhe für … Als Nächstes schiebt er seine riesige Härte ohne jede Vorwarnung in mich und ich schreie auf, schreie seinen Namen, weil ich darauf nicht vorbereitet war.

»OH GOTT«, keuche ich, als er sich bis zum Anschlag in mich presst.

Er haut mir wieder auf den Arsch.

»Wie heiße ich?« Und zieht sich zurück.

»Keaton!« Er stößt wieder in mich und ich merke, dass ich bereits jetzt anfange zu zucken.

»Wem gehörst du?« Er zieht sich wieder zurück.

»DIR!«

»Sag, ich gehöre dir, Keaton Rush!« Und stößt wieder hart in mich.

Oh Gott … Ich wimmere. Er zieht sich aus mir zurück.

Ich *hasse* die Leere!

»Ich gehöre dir, Keaton Rush. *Bitte*!«, flehe ich und er schiebt sich wieder in mich und lässt sich endlich gehen. Endlich gibt er seine heißgeliebte Kontrolle auf. Zumindest ein Stück. Erst nimmt er mich ein paar Stöße lang in dieser Position. Dabei hält er meine Haare fest, sodass ich mich nicht bewegen kann, was jeden Stoß irgendwie noch intensiver macht. Dann zieht er mich mit einem »Gott verdammt, Olivia!« auf den Rücken und spreizt meine Beine.

Er hält mich an den Knöcheln fest und dringt wieder in mich ein. Tief. So tief.

Die Zähne in die Unterlippe gegraben, auf dem Gesicht einen hochkonzentrierten Ausdruck, fickt er mich hart und schnell. Dann werden seine Stöße langsamer … und sein

Blick schießt von unserer Vereinigung, die er beobachtet hat nach oben zu meinen Augen. Er ist verschleiert und voller … sadistischer Freude.

»Ich werde gleich kommen, Olivia«, berichtet er.

»NEIN! WEHE! KEATON!«, brülle ich und er lacht und stöhnt in einem, als ich mich verspanne und ihn irgendwie aus mir rausschieben will.

Er packt mit einer Hand wieder mein Haar, zerrt meinen Kopf schmerzhaft zurück und zieht sich für seine Stöße nicht mehr ganz aus mir raus, sondern bleibt tief in meinem Körper. Seine Zunge gleitet heiß über meine entblößte Kehle, bis zu meinem Ohr, wo er hineinraunt: »Mund oder Pussy?«

Ich verfluche ihn mit allen Ausdrücken, die mir gerade einfallen.

»Du amüsierst mich wirklich, Babe!«, sagt er und umkreist unverhofft mit zwei Fingern meine Klitoris, während ich fast wahnsinnig werde. Meine Muskeln ziehen sich ruckartig um ihn herum zusammen. Mit einem heiseren Stöhnen, das mir durch Mark und Knochen geht und meine Lust noch weiter anfeuert, dringt er scheinbar noch tiefer in mich und kreist mit seinen Hüften … »Glück für dich!«, haucht er und reibt direkt über diesen pochenden kleinen Lustpunkt.

Ich explodiere. Es ist zu viel. Meine Muskeln kontrahieren jetzt so stark, dass auch er sich mit mir gehen lässt und in mir kommt. Ich sehe nur noch Sternchen. Der Orgasmus ist so intensiv wie alles zwischen uns.

Dieser Mann wird mein Untergang sein.

Aber ich werde glücklich untergehen!

Oh fucking ja!

25. Intimität

Keaton

Ich liebe es, wenn du mich so ansiehst, wie du mich gerade ansiehst, Olivia. Mit dieser absoluten Hingabe, diesem Fünkchen Unglauben und jeder Menge Rebellion. Du willst es eigentlich nicht, noch nie hast du deine Macht an einen Mann abgegeben, du warst sonst immer die, die die Stricke in der Hand hatte. Aber bei mir ist alles anders.

Und das ist bei mir genauso, Baby.

Das alles hier ist auch Neuland für mich.

Es ist Neuland für mich, dass ich eine Frau auf meinem Schreibtisch in meinem Büro gevögelt habe.

Dass ich mehr von dir will.

Dass ich wissen will, was gerade durch deinen Kopf geht, nachdem ich mich von dir gelöst habe und meine Hose schließe.

Du ziehst dich an, und siehst mich nicht mehr an.

Und ich fühle mich … *unsicher*.

Unsicherheit kenne ich sonst nicht. Ich bin sonst immer kontrolliert und überlegen, aber mit dir weiß ich nie, woran ich bin. Ob du mich wieder von dir stoßen und weglaufen wirst?

Ich ertrage den Gedanken nicht.

Und wieder handele ich ohne jegliche Kontrolle, wie gerade eben, als du mich mit deiner Show aus meinem Versteck gelockt hast … und ich dich einfach haben musste.

Du hast dich gerade angezogen und schließt die Hose,

ich trete von hinten an dich heran und packe deine Arme, ziehe sie nach hinten und halte dich so fest, dann raune ich in dein Ohr. »Du wirst nie wieder weglaufen.« Und damit meine ich nicht nur jetzt, sondern immer, ich will, dass du bei mir bleibst.

»Ich hatte nicht vor wegzulaufen«, antwortest du keuchend, und mein Griff löst sich etwas, ich lasse dir den Freiraum, den ich hasse dir zu geben. Und werde belohnt. Du drehst dich um, siehst mich zaghaft an – und hebst deine Arme. Du legst sie um meinen Hals. Noch niemals hat sich das eine Frau bei mir getraut. Aber keine Frau war jemals du … Du berührst mich. An einem Ort, von dem ich dachte, er würde nicht existieren. Ich mag Zärtlichkeit nicht. Ich mag Sex. Schnellen harten Sex. Das hier ist eigentlich nichts für mich und doch stoße ich dich nicht von mir.

Ich kann dich nicht von mir stoßen.

Nicht wenn du mich so ansiehst, wie du es gerade tust.

Du bist so schön, Baby.

»Wird das jetzt zur Gewohnheit, Mister Rush, überfallen Sie mich irgendwo und wir haben heißen Sex?«

»Würde dir das gefallen?« *Was redest du da, Idiot? Seit wann interessiert es dich, ob es ihr gefällt oder nicht? Es geht hier nur um dich.*

Doch du lächelst und deine Wangen glühen und dein Blick strahlt, als du sagst: »Ehrlich gesagt, ja und das erschreckt mich.«

»Wieso?« Du spielst mit den Härchen in meinem Nacken und Gänsehaut rieselt über mein Rückgrat. Es fühlt sich komisch an, und gut …

»Du bist so intensiv, alles einnehmend. Mit dir fühlt es

sich so an, als könnte ich nicht atmen und gleichzeitig so, als würde ich das das erste Mal in meinem Leben tun. Ich habe Angst.« *Ja, du solltest Angst haben, Baby,* denke ich, aber ich sage wieder: »Wieso?«

Du willst etwas sagen, stoppst dich aber und trittst von mir zurück, siehst zu Boden …

»Ich kenne dich nicht! Kein bisschen!«, sagst du anklagend und ich muss ein bisschen grinsen, als ich antworte: »Und?« Dabei denke ich mir *und ich kenne dich zu gut, ich weiß alles von dir, Babe.*

»Du könntest ein irrer Psychopath sein!«, empörst du dich. Verdammt, du bist so bezaubernd, wenn du recht hast und ich muss lachen.

Du starrst mich an, als ich es tue und dein Blick wird verträumt. Ich kriege mich gar nicht mehr ein und du murmelst angepisst: »Was ist so lustig?« Aber in Wahrheit gefällt dir das hier viel zu gut, wenn ich lache, wenn ich dich ficke, wenn wir uns unterhalten. Und ich muss zugeben, mir gefällt es auch. Jedes Wort aus deinem Mund ist kostbar. Alles an dir ist kostbar.

In diesem Moment knurrt dein Magen und ich ziehe meine Augenbrauen zusammen.

»Wann hast du das letzte Mal gegessen?«, frage ich aus reinem Instinkt, denn eigentlich weiß ich es ja. Ich habe dich heute den gesamten Tag beobachtet – natürlich. Und weiß, dass du nur gefrühstückt hast! Du warst zu beschäftigt mit Riley.

»Ich äh …« Du rümpfst deine Nase und überlegst und ich hebe eine Augenbraue, bin gespannt, ob du mich anlügen wirst.

Du tust es nicht – Glück für dich. »Heute Morgen«, gibst du zu, da bin ich schon zu meinem Telefon marschiert und habe den Hörer abgenommen. Die Nummer von Tonys Pizzalieferdienst ist eingespeichert, wir holen uns öfter mal was ins Büro, wenn es später wird. Ich setze mich auf meinen Schreibtisch und lasse dich nicht aus den Augen, während ich bestelle. »Hallo, ich hätte gerne zwei Cola, eine große Thunfisch und eine Salamipizza mit extra Käse, Mais und Oliven.« Du siehst mich mit großen Augen an, weil ich weiß, wie du deine Pizza liebst.

Oh Honey …

»Und mit gefülltem Käserand«, gebe ich noch dazu und sehe, wie sich absolute Verzückung auf deinem hübschen Gesicht ausbreitet. Ja, du bist eine Frau, die es noch versteht zu genießen. Und Essen genießt du ganz besonders.

Genauso wie Sex – was für ein glücklicher Scheißer ich doch bin …

***

Olivia

Mister *ich ficke dich auf dem Schreibtisch um den Verstand,* hat etwas an sich, das mich dazu bringt, mich wie eine Siebzehnjährige zu fühlen. Total neben mir stehend, mit wild herumflatternden Schmetterlingen, an seinen Lippen hängend, total verblödet. Dafür muss er sich nicht mal ausziehen oder zu mir sprechen, nein. Er muss einfach nur anwesend sein.

Er sitzt auf dem Sessel direkt neben der Couch, auf der ich mich befinde und wir warten auf die Pizza. Auf die Pizza, von der er genau wusste, wie ich sie mag. Ganz tief in mir finde ich das schon ein bisschen seltsam. Aber mein rationaler Verstand hat schon längst eine Erklärung dafür gefunden: Entweder habe ich es irgendwann mal erwähnt, oder ich liebe die typisch amerikanischen Standard-Pizzen. Ich glaube, mein Verstand wird für alles eine Erklärung finden, was er tut und was mir zunächst komisch erscheint. Ich meine, jeder Amerikaner liebt Käserand, Mais und Oliven, oder nicht?

Er sieht mich an. Die Beine überschlagen, einen Arm über die Lehne geschwungen … und sein Mundwinkel zuckt.

»Was?«, frage ich und rutsche unruhig herum.

»Du bist nervös!«

»Natürlich bin ich das, ich bin nicht hier, um mir den Arsch plattzusitzen!«

»Gott bewahre!«, gibt er amüsiert von sich und ich verdrehe die Augen.

»Ich bin hier, um zu arbeiten, aber ich habe so einen irren, total heißen Chef, der lässt mich nicht!«

»Du hast Hunger!«

»Ich werde schon nicht vor Hunger in Ohnmacht fallen! Keaton, lass mich wenigstens schon mal staubsaugen.«

»Sag meinen Namen nochmal.«

Ich verdrehe die Augen, sage aber »Keaton« und dabei will ich eigentlich gelangweilt klingen, aber alleine seinen blöden Namen auszusprechen, lässt mein Herz schneller schlagen. Er lächelt und mein Herz verwandelt sich in einen

Zirkuskünstler und macht Saltos, ob das lebensgefährlich ist?

»Ich mag es, wenn du meinen Namen sagst.«

»Das habe ich schon festgestellt«, antworte ich trocken und denke daran, wie er mir beim Sex befohlen hat, ihn beim Namen zu nennen. Mir wird wieder heiß.

»Und du magst es auch«, stellt er fest und auch seine Stimme ist heiser, sein Blick ist schon wieder dunkel und eindeutig.

Er will mich wieder.

Und ich will ihn auch.

Er war kaum aus mir draußen, da wollte ich ihn schon wieder in mir.

Der Mann macht süchtig, ich bin wie besessen von ihm.

Ich sehe auf seinen Mund, diesen perfekten weichen Mund – der so versaute Dinge zu mir sagen und so unerhört sein kann und beiße mir auf die Unterlippe. Schnell sehe ich von ihm weg.

»Gibt es etwas, das Sie mir mitteilen wollen, Miss Pierson?«

Dass ich dich will.

Jetzt.

Immer …

Sage ich nicht, ich lächle und lehne mich zurück. »Nein, Mister Rush …« Dann überschlage ich die Beine und sehe, wie er meiner Bewegung folgt. Stellt er sich vielleicht auch vor, wie es wäre, jetzt vor mir zu knien? In mich hineinzustoßen, mit meinen Beinen um ihn gewickelt?

Er wirkt auch belustigt und sagt: »Ach so, na dann.«

»Was sollte ich Ihnen schon mitteilen wollen, außer dass

Sie mich nerven, Mister Rush?«

»Ich nerve Sie? Das hat sich aber gerade eben noch ganz anders angehört.« Ich werde knallrot, als er das sagt und eindeutig auf die kleine Eskapade auf seinem Schreibtisch anspielt. Er wirkt nun rundum zufrieden.

»Lass mich doch einfach putzen, verdammt nochmal! Ich mag es nicht, einfach untätig herumzusitzen!«

»Weil du dich dann auf mich konzentrieren musst?«

»Ja.«

»Mache ich dich wirklich so nervös?« Oh, niemals werde ich darauf ehrlich antworten! Wenn er nur wüsste …

Der Pizzabote rettet mich vor weiteren Peinlichkeiten. Er kennt Keaton mit Namen und kriegt ein außerordentliches Trinkgeld. Er hat nicht nur Cola, sondern auch eine Flasche Wein dabei. Ich ziehe eine Augenbraue hoch, als Keaton wieder zu mir zurückschlendert, und noch zwei Gläser von der Bar holt.

»Was?«, fragt er amüsiert.

»Alkohol bei der Arbeit, Mister Rush? Das lassen Sie durchgehen?«

»Ja, zumindest, wenn meine Mitarbeiter so bezaubernd sind wie du, wenn sie was getrunken haben.« Scheiße. Er findet mich bezaubernd. Ich bin tot – ein bisschen … und weiß nicht mehr, was ich darauf antworten soll.

Das mit ihm ist alles so neu.

So ungewohnt.

Ich wollte ihn von mir fernhalten, aber wenn er so offen, locker und lustig ist wie jetzt, dann kann ich meine Mauern nicht aufrechterhalten. Dem kühlen distanzierten Mister Rush gegenüber kann ich mich auch distanzieren, aber bei

Keaton hier habe ich keine Wahl. Und es kommt mir so vor, als würde er es wissen. Er entkorkt den Wein und schenkt uns ein, wir trinken einen Schluck und sehen uns dabei in die Augen.

Die Luft kribbelt.

Dann machen wir uns über unsere Pizzen her.

Meine ist köstlich und ich kann mir ein Stöhnen nicht verkneifen.

Keatons Muskel an der Wange zuckt – ich liebe es, wenn er das tut.

Doch er isst in aller Ruhe, als wäre nichts …

Ich will mehr über ihn erfahren, lehne mich zurück und frage. »Hast du Geschwister?«

»Nein.«

»Eltern?«

Er sieht mich an, als wäre ich bescheuert und ich muss kichern. Verdammter Wein, steigt mir schon zu Kopf.

»Ich meine, leben deine Eltern noch und wenn ja wo?«

»Wird das hier ein Verhör, Miss Pierson?«

»Nein, ein Einstellungstest?«

»Und als was wollen Sie mich einstellen, Ihren Ficker?«

»Wow, Mister Rush, Sie sind direkt.«

»Sie auch.« Wir beide müssen grinsen …

»Gut, dann sehen Sie das hier als Einstellungsgespräch als meinen Ficker!« Ich muss schon wieder lachen und trinke, sobald er mir nochmal eingeschenkt hat. Er wirkt nicht mehr ganz so locker, sondern … wachsam.

»Woher kommen Sie?«

»Eigentlich aus England, Miss Pierson.«

»Oh, daher der sexy Dialekt.« Er grinst und mir fällt erst

jetzt auf, dass die Hirn-Sprachbarriere weggesoffen ist, verdammt. Ich reiße die Augen auf und werde knallrot.

»Sexy also, Miss Pierson?«, neckt er mich sanft, ich verdrehe die Augen und trinke noch einen Schluck.

»Als ob das noch nie zuvor eine Frau zu dir gesagt hätte!«

»Nicht so eine wie du!«

»Wie bin ich denn?«

»Einmalig.«

»Sind wir das nicht alle irgendwie?«

»Das stimmt. Aber du stichst auf eine besondere Art aus der Masse hervor.« Also das kann ich nur zurückgeben, ich habe noch nie so einen Mann wie ihn getroffen. Ehrlich nicht. Sein Kompliment fühlt sich gut an, er findet, ich bin etwas Besonderes. Und will das nicht jede Frau? Einen mystischen schönen Mann treffen? Der der absolute Oberhammer im Bett ist und denkt, man ist etwas Besonderes? Das alles kommt mir fast schon zu schön vor, zu perfekt. Aber ich kann mich auch nicht dazu bringen, das hier zu beenden.

Wir sitzen zwei Stunden da und unterhalten uns.

Als hätten wir das schon öfter getan.

Als würden wir uns schon kennen …

Zumindest mit dem Herzen.

26. Verschossen in Mr. Rush

Olivia

Ich komme noch nicht ganz dahinter, wie dieser Mann es geschafft hat, binnen kürzester Zeit meine Welt regelrecht zu erschüttern. Ich meine, ich hatte erst vorgestern das erste Mal Sex mit ihm! Und jetzt?

Ich bin der festen Überzeugung, dass Romanzen zurzeit keinen Platz in meinem Leben haben, und doch komme ich einfach nicht von ihm weg. Von seinem facettenreichen Wesen, seiner Aura, und wie er mich fühlen lässt. Ich habe vergessen, wie es sein kann, als Frau gesehen zu werden – als respektable Frau. Die widerlichen Blicke im Stripclub sind kein Vergleich zu Keatons Blicken, wenn er mir direkt in die Seele zu schauen scheint. Voller Faszination und Bewunderung, er betrachtet mich nicht nur wie zwei Titten und eine Pussy. Er sieht so viel mehr in mir und lässt mich das auch mit jeder seiner Berührungen fühlen – und mag sie sich fürs Erste noch so hart anfühlen. Und ich kann und will mich insgeheim auch nicht von ihm lösen, und zurück in meine Routine kriechen.

Mein Leben vor ihm war … anstrengend und trist, jeder Tag aufs Neue war ehrlich gesagt eine Überwindung. Mein einziger Lichtblick Riley – und Rosie – wenn sie gerade Mal nicht irgendwo hinkackt.

Aber dann kam Keaton Rush und mit einem Mal bin ich wieder voller Lebensfreude.

Ich habe Angst vor ihm, weil er etwas in mir auslöst, das noch kein anderer Mensch geschafft hat. Ich merke, dass ich sehr schnell wirklich abhängig von ihm werden könnte, dass ich es vielleicht sogar schon ein bisschen bin. Aber ich will meinen Fluchtinstinkten nicht nachgeben, ich will mich viel lieber fallen lassen. In seine Arme, sein Bett, sein Leben, auch wenn es eigentlich total falsch ist, ich weiß schon.

Wir sitzen in seinem Auto und der weiche Ledersitz scheint mich regelrecht zu verschlingen. Er hat darauf bestanden, mich nach Hause zu fahren und ich habe auch nicht protestiert. Das Büro ist ungeputzt und ich fühle mich ein wenig schlecht bei dem Gedanken, aber wenn mein Chef sagt, ich soll nicht arbeiten, wie könnte ich da widersprechen?

Es ist ruhig im Wagen, man hört nur den schnurrenden Motor und der Vollmond leuchtet so hell, wie die Straßenlaternen es tun. Die Straßen sind leer, Verkehrsschilder biegen sich leicht im Wind. Andere würden es als einen herannahenden Sturm bezeichnen, aber ich bin das gewöhnt. In Chicago gilt das hier noch als leichte Brise.

Alles riecht nach ihm, wahrscheinlich sogar ich selbst. Ich fühle seine großen, dominanten Hände immer noch auf meinem Körper und höre sein wundervolles Lachen immer noch in meinen Ohren.

»Du machst einen Umweg«, sage ich und schaue ihn an. Sein Blick ist nach vorne gerichtet, er wirkt entspannt und lässt sein Handgelenk auf dem Steuer ruhen. Sogar das sieht bei ihm so sexy aus, wie ich es vorher noch nie gesehen habe und ich würde am liebsten gleich wieder über ihn herfallen.

»Was meinst du?«

Ich räuspere mich und zupfe an dem Ärmel meiner Jeansjacke. »Ich weiß doch, dass du am anderen Ende der Stadt wohnst. Du machst einen Umweg, das wäre nicht nötig gewesen.«

Er lächelt, als hätte ich einen Witz verpasst. »Hätte ich dich lieber mit zu mir nehmen sollen?« Das klingt verlockend. Es wäre schön gewesen, in seinem weichen Bett zu schlafen, seine starken Arme um mich herum zu spüren, und in seiner riesigen Dusche zu duschen. Aber das kann ich nicht, denn ich habe Riley. Er ist keine Last für mich, vielmehr habe ich Angst, etwas von ihm zu verpassen. Ich arbeite ohnehin schon sehr viel und es wäre nicht richtig, meine freien Stunden woanders zu verbringen. Ich will keine abwesende Mutter sein.

»Nein.«

»Ich wollte dich fahren.«

»Ich weiß.«

Jetzt nickt er. »Und ich mache immer, was ich will.« Das habe ich bereits gemerkt und es gefällt mir. Ein Mann, der weiß, was er will und es sich holt. Kein Weichei. Aber auch kein gewalttätiger Bastard. Nein, er ist die richtige Mischung aus Gentleman und Wichser und ich liebe es. Er ist sicherlich nicht der Standard. Kein Mann, den eine ›normale‹ Frau sich ausgesucht hätte, aber ich gebe einen Scheiß auf normal. Ich brauche das Außergewöhnliche und ich liebe es. Den Kick, den Rausch, den Keaton in mir auslösen kann, wenn ich einfach nur Olivia bin und nicht Mom.

Der Wagen wird langsamer und mir wird klar, dass wir

angekommen sind, als Keaton den Motor abstellt. Es ist dunkel, die Gebäude ragen in den nachtschwarzen Himmel. Das verlassene Haus zu meiner Linken steht unheilvoll da. Ich weiß nicht, warum in einem Plattenbau ein einzelnes Einfamilienhaus steht, worin seit Jahren niemand wohnt, aber es ist ein bisschen gruselig, wie die Fassade abblättert, Efeu die Wände nach oben wächst und die verstaubten Fenster keinen Blick hinein ermöglichen. Außerdem stinkt es nach Müll, das weiß ich, bevor ich die Tür des Autos geöffnet habe. Es ist laut, Junkies und Penner tummeln sich hier nur so. Ich hasse es, dass ich Riley ausgerechnet hier großziehen muss, aber ich versuche, das Beste daraus zu machen.

»Bis morgen«, sage ich, mache aber keine Anstalten, auszusteigen.

Er nickt. »Bis morgen.«

Ist er verärgert? Ich kann es nicht sagen, aber er hätte keinen Grund dazu, oder? Er verunsichert mich und ich lege zaghaft die Hand an die Tür, da spüre ich, wie er meinen linken Oberarm umfasst und mich mit einem Ruck zurückzieht. Zuerst erschrecke ich mich, aber dann spüre ich mit einem Mal seine weichen, heißen Lippen auf meinen und entspanne mich. Mehr als das, ich werde wie warme Butter in seinen Armen. Seine Hände halten mein Gesicht und sein Mund massiert meinen mit genau dem richtigen Druck. Ich liebe es, wie er mich berührt, ich liebe es, dass ich spüren kann, wie sehr er mich begehrt, ich liebe es, wie die Luft zwischen uns knistert und es dauert keine drei Sekunden, da wühle ich in seinem Haar und unsere Zungen spielen miteinander, bis wir keine Luft mehr kriegen.

Schwer atmend zieht er sich zurück und lehnt seine Stirn an meine. Sein wunderbarer Duft zieht mir konstant in die Nase und ich inhaliere ihn wie die Junkies ihr Koks. In mir kribbelt alles, es fühlt sich an, als stünde ich unter elektrischer Spannung. Gänsehaut hat sich auf meinem ganzen Körper verbreitet und ich schaudere. Das hier … das ist abartig gut.

»Ich will, dass du für mich arbeitest«, raunt er, zieht den Kopf zurück und sofort fehlt mir seine Nähe. Ich bin wie im Rausch – mit Mister Rush. Wie passend.

»Aber … ich arbeite doch schon für dich«, sage ich leise und verwirrt und versuche, mein heftig rasendes Herz zu ignorieren. Das Pochen hallt in meinen Ohren wider, ich bin immer noch nicht wirklich anwesend.

Leise lacht er und ein Schauer jagt bei dem Klang über meinen Rücken. »Ich finde jemand Neuen für deinen Job. Ich will, dass du meine persönliche Assistentin wirst.« Seine Worte dringen nur sehr, sehr langsam zu mir durch, während ich in seine Wunderaugen sehe, deren genaue Farbe ich bis heute nicht definieren kann.

»Aber … wieso? Ich meine, ich hab doch gar keine Referenzen für die Stelle und …«

»Du hättest geregelte Arbeitszeiten«, sagt er. »Du wärst jeden Nachmittag um zwei zuhause – spätestens. Ist das nicht der Traum jedes Menschen? Nicht bis zum Abend oder in die Nacht hinein arbeiten zu müssen?« Er weiß nichts von Riley, aber ich denke sofort an ihn. Für Riley wäre das einfach perfekt. Und ich könnte mich rund um die Uhr um ihn kümmern, ohne Penny jeden Tag den Stress zuzumuten.

Ich hätte mehr Zeit für ihn … und für mich.

»Außerdem …«, sein Finger fährt über meinen Handrücken, ganz sanft, aber es reicht, um mich innerlich beben zu lassen, »… sind diese Hände zu wertvoll, um jeden Tag mit Putzwasser konfrontiert zu werden.«

Damit bringt er mich leise zum Lachen, obwohl ich dabei auch ein wenig nervös klinge. »Bitte … ich bin es gewöhnt.«

»Dann sollten wir deine Gewohnheiten ändern.« Seine schönen Lippen verziehen sich zu einem Lächeln, aber ich schweige. Ich will nicht unbedingt eine solche Stelle bekommen, nur weil ich mit dem Boss schlafe. Aber wenn ich das mal außen vor lasse, klingt sein Angebot mehr als verlockend.

»Du würdest besser verdienen«, argumentiert er nun. »Wesentlich besser.«

»Klingt, als würdest du mich überzeugen wollen.«

»Das brauche ich nicht, Baby. Du bist schon überzeugt von mir.« Er zwinkert mir zu und ich lache.

»Ich überlege es mir.«

»Warte nicht zu lange.«

»Niemals.«

Er lächelt. »Gute Nacht«, sagt er und ich erwidere sein Lächeln, ehe ich es schaffe, auf weichen Knien auszusteigen.

Ich bin wie in Trance.

Er erschüttert wirklich meine Welt und ich laufe wie auf puffigen rosa Wolken zur Haustür. Erst als ich eingetreten bin, höre ich seinen Motor und wie er davon fährt.

Ich kann es nicht lassen, lehne mich an die Tür, schließe die Augen und dann brülle ich. Dabei springe ich herum, schmeiße meine Arme und Beine herum und flippe ein bisschen aus. Ich muss irgendwie die Gefühle in mir rauslassen, dieses … *Glück*. Scheiße, ich war lange nicht mehr so unsagbar verschossen in jemanden. Vielleicht sogar noch nie …

27. Eskalation

Olivia

Meine gute Laune und die Schmetterlinge verpuffen abrupt, als ich oben ankomme und bei Penny klopfe, um Riley abzuholen. Sie hat ihn vorhin mit zu sich nach Hause genommen. Sobald sie öffnet, bemerke ich, dass sie genervt aussieht. Mehr als das, beinahe wütend.

Erst als sie die Tür hinter mir schließt, spreche ich sie an und streichle nebenbei abwesend Rosie, die mich überschwänglich begrüßt. »Alles okay?« Sie geht an mir vorbei ins Wohnzimmer. Ihre Wohnung ist genauso aufgeteilt wie meine, nur schriller eingerichtet. Ich beobachte, wie sie den Fernseher ausschaltet und die Fernbedienung auf die Couch wirft. Riley schläft immer in Pennys Bett. Sie hat das Zimmer, was ich unten für Riley benutzt habe, als ihr Schlafzimmer benutzt.

»Passt schon«, sagt sie abweisend und ich runzle die Stirn. Jeder hätte gemerkt, auch wenn er Penny nicht kannte, dass sie angepisst war. Sie ist niemand, der solche Launen gut verbergen kann, oder es überhaupt versucht. Ihr Herz liegt auf der Zunge.

»Willst du jetzt dieses Spiel spielen, Penny?«, frage ich ungeduldig mit vor der Brust verschränkten Armen. »Rück schon raus mit der Sprache.«

Sie sieht mich an und ihre Augen blitzen. Einen Moment wirkt sie, als würde sie mit sich hadern, aber ich weiß von vornherein, dass sie es nicht schaffen wird, *nichts* zu sagen. Und es dauert nicht lange, da legt sie auch schon los.

»Ich gönne dir wirklich alles Glück der Welt, Liv, aber ich erkenne dich zurzeit einfach nicht wieder!«, haut sie raus. »Und das nervt mich! Ich meine es nicht böse, doch du bist meine beste Freundin und ich kann das einfach nicht für mich behalten!«

Ich stutze und blinzle ihr einfach nur entgegen. Irgendwie hab ich nicht mit einem Streit gerechnet, auch wenn ihr Abgang nach der Sache im Flur ziemlich eindeutig gewesen ist, ich hab mich nicht weiter damit befasst. Ist sie etwa wütend auf mich, weil ich jemanden kennengelernt habe? Oder was genau ist das Problem?

»Was meinst du damit?«, frage ich skeptisch.

Sie schnauft und schüttelt dabei ihren Kopf. »Riley ist krank und du hast nichts Besseres zu tun, als dich zum Sex zu treffen? Dazu auch noch im Hausflur, wo dich jederzeit jemand hätte sehen können? Und dann warst du eben wieder mit diesem Rush zusammen, ja? Ich dachte, du gehst putzen? Aber nein, der Herr chauffiert dich sogar nach Hause! Wie edel von ihm! Wann bist du so egoistisch geworden, hm?«

Ich traue meinen Ohren kaum und starre Penny mit großen Augen an. Es ist mir peinlich, dass sie das mit dem Sex anscheinend mitbekommen hat, aber ich bin auch wütend auf sie! Ich dachte, sie sei meine Freundin und in mir brodelt es!

»*Woher* willst du denn wissen, ob ich Sex mit ihm hatte, hm?«

»Oh bitte!«, sagt sie abwertend. »Die ganze Straße hat euch gehört … oder eher dich!«

Gut, das ist vielleicht ein wenig unangenehm und erst jetzt wird mir klar, dass auch Riley uns hätte hören oder sehen können, doch das ist eine andere Sache und hat nichts mit dem hier zu tun. »Was soll das, Penny?«, zische ich aufgebracht. »Wieso machst du mir jetzt so viele Vorwürfe? Ich bin immer Mutter und Freundin und nur, weil ich auch mal meinen Spaß habe – *einmal* – musst du so eine große Sache daraus machen? Und ja, ich gehe jeden Scheißabend putzen! Und heute hat Keaton mich eben mal nach Hause gebracht, ist das so tragisch?«

Sie bleibt stur und schüttelt ihren Kopf, wobei die blonde Dauerwelle ihre Wangen streift. »Darum geht es nicht! Es geht darum, dass du alles stehen und liegen lässt für diesen Kerl! Ich merke die ganze Zeit schon, dass du dich veränderst und abwesend bist, aber du bist eine Mutter und kannst dir das nicht leisten!«

Wow … mir wird immer heißer und meine Hände beginnen vor Wut zu zittern.

»Ich bin auch Frau, nicht nur Mutter! Und ich glaube nicht, dass du das Recht hast, darüber zu urteilen oder mir vorzuschreiben, was ich tun darf und was nicht!« Inzwischen habe ich die Hände zu Fäusten geballt und atme schneller. Ich liebe Penny und ich bin ihr dankbar für alles, doch ich finde, dass sie sich gerade absolut nicht gerecht verhält! Nicht wie eine Freundin!

Sie ignoriert mein Gesagtes. »Ich traue dem Kerl nicht! Er taucht einfach so hier auf und fickt dich mal kurz im Hausflur? Da stimmt doch was nicht! Irgendwas an ihm ist einfach … alarmierend!«

Ich wäre lieber gestorben, als zuzugeben, dass ich ebenfalls so empfand, was Keaton anging, aber dass es mir gefiel.

»Bohoo! Ein Mann, der nur zum Sex bei einer Frau vorbeikommt, wo gibt es denn sowas?«, rufe ich sarkastisch, woraufhin Penny nur schnaubt und unbeeindruckt bleibt. Ich hingegen koche mittlerweile – und zwar auf höchster Flamme. »Weißt du, was ich eher glaube, Penny? Ich glaube, du bist eifersüchtig, weil DU noch Single bist und nicht den richtigen Mann kennenlernst! Und du machst es MIR zum Vorwurf, weil dein Leben sich nur um Riley und mich dreht, stimmt's? Eigentlich sind wir eine Belastung für dich, oder? Das war's! ICH LASSE MIR SICHER NICHT VORWERFEN, DASS ICH AB UND ZU AUCH MAL MEINE FRAULICHKEIT AUSLEBE UND NICHT NUR MUTTER BIN! Und du solltest dir jemand anderen suchen, an dem du deinen Frust ablassen kannst!« Ja, ich bin verflucht wütend und ich bereue meine Worte in der Sekunde, in der ich sie ausspreche, doch ich werde mich nicht dafür entschuldigen, denn es ist ungerecht, was Penny sagt.

Sie schaut mich an, als hätte ich sie geschlagen und wahrscheinlich habe ich das auch auf emotionaler Basis getan. Es tut mir leid. Aber das wird sie nicht von mir hören.

»Geh!«, sagt sie eisig und zeigt zur Tür. »Nach allem, was wir zusammen erlebt haben, muss ich mir so eine Scheiße nicht anhören!« Ich bemerke, dass ihre Stimme zittert, doch ich ignoriere es, marschiere an ihr vorbei und hebe meinen schlafenden Sohn aus ihrem Bett. Er fühlt sich nicht mehr heiß oder fiebrig an, aber ich werde ihn für morgen trotzdem entschuldigen. Umständlich nehme ich ihn auf den Arm und keuche, weil er viel schwerer als früher geworden ist. Dabei kommt es mir vor wie gestern, als er noch ein Baby gewesen ist und ich ihn auf einem Arm halten konnte.

Auch wenn es mir schwerfällt, trage ich ihn an Penny vorbei und nach draußen, wobei ich Rosie den Befehl gebe, mir zu folgen. Ich weiß nicht, wie eine Situation, die ich vorher nicht einmal geahnt habe, so schnell eskalieren konnte. Aber ich belasse es dabei und gehe.

* * *

Keaton

Ich habe bereits deinen neuen Vertrag aufgesetzt, Olivia. Das habe ich ehrlich gesagt schon gestern getan, nach unserer ersten gemeinsamen Nacht. Ab diesem Moment war für mich alles glasklar.

Ich weiß, du wirst die Stelle annehmen und ich hefte zufrieden die Seiten zusammen. Du bist zurzeit im Diner, um zu kündigen. Der Streit gestern Abend mit deiner besten Freundin kam mir gerade recht, denn letztendlich hat genau das dich überzeugt, mein Angebot anzunehmen, nicht wahr?

Du bist stolz. Ich liebe es, wie stolz du bist. Und du wirst alles tun, aber du wirst dich mit Sicherheit nicht bei Penny entschuldigen, auch wenn du ziemlich gemein warst, Baby. Das muss ich leider sagen. Natürlich habe ich alles über dein Handy mitbekommen. Die neueste deutsche Abhörtechnik hilft mir zuverlässig dabei, dass ich über jedes noch so kleine Detail deines Lebens immer informiert bin. Aber ich musste mich zwingen, denn ich kann Penny nicht ausstehen, Olivia. Auch wenn sie immer für dich da ist – und das ist ihr einziger

Pluspunkt –, mag ich sie nicht. Sie ist laut, mürrisch und kaut Kaugummi wie eine russische Prostituierte. Es ist, als wäre die natürliche, feminine Eleganz, die jede Frau in sich trägt, in Penny einfach erloschen. Aber sie lässt dich nie im Stich und das ist der einzige Grund, warum ich noch nicht dafür gesorgt habe, dass sie aus deinem Leben verschwindet – auf die eine oder andere Weise. Ich will dich für mich, Olivia. Und ich teile dich nur mit Riley.

Bald werde ich dich den ganzen Tag sehen können, ohne auf Kameras schauen zu müssen. Du wirst in deinen engen Röcken vor mir rumdackeln, denn ich werde es in deinen Vertrag aufnehmen, dass Jeans verboten sind. Ich werde hart, wenn ich nur daran denke, dass du keine Unterwäsche trägst und dich bückst, damit ich es sehen kann. Wir werden eine gute Zeit zusammen haben, Olivia. Und du wirst keine Arbeit mehr verrichten müssen, die deiner einfach nicht würdig ist.

Du hast Penny heute nicht um Hilfe gebeten. Sie hat ohnehin nur eine Kundin, deren Fingernägel sie derzeit macht und mit der sie über ihr langweiliges Leben redet. Sie ist eifersüchtig auf dich, Olivia. Sie versteht dich nicht – niemand wird das jemals besser können als ich, glaube mir.

Du bist im Diner und ich beobachte dich von meinem Handy aus, während ich im Büro sitze und deinen Vertrag drucke. Du trägst wieder diese abgewetzten Sneaker und du ahnst nicht, dass das Handy, welches du in deiner Hand hältst, direkt mit meinem verbunden ist. Riley ist bei dir, aber er sieht immer noch nicht ganz gesund aus.

Bald wirst du mehr Zeit für ihn haben, Babe.

Und für mich.

Gott, bin ich erleichtert, Olivia. Das glaubst du mir gar nicht.

28. Superman vs. Mr. Rush

Olivia

Ich sitze mit Riley im Bus.

Es ist Sonntagnacht und ja, ich muss alle zwei Wochen, auch am Wochenende, die Büros putzen. So wie heute.

Er sieht wahnsinnig müde aus, aber er ist tapfer und sagt kein Wort – wie immer. Wir fahren in die Stadt, meine Schicht bei Keaton fängt bald an. Na ja, eigentlich fängt sie erst später an, aber weil ich Riley dabei habe und er morgen wieder zur Schule geht, bin ich schon früher losgefahren, damit wir auch früher wieder zurück sein können. Ich bin erschöpft und nervös. Heute habe ich noch nichts von Mr. Rush gehört und war zu beschäftigt, um ihn anzurufen oder ihm zu schreiben. Nach unserer letzten Nacht kann ich sowieso an nichts anderes mehr als an ihn denken und der Streit mit Penny gestern Nacht verblasst immer mehr, wofür ich dankbar bin.

Die ganze Nacht habe ich kaum geschlafen, weil mich das alles so beschäftigt hat und letztendlich bin ich zu dem Schluss gekommen, dass ich was ändern muss. Zugegeben, ich hab relativ wenig in die Zukunft geschaut in letzter Zeit, aber ich werde nicht für immer kellnern und putzen und Riley zu Penny … abschieben können. Das klingt zwar bitter, aber im Endeffekt ist es genau das, was ich tue, um Geld verdienen zu können. Keatons Angebot kommt mir gerade recht. Es ist wie ein Angebot des Himmels … Eine Chance, die nicht zu ergreifen einfach nur dumm wäre! Besonders in meiner Lage! Ohne Studium oder gehobenerem Abschluss könnte ich trotz allem einem anständigen Job nachgehen, mit guter Bezahlung! So werde ich mich mit geregelten Zeiten um Riley kümmern und mehr Geld verdienen können als zuvor. Deshalb habe ich all meinen Mut zusammengenommen und heute Mittag im Diner gekündigt.

Ich weiß, dass Keaton es ernst meint und ich merke, dass ich mich nach der kurzen Zeit schon viel zu sehr auf ihn verlasse. So sehr, dass es nicht gut für mich ist. Aber ein Instinkt sagt mir, dass ich ihm vertrauen kann, dass er sein Wort hält und er für mich da sein wird. Total irre, oder?

Natürlich war Jacks Reaktion auf meine Kündigung nicht besonders begeistert, ich weiß, dass ich meinen Job immer gut gemacht und Gäste damit angezogen habe. Doch im Endeffekt mussten es alle akzeptieren.

Ich weiß, dass ich sehr überstürzt gehandelt habe, aber seit gestern kann ich an nichts anderes mehr denken, als daran, wie mein Leben läuft. Wie viel ich arbeite. Wie wenig Zeit ich habe – wie wenig Geld, und wie wenig Perspektiven. Natürlich habe ich Angst und weiß nicht, ob ich Keatons Anforderungen gewachsen bin, aber ich werde mein Bestes tun. Was Besseres als das, was er mir angeboten hat, konnte mir zurzeit nicht passieren.

Ich werde mit Keaton darüber sprechen müssen, aber erstmal muss ich diese Schicht überstehen. Mir fallen die Augen zu, das Sitzen im Bus, der immer wieder über Hügel fährt, macht mich müde.

Riley lehnt den Kopf an meine Schulter und schließt seine Augen. Er hat mich natürlich mehrmals heute gefragt, was mit Tante Penny sei und wieso er nicht bei ihr geblieben ist, aber ich hatte immer nur gesagt, dass sie wichtige Termine habe. Riley liebt Penny und ich will ihn nicht damit belasten, dass wir uns gestritten haben.

Zum Glück sind wir bald da, sonst wäre ich eingeschlafen. Gemeinsam mit Riley steige ich aus, er stützt sich auf seine Krücken und wir betreten gemeinsam das riesige Gebäude. Seine müden Augen werden groß, als er sich umschaut.

»WOW!«, ruft er und es hallt in der leeren Empfangshalle nach.

Ich lache. »Oh ja, das ist wirklich wow, oder?« Er folgt mir zu den Aufzügen. »Weißt du noch, was ich dir gesagt habe?«, frage ich, während wir einsteigen und unsere Reflexionen in den drei Spiegeln im Aufzug zu sehen sind. Zwei müde Gestalten, die eigentlich ins Bett gehören! Aber Riley fühlt sich zum Glück viel besser und kann morgen wieder zur Schule.

Eifrig nickt er, wobei ihm ein paar dunkle Strähnen in die Stirn fallen. Ich streiche sie ihm zurück. »Nichts anfassen, nichts zerwühlen, brav sein!«

»Genau«, sage ich nickend. »Weil Mommy sonst Ärger bekommt. Das sind streng vertrauliche Daten da oben, verstehst du?«

»So richtig wie beim FBI im Fernsehen?«, fragt er erstaunt. Ich lache. Wie gerne hätte ich diese kindliche Unbeschwertheit zurück – in mir. Ich wünsche, dass Riley diese Eigenschaft nie verliert. Wir werden zu schnell erwachsen und sind von heute auf morgen umgeben von Pflichten und Erwachsenenzeug.

»Ja, genau so«, sage ich. »Ziemlich cool, oder?«

Wieder nickt er so heftig, dass seine Haare verstrubbeln.

»Meeeeeeegacool!« Der Aufzug kommt an und wir gehen ins Büro. Ich schalte alle Lichter ein. Heute muss ich mich beeilen. Rosie ist alleine zuhause, weil Penny und ich Streit haben, hab ich sie nicht hochgebracht. Und Rosie mag es gar nicht, alleine gelassen zu werden, und bestraft mich ganz gerne mit kleinen Häufchen, die sie irgendwo setzt, wo man es nicht sofort sieht. Aber man riecht es, oh ja!

Ich krame das Putzzeug aus der Kammer und sehe, dass Keaton wieder was für mich hinterlegt hat. Aber ich weiß nicht, ob es was Versautes ist, deshalb öffne ich den großen Umschlag nicht gleich, sondern stelle meine Putzsachen erstmal ab und gehe zu Riley, der unschlüssig am Empfangstresen steht und sich umschaut. So luxuriöse Einrichtungen ist er nicht gewohnt.

»Schau Baby, da vorne ist ein Sofa!« Ich deute zu der Warteecke. »Du kannst dort warten. Ich brauche nicht lange. Hast du deinen Gameboy dabei?« Der übrigens fast so alt ist wie ich, aber immerhin funktioniert er.

Riley zieht ihn aus seinem Rucksack, den er auch gleich auf das Sofa stellt, und präsentiert ihn mir. »HIER!«

»Gut, Baby. Willst du noch was trinken?«

Er schüttelt den Kopf. »Mir geht es gut!«

Dann stellt er seine Krücken ab und setzt sich aufs Sofa.

Ich lächle. Er ist ein Löwe.

Sobald er sich in seinen Gameboy vertieft hat, greife ich nach dem Umschlag und öffne ihn. Das Reißen des Papiers hallt in meinen Ohren nach und ich schlucke, denn ich ahne, um was es sich handelt. Mein Herz rast. Erst jetzt wird mir wirklich bewusst, dass ich hier gerade eine große Änderung in meinem Leben riskiere. Und ja, es ist gut, aber was, wenn ich versage? Ich weiß nicht mal richtig, was Keaton hier tut, weil alles geheim und unter Verschluss ist!

Die Töne von Rileys Gameboy werden immer leiser in meinen Ohren und ich ziehe den Papierstapel aus dem Umschlag. *Arbeitsvertrag* steht da … und irgendein Instinkt sagt mir, dass ich mir erstmal jeden Punkt einzeln durchlesen sollte.

* * *

Keaton

Du vertraust mir nicht, Olivia. Und du hast Angst.

Ich schaue dir dabei zu, wie du in deiner Umkleidekabine stehst, sodass Riley dich nicht sieht, und dir den Vertrag durchliest. Du wirst ihn dir öfter durchlesen müssen, denn er ist nicht konventionell. Ich bin dir nicht böse. Ich liebe deine Skepsis und ich liebe es, wie du sie jedes Mal übergehst. Du überlegst, ob du etwas tun solltest, weißt genau, dass es nicht einfach wird oder vielleicht sogar unmöglich ist, und tust es trotzdem. Immer wieder.

Es ist wichtig für mich, Riley abzufangen und die Chance scheint perfekt. Du hast den Vertrag nicht unterschrieben – noch nicht. Du legst ihn beiseite – dein Gesicht ist ein bisschen bleich – und beginnst zu putzen. Gut für mich, denn nun kann ich einschreiten. Ich habe Riley eine Weile nicht mehr getroffen. Unser Spiel ist zu heiß geworden. Aber jetzt muss ich mit ihm reden, bevor unser kleines Geheimnis rauskommt und alles kaputt macht.

Ich bin ganz in deiner Nähe, Olivia. Wie immer. Zurzeit sitze ich in meinem Auto in der Tiefgarage und schaue dir über mein Handy zu. Du hast den Putzeimer gefüllt und beginnst, die einzelnen Büros zu säubern, und das ist meine Chance.

Ich steige aus und ich nehme die Treppen nach oben, denn fürs Erste kann ich nicht riskieren, dass du den Aufzug hörst. Ich bin sportlich, aber ich hätte gelogen, wenn ich behauptet hätte, dass die Stufen mich nicht umgebracht haben. Bis ich oben angelangt bin, ist mein Rücken schweißnass und ich atme schwer. Ich nehme mir ein paar Minuten, um zur Ruhe zu kommen, stütze mich am Türrahmen ab und atme tief. Dabei rieche ich den Duft, den ich dir geschenkt habe und den du normalerweise nicht oft trägst – wahrscheinlich, weil er teuer ist. Aber du hast gewusst, dass ich hier sein werde, oder zumindest in der Nähe, nicht wahr? Und du wolltest, dass ich dich rieche. Glaub mir, Baby, ich rieche dich sogar, wenn du nicht da bist.

Bevor ich reinkomme, werfe ich einen erneuten Blick auf mein Handy. Du staubsaugst gerade mein Büro, danach wirst du es nass wischen, das heißt, mir bleiben etwa sieben Minuten mit Riley alleine – das reicht.

Leise trete ich ein und gehe direkt auf die Couchecke zu, wo Riley sitzt und Gameboy spielt. Er trägt schwarze Jogginghosen und einen Winterpullover, obwohl der Sommer langsam kommt. Du bist überbesorgt, Olivia. Wirklich. Sein Hintern hängt auf der Kante der Couch und seine roten, müden Augen sind beinahe mit dem Gerät verschmolzen.

Er bemerkt mich nicht. Ich werfe einen Blick über die Schulter – du bist immer noch am saugen –, dann gehe ich neben Riley in die Knie.

»Hi«, sage ich leise genug, dass du mich nicht hörst, aber laut genug, um den Staubsauger zu übertönen.

Langsam, nur ganz langsam, schaut er von dem Gameboy hoch und in mein Gesicht. Es ist fast faszinierend zu beobachten, wie er den Kopf schief legt und mich mustert, wie langsam das Erkennen in seine Augen tritt und er sie aufreißt.

»Schhht!«, warne ich ihn direkt und er zügelt sich sofort.

»John!«, wispert er.

Ich lächle. Scheiße, Olivia, er ist mir wirklich ans Herz gewachsen! Und ich hab ihn vermisst. Wäre ich sein Vater, der Vater *deines* Kindes, ich hätte ihn verwöhnt, wie er es verdient. Er ist zu erwachsen für sein Alter und muss zu viel verstehen. Mehr, als andere es müssen. Mehr, als ein Kind verstehen sollte.

»Wie geht es dir?«, frage ich.

»Mir geht es gut! Wo warst du? Ich hab dich so lange nicht gesehen!«

Ich zucke lässig die Schultern. »Superheldenkram.«

»Wow«, murmelt er und ich verkneife mir ein Lachen. Kinder sind wunderbar. Er hinterfragt nicht mal, dass ich hier bin. Oder warum ich es bin. Es ist einfach so.

»Ich bin nicht ohne Grund hier, Riley.« Er hört mir ganz genau zu, und er nickt, der Gameboy ist längst vergessen. »Du weißt, wie das mit den Superhelden funktioniert, oder? Sie haben immer zwei Identitäten, so wie Spiderman, Superman und alle anderen.« Wieder nickt er, seine kleinen Hände liegen ruhig in seinem Schoß. Er hat deine Nase, Liv. Und deine Lippen. Du siehst es nicht, aber ich sehe es. Ich sehe alles, was mit dir zu tun hat.

»Meine Superheldenidentität ist John. Ich beschütze die Schwachen, das verstehst du, oder?«

Der Staubsauger geht aus und die nachhallende Stille macht mich nervös. Du bist die Einzige, die es schafft, mich nervös zu machen, Olivia.

»Alles okay da drüben?«, rufst du und ich lege meinen Zeigefinger auf den Mund, um Riley zu signalisieren, dass er nichts von mir sagen soll.

Er schaut mich an, ruft aber in deine Richtung: »Ja, Mommy!« Ich höre, wie du den Putzlappen ins Wasser tauchst. Mir bleibt nicht mehr viel Zeit.

»Aber eigentlich bin ich Keaton Rush. Kannst du das wiederholen?«

Er folgt mir ganz genau, meinen Worten, meinem Blick. »Du bist Keaton Rush, aber als Superheld bist du John!«

»Richtig. Und jetzt hör mir gut zu, okay? Deine Mama weiß nicht, dass wir uns kennen. Aber ich bin ihr Chef. Mir gehört das hier alles.«

»Echt?«, fragt er begeistert und ich lächle.

»Echt. Wenn deine Mama erfährt, dass wir uns vorher schon gekannt haben, wird sie es nicht verstehen. Sie weiß nichts von John, verstehst du?« Er nickt wieder artig. »Ich hab deine Mama sehr, sehr gerne und ich will sie beschützen.«

»Ist meine Mommy in Gefahr?« Seine Augen werden panisch und ich will ihm die Angst sofort nehmen.

»Nein! Und ich bin dafür da, dass das so bleibt. Es gibt viele böse Menschen hier, Riley. Aber ich hab deine Mama gern und dich auch! Und ich will euch beschützen, verstehst du? Also wenn deine Mama dabei ist, dann bin ich Keaton, ja?«

Wieder ein Nicken, aber ich zweifle. Was ich Riley sage, meine ich ernst. Ich will für euch da sein, Olivia und sowas habe ich noch nie gewollt. Deshalb ist es wichtig, dass Riley uns nicht verrät. Auch nicht aus Versehen.

»Wie heiße ich?«

»Keaton Rush.«

»Wie?«

»Keaton.«

»Wiederhole das.«

»Du heißt Keaton«, sagt er leise, mit strahlenden Augen. »Und du beschützt uns.«

29. Aushandlungen

Olivia

Ich beeile mich und bin schneller mit Keatons Büro fertig, als normal. Das größte der Büros ist somit erledigt. Jetzt muss ich nur noch den Rest auswischen, dann bin ich fertig. Ich will so schnell wie möglich nach Hause, damit Riley schlafen kann und damit Rosie nicht allzu lange alleine ist.

Der Vertrag spukt mir immer noch durch den Kopf, aber den werde ich später zuhause noch einmal durchgehen – Punkt für Punkt. Denn ich kann immer noch nicht richtig glauben, was ich da gelesen habe.

Ich packe den Putzeimer und verlasse das Büro. Als ich mich umdrehe und nach Riley schauen will, erstarre ich allerdings.

Was zum … Teufel?

Er sitzt da und lacht ausgelassen und neben ihm kniet niemand anderes als Mr. Keaton Rush und witzelt mit meinem Sohn.

FUCK!

Ich hab nicht gewollt, dass er es auf diese Art erfährt! Und was macht er überhaupt hier? Und … wieso ist er so süß und sexy, wenn er mit Riley spricht?

Er trägt schwarze Jeans und ein schwarzes Hemd, dessen Ärmel er nach oben gekrempelt hat. Um mit Riley reden zu können, ist er in die Hocke gegangen und hat die Unterarme auf die Lehne der Couch gestützt. Seine Rückenmuskulatur und die sehnigen Unterarme stechen scharf hervor und ich spüre, wie mein Herz schneller klopft, als er sich lachend durch das Haar fährt.

»Keaton?«

Beide schauen in meine Richtung und Keaton steht langsam auf. Er mustert mich lächelnd. »Hallo Olivia«, und es läuft mir eiskalt den Rücken herunter. Er ist sicherlich sauer, dass ich ihm nichts von Riley erzählt habe, aber das ist mir sowas von egal! Riley sollte eigentlich mein Geheimnis bleiben. Es ist mir viel zu riskant, ihn jedem X-Beliebigen vorzustellen!

Aber Keaton sieht gar nicht angepisst aus. »Ich wusste gar nicht, dass du einen Sohn hast«, sagt er locker und lehnt sich seitlich an den Empfang, wobei sein Duft wundervoll in meine Nase zieht.

»Ich äh … ich war auch nie verpflichtet, dir das zu sagen!«, schieße ich gleich zurück.

Er lacht leise. »Entspann dich, er ist wunderbar.« Seine Aussage verwirrt mich, denn ich weiß aus Erfahrung, dass die meisten Männer von Kindern abgeschreckt sind. Es macht mich nervös, dass er hier ist und mit Riley gesprochen hat, aber die Lage wirkt total entspannt und ich bin die einzige, die Spannung verbreitet.

»Wir haben uns gut unterhalten.« Jetzt zwinkert er Riley zu. »Oder, kleiner Mann?«

Riley nickt eifrig, mit glühenden Wangen. »Oh ja!«

»Schätzchen, spiel noch ein bisschen, Mommy ist gleich fertig«, rufe ich Riley zu und deute Keaton dann, mir zu folgen. Er tut es mit einem total amüsierten Funkeln in den Augen. Wir ziehen uns in ein offenstehendes Büro zurück,

aber im Vorbeigehen greife ich nach dem Vertrag, den ich auf dem Tresen hab liegen lassen.
Die Tür lasse ich offen, ich will ein Auge auf Riley haben. Keaton steht abwartend mit den Händen in den Hosentaschen vor mir.

»Wie alt ist er?«

»Keaton!«

»Er sieht süß aus.«

»Keaton!«

»Warum hat er Krücken?«

»KEATON!«

»Wo ist sein Vater?« Es macht ihm Spaß, mich zu reizen, das sehe ich in seinem Gesicht.

»Er ist sechs! Er ist nicht süß, sondern perfekt! Ihm fehlt ein Bein! Und das mit seinem Vater geht dich nichts an!«

Eben noch so entspannt, packt er mich auf einmal am Unterarm und zieht mich an seinen Körper. Seine warmen, vollen Lippen liegen an meinem Ohr. »Falsch«, flüstert er und eine Gänsehaut rieselt über meine Arme, »alles, was mit dir zu tun hat, geht mich was an. Du hast akzeptiert, dass du mir gehörst, genauso wie deine Angelegenheiten.«

Seine Worte sind so heiß und ziehen direkt in meine Brust und meinen Bauch … aber mein Verstand ist klar und ich ziehe ruckartig meinen Arm zurück. »Mein Sohn gehört aber nicht in *unsere* Angelegenheit, verstanden?«

»Ich hatte nicht vor, ihn reinzuziehen.«

»Besser ist es.«

»Wo ist sein Vater?«

Ich stöhne genervt. »Lass es jetzt, Keaton.«

Er lacht leise und ich hätte fast mitgelächelt. Fast! »Nur,

weil du so verzweifelt aussiehst.« Er greift nach dem Vertrag, den ich halte und zieht ihn aus meiner Hand. »Anscheinend hast du noch nicht unterschrieben. Ist da was, was du vorher mit mir besprechen willst?«

Okay, er hat es endgültig geschafft, dass ich gleich an die Decke gehe, vor allem, weil er mich die ganze Zeit so amüsiert anschaut! Jetzt schließe ich die Tür doch – Riley ist sowieso vertieft in seinen Gameboy – und werfe die Arme in die Luft.

»Miss Pierson ist verpflichtet, jeden Tag einen Rock zu tragen? Und sie ist verpflichtet, jeden Tag vor Feierabend einen Blowjob abzuliefern? Miss Pierson ist verpflichtet, nach der Arbeit ihre getragenen Slips an Mr. Rush auszuhändigen? GEHTS NOCH KEATON?«

Er zuckt nur lachend mit den Schultern. »Hab gehört, die Arbeit soll Spaß machen. Dachte, das sind ein paar Methoden für mehr Spaß am Arbeitsplatz.«

»Soll das ein Witz sein?«, frage ich frustriert, weil ich einfach nicht glauben kann, dass er das ernst meint, aber sein Gesichtsausdruck gibt mir meine Antwort schon. »Keaton!«

»Wir können gerne verhandeln, aber verzichten werde ich auf die Punkte nicht!« Er sieht mir viel zu gelassen und amüsiert aus und ich gehe zu ihm rüber, reiße den Vertrag wieder an mich und funkle ihn an.

»Punkt eins«, lese ich vor. »Ich hab nicht mal so viele Röcke, wie ich jeden Tag tragen soll!«

»Ich kleide dich ein.«

»HAHA!«, rufe ich zynisch. »Soweit kommt's noch! Das will ich nicht.«

»Das ist mir relativ egal.« Himmel, der Mann ist sowas

von schwierig.

»Viel schlimmer ist das mit den Blowjobs!«

»Kein Diskussionsbedarf!«

»Keaton!«

»Was?«

»Ich bin aber nicht deine kleine Hure, ich will hier arbeiten!«

Er lächelt mich an, wie er es immer tut und sieht dabei wieder einmal aus, als hätte ich einen echt guten Witz verpasst. Seine Stimme ist außerdem ausnehmend sanft, als er sagt: »Du *bist* meine kleine Hure. Und du *wirst* arbeiten. Du wirst alles Fachliche beigebracht kriegen, aber ich verzichte nicht auf meine Punkte.«

Wow, okay, eigentlich *sollte* ich jetzt sauer sein und ihm die Papiere um die Ohren hauen. Ich sollte für die Frauenrechte kämpfen, emanzipiert sein, total cool und ihm sagen, dass ich niemals die Hure von irgendwem sein werde. Problem? Es macht mich an, was er gerade gesagt hat. Ich will es, will es ganz tief in mir. Und außerdem kann ich Emanzen nicht leiden! Also wehre ich mich nicht.

»Einmal die Woche!«

»Viermal!«

»Zweimal!«

»Dreimal!«

»Okay!«

Heilige Scheiße, hab ich gerade echt *okay* gesagt?

Doch es ist zu spät.

Er nickt bereits zufrieden. »Okay.« Dann nimmt er einen Kugelschreiber aus seiner Hemdtasche und reicht ihn mir, damit ich den Punkt ändern kann. »Ich werde ihn dann neu drucken.«

Besser ist es, denke ich, sage aber nichts. »Meine Slips …«

»Kein Diskussionsbedarf.«

»Keaton.«

»Nein.«

»Himmel!«

»Es ist, wie es ist.«

Ich seufze genervt. »Miss Pierson hat jeden Satz mit ›Mr. Rush‹ zu beenden.« Das bringt mich zum Schmunzeln. »Das ist immer noch einigermaßen professionell, Mr. Rush, Sir!« Ich salutiere zackig. Er legt den Kopf schief und schüttelt ihn dann.

»Wenn Mr. Rush in der Nähe ist, wird nur er betrachtet, sonst nichts. Außer Miss Pierson wird von Mister Rush zu etwas anderem aufgefordert.« Ich schaue zu ihm auf und schüttle nun meinerseits den Kopf – er lächelt selbstzufrieden. »Du hast ernsthafte Probleme.«

»Du auch.«

Ich schnaube und lese weiter. »Miss Pierson darf nur komplett enthaart zur Arbeit erscheinen. Dies beinhaltet den Intimbereich, die Achseln und die Beine.«

»Ist das nicht eine Selbstverständlichkeit?«, fragt er ehrlich verwirrt.

»Warum steht es dann im Vertrag?«

»Ich kann Stoppel nicht ausstehen.«

»Rasierst du jeden Tag deine Eier?«

Todernst sieht er mich an. »Reiz mich nicht, Olivia.«

»Jawohl, Mr. Rush, Sir!«

Ich sehe, dass seine Mundwinkel zucken. »Das bleibt alles. Die Sache mit dem Blowjob können wir ändern!«

Ich zucke mit den Schultern. »Miss Pierson hat nur jene Lippenstifte zu benutzen, die Mr. Rush ihr zur Verfügung stellt. Und was, wenn die mir nicht gefallen und das nicht mein Stil ist, hm?«

»Sie werden dir gefallen, weil ich weiß, was dein Stil ist.«

Mein Herz schlägt einen Takt schneller, aber ich reiße mich zusammen. Das hier ist ein höchst wichtiges Verhandlungsgespräch! »Miss Pierson ist für Mr. Rush immer erreichbar.« Ich schaue ihn herausfordernd an. »Und was, wenn nicht?«

»Lies weiter.«

Das tue ich und mir fällt auf, dass ich die kleingedruckte Klausel darunter vorhin übersehen habe. »Ansonsten wird sie mit den Konsequenzen rechnen müssen – siehe Seite zwölf. Seite zwölf?«

»Später.« Er lächelt finster und ich schlucke.

»Miss Pierson wird nur noch den fahrbaren Untersatz nutzen, den Mr. Rush ihr zur Verfügung stellt.«

»Japp.«

»Nein!«

»Was, nein?«

»Du kannst mir kein Auto kaufen, Keaton!«, beschwere ich mich, während ich hektisch zur Seite zwölf blättere und blass werde. Dort steht: *Bestrafungen, sollten Punkte des Vertrages nicht eingehalten werden: Du kommst nicht. Du kommst genau genommen so lange nicht, wie ich es will. Spanking. Überfall wie in deinem Hausflur. Du kommst wieder nicht – für eine sehr, sehr lange Zeit.*

Ich schlucke. »Was …«

»Was?«

»Keaton, du …«

»Wir waren beim Auto. Oder wo sind wir jetzt?« Sein Lächeln ist schadenfroh und ich schüttle den Kopf, um zu mir zu kommen.

»Das Auto, richtig … aber … das kannst du nicht tun«, sage ich wie ferngesteuert.

»Ich kann und ich habe!« Lässig und mein Entsetzen ignorierend, zieht er einen Schlüssel aus der Hosentasche und ich bin so verdutzt, dass ich nicht mal auf das Logo schauen kann. »Bitte sehr.«

Der Typ grinst wie der verdammte Weihnachtsmann! Auf Speed!

»Keaton, das nehme ich nicht an!« Als wäre der Schlüssel pure Säure, schrecke ich davor zurück und lasse ihn zu Boden fallen. »Ein Auto, neue Kleidung, Schminke … das geht nicht, ich kann nicht! Ich werde nicht!« Mir gehen die Worte aus. Eine Premiere! Okay, zumindest bei allen anderen außer Mister *ich bin doch total gaga* Rush-Sir!

»Du kannst und du wirst«, sagt er. »Es ist ein Firmenwagen, Baby. Du musst. Aber heute wirst du ihn sowieso nicht benutzen, denn unten wartet bereits jemand anderes auf euch.« Wie selbstverständlich er *euch* sagt, als wäre es überhaupt kein Problem, dass ich noch kleinen obersüßen »Ballast« mit dabei habe … Fuck … FUCK FUCK!

Ich kann nur den Kopf schütteln und weiß nicht, ob der Mann Fluch oder Segen ist. »Das ist nicht normal, Keaton.«

»Sind wir normal, Olivia?«

Okay, damit hat er auch wieder recht!

Ergeben seufze ich und lege den Vertrag beiseite. Erst, wenn er das mit dem Blowjob geändert hat, unterschreibe ich! Und als ich ihn wieder anschaue, wird mir klar, was er eben gesagt hat.

»Was meinst du damit, dass jemand anderes unten auf uns wartet?«

Er zuckt die Schultern. »Hab ich zufällig gesehen, weshalb ich dich auch nicht fahren werde. Schau selbst. Ach so – ich lasse dir ein Paket mit Klamotten und allem anderen zusammenstellen, was du benötigst. Nächsten Monat fängst du offiziell an.«

Und dann macht er etwas total Untypisches. Er greift nach meinem Kinn, schaut mir in die Augen … und küsst mich auf die Lippen. Total keusch und unschuldig, nicht wild und hart. »Ich freue mich außerordentlich auf Ihren ersten Arbeitstag, Miss Pierson«, raunt er direkt an meinem Mund, und ich sterbe ein bisschen.

Ich schaue ihm nach und der Schwarm an Schmetterlingen in meinem Bauch lässt mich fast kotzen. Heilige Scheiße … Mr. fucking Rush, du wirst mein Tod sein.

30. Freundekram

Olivia

Es ist Penny, die an dem kleinen, silbernen Ford ihrer Eltern lehnt und auf mich wartet. Ich weiß, wie viel Überwindung es sie kostet, ihre Eltern nach etwas zu fragen. Und sofort als ich sie erblicke, habe ich den blöden Streit von gestern schon wieder vergessen, habe ich meine Wut vergessen. Ich bin so ein Mensch, ich werde sehr schnell sauer, aber genauso schnell, wie ich hochgehe, verpufft meine Wut auch. Ich bin dankbar für meine treue beste Freundin und würde ihr am liebsten sofort um den Hals fallen. Dann jedoch tritt Keaton hinter mir aus dem Gebäude – mit dem schlafenden Riley auf den Arm und Pennys Gesicht verdüstert sich, weswegen ich sofort wieder sauer werde. Kann sie mir denn nicht einfach dieses Glück gönnen, das ich gerade empfinde? Ich meine, welcher Mann würde drauf bestehen, mein Kind runterzutragen, welcher Mann (besonders welcher Chef!) würde überhaupt meine gesamte Schicht über, während ich putze, bei meinem Sohn sitzen und ihn bespaßen, und ihn zudecken, wenn er sich schließlich dem Schlaf ergibt und somit besiegeln, dass das passiert ist, was absolut nicht passieren durfte. Nämlich, dass ich in dieser Geschichte hier mein Herz verliere?

Doch sie ist hier und wartet auf mich. Und ich will mich nicht mehr streiten. Sie hat sich extra das Auto ihrer Eltern geliehen, um mich abzuholen – und das ist wirklich ein Ding, weil ihre Eltern echt geizig mit ihrem Auto sind! Und sie lächelt gezwungen, als Keaton Riley auf die Rückbank legt und sich dann vorstellt.

»Das wäre dann also die Freundin.« Und wieder grinst er sein Insiderlächeln und ich runzle die Stirn und frage mich, wann ich ihm von ihr erzählt habe.

»Das wäre also der Chef!«, betont Penny und sie schütteln sich die Hände, sehen sich dabei aber so in die Augen, dass ich bereit bin mich dazwischen zu werfen, falls sie sich an die Gurgel gehen.

»Okay, fahren wir!«, rufe ich aus, um diese unerträgliche Spannung zu zerschlagen und die beiden lösen sich voneinander.

»Wir sehen uns, Olivia«, sagt Keaton und tritt einen Schritt zurück, während ich einsteige und Penny es mir gleichtut. Ich sehe ihm hinterher, als wir losfahren und irgendwie zerfällt das Grinsen auf meinen Lippen. Der Vertrag in meiner Handtasche wiegt mit einem Mal so viel wie ein Ziegelstein. Ich muss daran denken, was Penny wohl zu dem Schreiben sagen würde und entscheide mich dazu, es auf keinen Fall mit ihr zu besprechen.

Sie würde total durchdrehen.

Wieso drehe ich überhaupt nicht durch?

Wieso habe ich das Teil eigentlich praktisch schon unterschrieben?

Das ist doch Wahnsinn …

Aber wir sind nicht normal, Olivia, höre ich Keatons sexy Stimme in meinem Kopf und muss doch wieder grinsen.

Nein, das sind wir nicht – und das ist auch gut so, gebe ich ihm stumm recht.

Das Schweigen zwischen uns wird bereits nach drei Minuten unerträglich, und wir machen beide gleichzeitig den ersten Schritt, in dem wir genau dieselben Worte ausstoßen.

»Ich habe es nicht so gemeint!« Wir stocken. Dann lachen wir beide los.

Es tut gut, die Spannung einfach wegzulachen.

Mit Penny kann ich das immer.

Und sofort ist es zwischen uns wieder so, als hätte es den Streit nicht gegeben, zumindest fast. Ich überwinde mich und sage: »Ich war sauer. Und ich bin dir total dankbar dafür, was du für uns tust.«

»Ich habe das nur gesagt, weil ich mir solche Sorgen um dich mache Olivia …«

»Jetzt nachdem du ihn kennengelernt hast, wahrscheinlich noch mehr«, murmle ich und sie seufzt.

»Was soll ich sagen?«

»Dass er total heiß ist?«

»Ja, er sieht wirklich umwerfend aus, aber findest du nicht, er hat sowas an sich?«

»Was Heißes?«

»Was total Grusliges! Ich bekomme Gänsehaut, alleine wenn ich an den Blick denke, mit dem er dich angesehen hat, als du davongefahren bist.«

»Wie denn?«

»Weiß nicht. Als wäre er besessen.«

Ja *besessen*, das ist wohl das richtige Wort, aber es beschreibt eher, wie ich mich fühle, wenn ich an ihn denke. Nicht andersrum, oder?

»Besessen, von mir?«, frage ich schmunzelnd, weil ich das nicht glauben kann. Nicht so einer wie Mister fucking hot

Rush … der nur schnippen müsste und fünf Frauen würden vor ihm knien.

»Oh ja, genau von dir, Süße! Ich meine … du hast das absolute Traumpaket, schau dir alleine nur mal deinen Body an.« Ich verdrehe die Augen. »Und dann auch noch dein Gesicht, welchem Kerl würde das nicht gefallen?«

»Ich bin viel mehr als ein hübsches Gesicht, Missy! Ich habe auch eine perfekte Vagina!« Penny lacht. Ich grinse dämlich und merke erst, was ich gesagt habe – und vor wem –, als Riley hinten seufzt.

Shit! Knallrot drehe ich mich um, und schaue, ob er mich gehört hat. Doch Gott sei Dank schläft er noch tief und fest.

»Wie auch immer. Der Kerl hat was an sich, was all meine Alarmglocken schrillen lässt, aber du musst es wissen.«

»Ja.«

»Und? Weißt du es?«, bohrt sie nach. Neugierig wie eh und je, aber es wäre nicht Penny, wäre es anders. Ich seufze und reibe mir über die pochende Schläfe.

»Er ist all das, was ich mir nicht mal gewagt habe zu wünschen, Penny«, sage ich leise. »Und wenn ich etwas weiß, dann, dass ich schon zu tief drin stecke. Ich kann mich nicht mehr von ihm fernhalten. Und ich will es auch nicht.«

Ich habe mich in Keaton Rush verliebt. Richtig, richtig übel verliebt.

Das ist das Einzige, was ich weiß, der Rest … wird sich herausstellen.

***

Keaton taucht am nächsten Tag nicht auf, als ich putzen bin, aber dafür liegt da schon mal ein richtig nuttenroter Lippenstift. Ich grinse, lege ihn auf und putze so. Außerdem genieße ich die Zeit mit Riley, mein Gott, wann konnte ich das letzte Mal einen ganzen Tag mit ihm verbringen, ohne nicht ständig auf dem Sprung zu sein?

Am nächsten Tag liegt in der Arbeit eine wirklich, wirklich knappe sexy Hausmädchenuniform. Ich ziehe sie augenverdrehend an und strecke meinen Hintern besonders schön raus, beim Putzen, liefere ihm eine regelrechte Show, überall da, wo eine Kamera rot leuchtet.

Er kommt auch an dem Tag nicht und ich werde langsam nervös.

Hat er es sich vielleicht doch anders überlegt.

Will er mich nicht mehr?

Denkt er sich: Fuck, wieso hab ich mich nur auf diese arme Irre eingelassen?

Und auf ihr Kind?

Am dritten Tag liegen Heels da und ich ziehe auch die zu der Uniform an …

Er kommt nicht.

Und am vierten Tag bin ich total verunsichert.

Der Vertrag liegt daheim ganz oben auf einem der Schränke, wo keiner hinkommt. Ich habe ihn noch nicht unterschrieben, wollte eigentlich mit ihm nochmal drüber reden, alles auseinandernehmen – und jegliche Zweifel zerstreuen. Doch er gibt mir dazu keine Gelegenheit. Seine Geschenke sind das einzige Zeichen, dass er mich noch nicht vergessen hat. Und das zermürbt mich. Auf so vielen Ebenen. Mir fällt auf, dass ich nicht einmal eine Nummer von ihm habe, dass ich nicht einfach so mit ihm Kontakt aufnehmen könnte, wenn ich will – und ich will. Das ist klar. Nach vier Tagen bin ich total fertig. Ich vermisse ihn. Und ich frage mich, wie ich etwas so schmerzlich vermissen kann, was ich eigentlich noch gar nicht richtig kenne.

Ich will wieder in seinem Büro mit ihm Pizza essen. Oder mit ihm die Nacht in seinem Bett verbringen. Das ist meine letzte Putzwoche hier, zumindest, wenn ich nächsten Montag wirklich als seine Sekretärin – und persönliche Sklavin, nennen wir die Dinge doch einfach beim Namen – anfangen sollte.

Aber ich bin mir nicht sicher.

Ich brauche … vielleicht noch ein bisschen mehr Abstand.

Und guten Rat von den Leuten, die mich am besten kennen.

Ich war seit der Sache mit meinem Ex nicht mehr in der Heimat, aber ich entscheide mich nach der Schicht am vierten Tag, dass ich das Wochenende bei meinen Eltern verbringen, dass ich nach Hause fahren – und mich meinen Ängsten stellen sollte. Dass ich mit der Vergangenheit endgültig abschließen sollte um – vielleicht – eine neue Zukunft zu beginnen.

Es wird mir guttun.

Und ich habe meine Familie schon zu lange nicht mehr gesehen.

Riley hat seine etlichen Tanten und Onkels und Großeltern zu lange nicht mehr gesehen!

Also buche ich mir kurzerhand mitten in der Nacht ein Zugticket und entscheide, dass wir frühmorgens nach meiner Putzschicht losfahren!

Rosie ist sicher bei Penny untergebracht. Wir fahren mit dem Zug. Ich liebe Zugfahren – auch wenn es für Riley nicht immer einfach ist, sich überall mit seinen Krücken zurechtzufinden, und der Koffer ungefähr fünfzig Tonnen wiegt. Doch irgendwann sitzen wir in den weichen Sitzen, Riley trinkt fröhlich seine Limonade und ich schaue hinaus auf die vorbeiziehende Landschaft.

Indiana ist schön und ich fühle mich hier immer geborgen und zuhause, auch wenn ich die schlimmste aller Erfahrungen hier gemacht habe. Damals, als ich mit 16 von Zuhause weglief, um mit Dexter zusammen sein zu können – Rileys Dad – haben wir uns gemeinsam praktisch überall aufgehalten, bis wir eine kleine Mietwohnung Downtown bezogen haben. Erst nach dem Unfall mit Riley traute ich mich zurück in mein Elternhaus und es gab keinen Ärger, keinen Streit. Nur offene Arme, die mich empfingen und trösteten. Deshalb habe ich immer ein heimisches, warmes Gefühl, wenn ich herkomme. Das letzte Mal bin ich hier gewesen, als ich mich von Dexter getrennt habe, aber ich habe keine Angst vor ihm. Nach allem, was er abgezogen hat, wird er sich nicht in meine Nähe trauen. Die Landschaft ist grün und je näher wir Fort Wayne kommen, desto entspannter werde ich. Unsere Stadt ist recht überschaulich und sauber. Süße Einfamilienhäuser stehen in dem richtigen Abstand nebeneinander. Vorgärten, einer schöner als der andere, schmücken die Straßen. Die Spielplätze sind immer sauber, dort findet man keinen Dreck wie bei uns. Ich vermisse mein Zuhause, ehrlich. Aber ich habe mir jetzt ein Leben in Chicago aufgebaut und ich bin kein Mensch, der sich auf seinen Eltern ausruht. Ich arbeite und finanziere mir von dem Geld das, was ich mir leisten kann.

Ich freue mich auf meine Eltern. Ich werde sie überraschen, sie haben überhaupt keine Ahnung, dass ich komme. Wenn ich daran denke, wie sie sich freuen werden – vor allem meine Mutter – dann muss ich lächeln. Aber am meisten freue ich mich auf meinen Vater, ich war schon immer sein kleiner Liebling und hatte eine besondere Verbindung zu ihm, auch wenn er viel arbeiten und sehr wenig zu Hause war.

Die Zugfahrt dauert nicht lange und der Himmel strahlt im schönsten Blau – ohne ein Wölkchen, als ich an dem kleinen Bahnhof ankomme. Ich muss nicht weit gehen – eigentlich nur die Straße runter, nach rechts und ungefähr fünf Minuten zu Fuß. Aber das will ich Riley nicht antun, also rufe ich mir ein Taxi. Weil hier in dieser Kleinstadt alles ein bisschen langsamer läuft, lasse ich es gemächlich angehen, setze mich auf eine Bank und lasse die Sonne in mein Gesicht scheinen, während Riley in seiner Tasche nach Kaugummis kramt.

Was er wohl gerade macht?

Ob er an mich denkt?

Wieso war er die ganze Woche nicht da?

Ich muss die ganze Zeit an seine Augen denken, an den Blick, mit dem er mich ansieht, wenn er mich will – und alles in mir zieht sich vor Verlangen fast schon schmerzhaft zusammen.

Gott, wie ich ihn vermisse …

Als es hupt, schrecke ich aus meinen Tagträumen. Das Taxi ist schon da – und der Fahrer ist … DANNY! Danny, mit dem ich in der Klasse war, der immer der Schulschwarm war und immer so gut aussah und der mich nie beachtet hat, weil ich nur ein pickliger, kleiner Teenie mit geringem Selbstbewusstsein war.

»Danny!«, rufe ich aus, als ich seinen Blondschopf entdecke und er erkennt mich zuerst gar nicht wieder, bleibt stehen und runzelt die Stirn, bis er sagt:

»Liv?«

Ich muss lachen, weil er mich ansieht wie einen Esel mit vier Ohren.

»Ja.« Ich grinse ihn an und gehe auf ihn zu, während Riley hinter mir her humpelt und den Fremden skeptisch mustert. Riley mag keine anderen Männer in meinem Leben – alle außer … STOPP JETZT! Kannst du vielleicht auch mal an was anderes denken.

Danny scheint aus einer Art Trance zu erwachen und setzt sich schnell in Bewegung, nimmt mir den Koffer ab und plappert dabei. »Meine Güte, du siehst so anders aus, ich hätte dich ohne die Zahnspange gar nicht erkannt und du bist vielleicht äh … groß geworden. Wow und das hier? Ist das dein Sohn?« Er verbeugt sich vor Riley, der ihn nur gelangweilt ansieht. »Hallo kleiner Mann.«

»Hallo«, sagt Riley knapp, dann sieht er von ihm weg. Ich muss grinsen und streiche durch seine zarten Strähnen.

»Ja, das ist mein Sohn«, sage ich stolz und warte nur darauf, dass Danny irgendwas sagt. Irgendwas wegen den Krücken und allem – doch er ist nicht dumm, das war er auch nie und ich frage mich, ob er vielleicht nur in seiner Freizeit Taxi fährt. Er verbeugt sich und meint »Na, dann wollen wir die Prinzessin mal zu ihrem Schloss fahren« und hält Riley die Tür auf.

Penny schreibt mir im Taxi eine Nachricht, ob ich schon angekommen bin und ich antworte ihr schnell, dass ich angekommen und gleich bei meinen Eltern bin.

»Und? Wo hat es dich so hin verschlagen?«, fragt Danny und ich seufze.

»Nach Chicago.«

»Oh, the Windy City«, sagt er und ich nicke.

»Japp. Und du? Was machst du so?«

»Na Taxifahren, zumindest nebenbei, eigentlich arbeite ich als Maschinenführer in der Getränkefabrik.«

»Okay.«

»Aber ich habe keine Freundin oder Frau, falls du darauf hinauswillst!« Er wackelt mit den Augenbrauen und ich lache. Ich überlege, ihn abblitzen zu lassen, wie ich das sonst auch immer tue. Aber Danny sieht wirklich gut aus! Er hat einen athletischen Körper, ein hübsches Gesicht, er ist witzig und mit ihm kommt mir das Unterhalten so leicht vor, nicht so wie bei …

STOPP LIV! Ehrlich!

»Ich habe auch keine Freundin und keine Frau!«, gebe ich zurück und wir lachen zusammen. Gott, tut das gut! Einfach mal eine total lockere Unterhaltung mit einem Mann zu führen! »Und auch keinen Freund, wenn du es genau wissen willst.«

»Und was ist mit Keaton?«, quäkt Riley von hinten dazwischen und sieht mich richtig, richtig sauer an, als ich mich zu ihm umdrehe.

Verdammt! Kinder!

Die posaunen einfach *alles* raus.

»Ja Liv, was ist mit Keaton?«, fragt mich Danny

pseudoernst mit einem Lächeln in den Augen.

Ich verdrehe meine.

»Das mit Keaton ist kompliziert …«, sage ich zu beiden.

»Er mag dich!«, sagt Riley sofort und hat mittlerweile die Augen verengt und die Arme verschränkt. Gott, er ist sooo niedlich, wenn er sauer ist! Ich würde ihn am liebsten knuddeln, bis er brüllt, ich soll damit aufhören!

»Ich mag ihn ja auch … aber …« Ich verstumme, weil ich das nicht mit meinem kleinen Sohn und einem fast Fremden diskutieren will.

»Aber es gibt eben immer ein Aber, oder?«, sagt Danny locker.

»Oh ja!«

Keaton

Ich lege mein Handy weg und versuche, mich zu beruhigen.

Du bist mit einem fremden Mann im Auto.

Du sagst, du hast keinen Freund. Du hast recht, ich bin nicht dein verdammter Freund.

Du. *Gehörst.* Mir! Und dass es kompliziert mit mir ist.

Oh Olivia, ich werde dir zeigen, wie verdammt kompliziert es mit mir sein kann!

Bis jetzt war ich noch handzahm – aber das wird sich *jetzt* ändern.

31. Home, crazy Home

Olivia

Meine Mutter schreit so laut, dass es das ganze Dorf hört, als sie mich vor ihrer Tür vorfindet, dann fällt sie mir um den Hals – und die Frau hat Kraft, kann ich nur sagen … Ich lächle und umarme sie ebenfalls zurück, auch wenn mein Trommelfell fast platzt. Ich tätschle ihr den Rücken und atme ihren mir so vertrauten Alt-Frauen-Parfum-Duft ein. An meiner Mama mag ich Alt-Frauen-Parfum. Die kurzen Haare, die in einem Schokoladenbraun gefärbt sind, trägt sie in einer stylischen Kurzhaarfrisur. Was schon eine Schande ist in diesem Dorf, aber sonst ist nichts an ihr stylisch. Meine Mutter ist winzig, höchstens 1,50 und total niedlich. Ich will ihr in die Wange zwicken und *Tutzi-tutzi-tu* machen, seitdem ich größer als sie geworden bin. Doch trotz ihrer geringen Größe und ihrem zierlichen Körperbau hat die Frau Power! Sie hat ihr Leben lang in der Werkstatt meines Vaters gearbeitet, hatte immer mit Männern zu tun und weiß sich durchzusetzen. Das habe ich von ihr und ich bin froh darüber. Mein Vater kommt – von ihrem schrecklichen Geschrei angelockt und stockt in seinen Schritten, als er mich sieht. Ihn zu sehen, sticht ein wenig, als hätte mir jemand einen Dolch ins Herz gerammt. Früher hatte mein Vater dunkle Haare, einen dunklen Vollbart und einen stämmigen starken Körper. Er hatte die Statur eines Mannes, der ein Auto mit bloßer Kraft hochheben kann – das habe ich mir als kleines Mädchen zumindest immer vorgestellt. Er hat abgenommen und seine Haare und sein Bart sind weiß.

Die blauen Augen hinter der Brille leuchten jedoch, genauso wie das Lächeln auf seinem Gesicht, das einmal so rund war.

»Mein Mädchen, was machst du denn hier?«, ruft er aus und ich fliege in seine Arme. Umarme ihn und weiß, es ist schön, wieder zu Hause zu sein.

***

Meine Mutter plappert in einer Tour, während wir das Essen vorbereiten, natürlich wurde gleich mal die halbe Nachbarschaft eingeladen, weil die verlorene Tochter wieder heimgekehrt ist – und wir erwarten einen großen Ansturm. Aber noch ist es ruhig. Mein Vater ist mit Riley in der Werkstatt und zeigt ihm dort alle Maschinen. Der Kleine kommt schon gar nicht mehr aus dem Strahlen raus, was auch mich zufrieden lächeln lässt. Meine Mutter fragt mich aus, aber darauf war ich schon vorbereitet.

Wie es in meinem Job geht, sie weiß nur von dem Dinerjob. *Gut Mom, es ist alles bestens.* Von Keatons Angebot sage ich jetzt mal nichts – vor allem, weil ich mittlerweile zu dem Entschluss gekommen bin, dass er es nicht ernst gemeint hat. Wie es Riley in der Schule geht. *Super, Mom. Er hat nur gute Noten …*

Und wie schaut es aus mit einem Mann? *Nichts Neues, Mom …*

Apropos …

Sofort schiebt sich wieder das Bild von einem ganz bestimmten Mann in meinen Geist, wie er vor Riley auf dem Boden hockt und mit ihm lacht.

Fuck …

Wir haben einen riesigen Esstisch, weil wir eine große Familie haben und weil oft jemand zu Besuch ist zum Essen, auch an diesem Abend sitzen zehn Leute am Tisch. Die Fellers-Nachbarn sind auch dabei. Mit deren Kindern habe ich schon immer gespielt, als ich klein war, und außerdem ist Danny auch gekommen. Meine Mutter hat ihn in ihrem Einladungswahn auch eingeladen und dann sind noch ein paar Leute aus der Straße da. Es ist eine witzige große Runde. Dad erzählt von seinen Angelausflügen mit mir, als ich ein Teenie war. Wie ich immer total gelangweilt auf dem Boot neben ihm lag und mich gebräunt habe und wie ich immer die Fische sofort ins Wasser zurückgeschmissen habe, sobald er nicht hinsah und wie er sich immer wunderte, dass er Fisch nach Fisch fängt und am Abend waren kaum welche im Eimer. Es wird viel gelacht und getrunken. Riley fühlt sich pudelwohl, wie immer bei meinen Eltern. Hier kann man gar nicht anders, als sich wohl zu fühlen. Danny sitzt direkt neben mir, er macht mich an, normalerweise würde ich das abblocken. Aber ich bin sauer und so lasse ich mich auf die kleinen Flirtereien ein und stoße ihn nicht von mir. Er ist wirklich ein süßer Kerl – wenn ich mich auf Männer einlassen würde, dann hätte er Chancen bei mir. Allerdings war ich bis vor ein paar Tagen der Meinung, dass ein Mann nicht in mein Leben passt …

Dann kam Keaton Rush.

Es klingelt gerade, als der Hauptgang serviert wird. Hähnchen, Gemüse, Kartoffeln, Soße – jede Menge Soße –

und mir läuft schon das Wasser im Mund zusammen.

Rileys Augen leuchten, als er all die dampfenden Sachen auf dem Tisch sieht und will schon nach etwas greifen, aber ich ziehe seine Hand zurück und küsse sie. »Du musst noch kurz warten, mein Schatz!«, sage ich ihm und er kichert aufgeregt, als ich seine Handfläche mit den Fingerspitzen kitzle.

»Und was machst du morgen so?«, fragt Danny und ich zucke zusammen. Ich habe ihn kurz vergessen, wie immer, wenn ich mit meinem Sohn interagiere.

»Ich weiß noch nicht … mal gucken.«

»Hast du Lust, einen Ausflug zum See zu machen?« Ich schaue in Dannys blaue Augen und wünsche mir, es wäre ein anderer Mann, der hier an meiner Seite sitzen würde …

»Ich weiß nicht …«, antworte ich und Danny beugt sich zu mir runter und wispert in mein Ohr.

»Jetzt komm schon, ich beiße nicht!« Meine Mom kommt zurück in den Raum. Ihre Augen strahlen wie Atomkraftwerke. Sie sieht mich mit einem breiten beängstigenden Grinsen an und sagt: »Schau mal, wer hier ist!« Dann tritt sie zur Seite und ich sehe, wer hinter ihr ist.

Mir fällt so ziemlich alles aus dem Gesicht als … *er* den Raum betritt.

Keaton!

Er ist hier!

HIER!

Bei meinen Eltern!

OH!

Mein!

Fucking!

God!

Und er sieht richtig, richtig, RICHTIG sauer aus!

SCHEISSE!

***

Ich springe mit einem »Keaton!« auf, als hätte ich eine Sprungfeder unter mir, alle sehen mich an. Dann ihn. Dann mich. Einige grinsen, andere tuscheln. Er hebt nur die Augenbraue. »Olivia.«

»Setzen Sie sich, Mister Rush! Ich hole Ihnen gleich Besteck!«, trällert währenddessen meine Mutter und ich fühle, wie das Blut meine Wangen verlässt. Was hat er ihr erzählt? Was tut er hier? Er passt hier so gar nicht rein in seiner teuren Designerkleidung. In seiner perfekt sitzenden Jeans und seinem weißen Pullover mit V Ausschnitt, seiner Rolex und seinen teuren Schuhen … Er sieht aus wie ein Firmenmogul, der in einen Schweinestall reinspaziert ist … Mein Vater bringt ihm einen Stuhl, beäugt ihn dabei misstrauisch – GO, DADDY! – aber Keaton setzt sich nicht dahin, wo mein Vater den Stuhl hinstellt. Er nimmt ihn, umrundet den Tisch und platziert den Stuhl demonstrativ zwischen mir und Danny – den ignoriert er, aber als Riley ihn euphorisch begrüßt, zerwuschelt ihm Keaton mit einem »Hi Kumpel« die Haare.

Dann lässt er sich neben mir nieder. Jede einzelne Faser seines perfekten Körpers angespannt.

Verdammt!

VERDAMMT! VERDAMMT!

Ich kann nicht mehr atmen. Ich kann nicht mehr denken.

Mein Kopf ist wie leergefegt.

Die Gespräche am Tisch verklingen, genauso wie das Tellergeschepper und Besteckgeklimper, als sich jeder etwas auftut. Ich traue mich nicht, ihn anzusehen oder irgendwen sonst. Ich muss mich zusammenreißen, weiß aber nicht wie.

Was tut er hier?

Und wie soll ich reagieren?

»Das ist aber schön, dass Sie es doch noch geschafft haben, Mister Rush. Liv, du hättest ruhig mal sagen können, dass du so einen tollen Freund hast! Von wegen es gibt nichts Neues mit den Männern!«, trällert meine Mutter, die wie immer keinen einzigen Funken Empathie in sich besitzt.

»Zum Glück wurde das Treffen verlegt, ich lasse es mir doch nicht nehmen, Olivias Familie persönlich kennenzulernen.« Er nimmt demonstrativ meine Hand auf dem Tisch und drückt sie. Ich überlege, ob ich sie ihm entziehen soll, aber irgendwie … traue ich mich das nicht. Ich weiß, dass er sauer ist.

Aber wieso?

Er hat sich die ganze Woche nicht gemeldet, hat mich einfach so sitzen gelassen! Und ich bin auch sauer! Oh ja!

Also entziehe ich sie ihm und merke, wie er sich versteift.

»Ich muss aufs Klo!«, sage ich und stehe auf. Dann stürme ich förmlich aus dem Raum und in Richtung der Toilette. Ich bin völlig überfordert – und weiß weder ein noch aus.

32. Gib mir alles

Olivia

Ich komme nicht weit – aber ich habe auch nicht damit gerechnet. Mitten im Flur fühle ich, wie er mich am Arm packt, wie er mich herumwirbelt und bevor ich etwas sagen und mich aufregen kann, liegt seine Hand auf meinem Mund.

»Wo ist dein Zimmer?«, fragt er und ich sehe erst jetzt aus vollster Nähe, wie heftig es wirklich in ihm brodelt. Seine faszinierenden Augen erinnern an eine stürmische See, eher dunkelblau als grün. So tief und so gefährlich …

Ich nicke nach oben. Und er packt meinen Arm fester und zieht mich hinter sich die Treppen her. Ich trample so laut, dass es unten sicher alle hören und motze: »Was soll das Keaton!« Da sind wir schon oben und er zieht mich ins erstbeste Zimmer, das zufällig auch meins ist, oder zumindest mal war. Ich muss meinem Ärger einfach Luft lassen, doch wieder kommt er mir zuvor. Ich will gerade zu ihm herumwirbeln und ihn anbrüllen, da schubst er mich auf mein Bett. Ich lande wie ein verdammter Käfer auf dem Rücken, und er auf mir – seine riesige Hand auf meinem Mund. »Du hörst mir jetzt zu!«, knurrt er mich an, während er mich mit seinem Körper herabdrückt, und mich reglos hält, so dass ich weder denken noch sonst was tun kann. Er ist mir so nah und er ist steinhart, wie ich genau durch unsere Hosen spüre. »Du wirst nie wieder klammheimlich die Stadt verlassen!«

»Wenn ich dich hätte erreichen können, hätte ich es dir gesagt«, rufe ich, aber seine Hand dämmt alles und es kommt alles nur als ein undeutliches Genuschel raus. Ich glaube auch nicht, dass es ihn weiter interessiert, was ich zu sagen habe.

»Du wirst nie wieder irgendwo hinfahren, ohne, dass ich Bescheid weiß!«, redet er ungerührt weiter und dann greift er nach unten und öffnet seine Hose. Meine Augen werden groß und mein Herz beginnt zu rasen, alles in meinem Bauch zieht sich zusammen. Bereitet sich vor.

Er ist hier! Und er will mich! Ich werde ihn bekommen! JA! Ich trage ein hübsches blaues Kleid, ein winziges Höschen … und er reibt mit den Fingerknöcheln über meine Scham, als er seine Hose aufreißt. Ich stöhne, weil ich bereits jetzt überempfindlich bin, weil ich unglaublich erregt bin. Alleine von seiner Nähe.

»Du wirst nicht mit anderen Männern flirten! Wenn sie nur in deine Richtung hauchen, wirst du es mir sagen und mir alles weitere überlassen!«

Er schiebt mein Höschen ein Stück zur Seite und drückt seine schwere Erektion an meine Mitte – und ich merke, dass ich total überflutet und bereit für ihn bin.

Verräterkörper!

Mein Becken hebt sich, ich komme seiner Reibung entgegen und keuche seinen Namen.

Es zerreißt mich fast, dass er hier ist, und wie viel mir das bedeutet!

»Du hast dich nicht gemeldet!«, rufe ich anklagend gegen seine Hand.

»Weil du nicht unterschrieben hast!« Damit schiebt er sich einfach in mich, und zwar bis zum Anschlag. Und er hält dabei immer noch meinen Mund zu. Ich bekomme kaum Luft, ich kann mich nicht rühren und vielleicht sollte ich es jetzt nicht genießen oder Panik bekommen, aber ich kann mich erst jetzt so richtig fallenlassen, ihm einfach die Kontrolle übergeben, ihn machen lassen. Es fühlt sich so gut an, so befreiend! Ich hatte schon fast vergessen, dass er besser bestückt ist, als so manch anderer Mann … und dass er genau weiß, wie er mit seinem Schwanz umgehen muss.

Zum Glück!

Ich genieße jeden einzelnen Zentimeter von ihm, den ich in mir spüre.

»OH GOTT!«, keuche ich, als er sich wieder zurückzieht und innehält. Meine Augen sind vor Wonne zugeglitten und er knurrt: »Sieh mich an, Olivia!« Als meine Lider wieder aufgehen, schiebt er sich in mich und dann … dann gibt es kein Halten mehr.

Er fickt mich hart und heftig, und nur seine Hand dämmt meine Schreie, die andere Hand krallt er in meine Hüfte, und nimmt dann mein Knie, schiebt es nach oben, damit er noch tiefer kommt. Er ist grob, er ist ungezügelt, er ist wie eine Naturgewalt. Und er kommt bereits nach ein paar Stößen einfach auf meinen Venushügel.

»Das bleibt da!«, befiehlt er, während er immer noch keuchend über mir liegt und meinen Mund zuhält. »Du gehörst mir, Olivia, verstehst du das jetzt endlich?«, fragt er sanfter und nimmt seine Hand von meinem Mund.

Seine Augen haben sich beruhigt, sind nicht mehr ganz so aufgewühlt und mir wird erst jetzt so richtig klar, dass er hier ist, wirklich hier! In meinem kleinen Mädchenzimmer, bei meinen Eltern, zu Hause!

»Wieso bist du hier?«, frage ich und genieße es, dass er sich noch nicht von mir gelöst hat, dass er immer noch auf mir liegt, dass er mir noch so nah ist. Ich hebe die Hände und lege sie an sein Gesicht, halte es fest … und er lässt es zu.

Sein Blick wird weicher.

»Weil du hier bist«, sagt er heiser und dann beugt er sich vor und küsst mich. Sanft. Nicht hart. So verdammt sanft.

Mein Puls fühlt sich an, wie die Schläge von Schmetterlingsflügeln. Auch ich lege alles in meinen Kuss hinein, was ich fühle, was ich will und was ich bin. Ich öffne mich ihm so, wie ich mich noch nie jemandem geöffnet habe. Nicht einmal als ich jung und dumm war – und meinen Ex kennengelernt habe. Wir lösen uns voneinander, und er lehnt seine Stirn an meine.

»Ich werde immer da sein, wo du bist.« Und das sollte gruslig sein, aber es ist beruhigend. »Woher weißt du, wo meine Eltern wohnen und dass du mich hier finden würdest?«

Er grinst. »Ich habe dein Handy geortet!«

»Keaton!«, keuche ich empört.

»Ich entschuldige mich nicht dafür.« Er küsst mich wieder und die Proteste bleiben mir im Hals stecken. »Sag endlich ja, Olivia!«

»Zu was?«

»Zu mir!«

»Aber das habe ich doch schon längst …«

»Nur dein Körper, Babe.« *Mein Herz doch auch, schon längst* … will ich antworten, aber ich behalte diese Worte für mich. Es wäre zu früh, es wäre nicht … normal.

Aber was ist schon normal?

33. Wer bist du?

Keaton

Du zitterst immer noch, Olivia. Auch, nachdem wir dein altes Zimmer schon verlassen haben. Es ist schade, dass deine Poster nicht mehr an den Wänden hängen und deine Mutter ein Gästezimmer daraus gemacht hat. Ich denke, du hast dir ein Zimmer mit einem deiner Geschwister geteilt. Sechs Kinder bringt man nicht mal eben so in jeweils einem Zimmer unter, oder? Und ich weiß einfach, dass dieses hier mitunter dir gehört hat, denn du hast dich nicht geweigert, als ich dich hineingezogen habe, es war eher ziemlich selbstverständlich für dich. Ich hoffe, ich habe dir meinen Standpunkt klargemacht, und diesem Zirkusaffen da unten auch. Was glaubt er eigentlich, wer er ist? Stehst du wirklich neuerdings auf Bauern? Denn genau so wirkt er. Plump, dämlich. Ehrlich, die Dummheit schaut ihm aus den Augen, egal, wie er sich präsentiert. Ich habe schon immer ein außerordentliches Talent dafür gehabt, hinter die Fassade von Menschen zu schauen. Dafür habe ich ja auch meine ganz eigenen Mittel.

Ich halte dich an der Hand, als wir das Zimmer verlassen, sehr fest, vielleicht tue ich dir auch ein wenig weh, aber du beschwerst dich nicht. Vor der Treppe, die nach unten führt, bleiben wir stehen. Du schaust mich durch deine endlos langen Wimpern an und beißt dir auf die Unterlippe. Ich will es hören, Olivia. Und du weißt es.

»Es war nicht richtig von dir, einfach herzukommen«, sagst du stattdessen. »Ich … war noch nicht bereit …«

»Bereit wofür, Olivia?«, unterbreche ich dich. Es ärgert mich, dass du es nicht siehst. »Du gehörst mir, du hast dich mir komplett hingegeben und ich habe dir gesagt, dass ich dich nicht einfach gehen lassen werde. Als du das letzte Mal weggelaufen bist, habe ich dir deutlich gemacht, dass du das nicht wieder tun sollst, oder?«

Ich liebe es, wie deine Augenbrauen sich zusammenziehen und du mich anfunkelst. Als würde ich deine Wut ernstnehmen können, wenn du dabei so schön bist. »Du kannst mir nicht einfach Dinge vorschreiben!«, zischst du, aber du lässt meine Hand nicht los. Was für ein Widerspruch, Olivia.

»Ich helfe dir nur auf die Sprünge«, sage ich. »Du willst mich und ich will dich – mehr als alles andere. Lass dich endlich auf mich ein – ganz!«

»Du hast dich nicht gemeldet!«, fauchst du. »Die ganze Woche!«

Ich lächle. »Und? Hat es dich gestört?«

»Natürlich!«

»Siehst du?«

»Was?«

»Siehst du, dass du mich willst? Dass ich deine Gedanken belagere und dass du meine Abwesenheit nicht erträgst? Und trotzdem kannst du dir nicht eingestehen, dass ich der Mann bin, mit dem du dir mehr vorstellen kannst. Du hast so eine große Angst, dich zu öffnen und verletzt zu werden.« Ich beuge mich näher zu dir und deine Augen liegen auf meinen Lippen. Du willst, dass ich dich küsse, Olivia, aber nicht jetzt. Später. »Denkst du, dass nur du eine Scheißvergangenheit hattest und es nur dich Überwindung kostet, dich auf jemanden einzulassen, Olivia? Aber wenn es richtig ist, ist es richtig.« Jetzt schaust du mir wieder in die Augen und du suchst. Suchst nach Zweifeln, Ängsten oder irgendeinem anderen Müll, den Männer nur selten nach außen tragen. Natürlich findest du nichts, weil ich es schlichtweg nicht will. »Sag es.«

Du schluckst. »Ich …« Unruhig siehst du hin und her und ich weiß, du bist noch nicht bereit. Okay, Olivia. Ich habe Geduld.

»Schon gut.« Ich ziehe mich wieder zurück. »Ich habe Zeit, wir sind das ganze Wochenende hier.« Mit diesen Worten gehe ich nach unten, und weil du meine Hand immer noch nicht losgelassen hast, folgst du mir. Du wirst mir immer folgen. Du weißt es nur noch nicht.

* * *

Ich muss zugeben, Olivia, deine Familie ist charmant. Ich habe schon vorher recherchiert und weiß, wie du großgeworden bist. Die Jüngste von sechs Geschwistern, Daddys Darling, bis du mit sechzehn an diesen Hurensohn geraten und weggelaufen bist, weil deine Eltern ihn nicht akzeptiert haben. Zurecht. Aber nachdem Riley auf die Welt kam und du den Unfall – nennen wir es so – hattest, bist du wieder zurück zu ihnen. Dein Vater hat eine Werkstatt besessen und sie gut aufgezogen. Mittlerweile hat er sie verkauft, was die Rente deiner Eltern sichert. Deine Mom hat ihm geholfen und immer beigestanden – eine Löwenfrau, wie ich sie selten gesehen habe. Deine Geschwister sind in ganz Amerika verstreut, aber zu Feiertagen ist euer Haus voll, voll von Menschen, Kindern und Liebe. Es ist warm. Es ist klein und es ist herzlich. Es gefällt mir, aber es überfordert mich auch. Keine Sorge, Olivia. Die ganzen letzten Jahre hast du an Weihnachten gefehlt, weil du einfach nicht zurück in die Heimat wolltest, aber dieses Weihnachten, in sechs Monaten, werden wir als kleine Familie dabei sein.

Wir sitzen am Tisch. Dieser Danny-Boy ist leicht abgerückt, denn ich habe mich nach wie vor zwischen euch gedrängt. Natürlich findet er meine Nähe nicht so schön wie deine. Dieser Wichser. Es sind etliche Nachbarn da, der Tisch ist voll, es wird gelacht, geredet und gegessen. Und das Essen deiner Mutter ist eine Delikatesse, Olivia, obwohl es so einfach ist. Natürlich wirft mir jeder verstohlene Blicke zu und ich weiß, dass ich in meiner Aufmachung kaum zu den anderen passe, aber ich habe mir nie Mühe gegeben, mich anzupassen. Du liebst mich, wie ich bin, ich weiß, dass du das tust, Olivia. Dein Vater hasst mich, und ich verstehe es. Nach allem, was du mit Männern erlebt hast und wie ich hier unangemeldet reinkam, findet er mich unhöflich und er hat Angst um seine Tochter. Braucht er nicht. Du warst noch nirgends so gut aufgehoben wie bei mir, Olivia. Deine Mutter ist begeistert davon, dass du mit deinem ›Freund‹ hierher kamst. Sie hat sich sicher schon Sorgen darüber gemacht, wie du lebst und wie einsam du bist. Und damit hat sie recht, Olivia, du warst einsam vor mir, egal, mit wie vielen Menschen du täglich zu tun hattest.

»Es ist so schade, dass deine Geschwister nicht kommen konnten«, sagt deine Mom und du brummst nur zustimmend, dein Blick ist auf deinen Teller gerichtet. Es amüsiert mich, wie du schmollst, Olivia. Jetzt schaut deine Mom mich an. »Ich habe noch fünf andere Kinder«, lässt sie mich stolz wissen. »Haben Sie Geschwister, Keaton?«

Ich lächle mein Schwiegersohn-Lächeln. »Ich bin ein Einzelkind.«

»Das ist so traurig!«, sagt sie und ich finde sie wirklich liebenswert. »Kinder brauchen Geschwister.«

»Nicht alle, Mom!«, sagst du und du schämst dich, aber das musst du nicht. Du bist ein Teil dieser Frau, also kann man sie nur lieben, Olivia. Sie ist warm und niedlich. Eine Mutter, wie ich sie mir immer gewünscht habe, als ich noch sehr viel jünger war als jetzt.

»Was machen Ihre Eltern, Keaton?«, fragt dein Vater mürrisch und ich denke, er erwartet eine Antwort, mit der er das Vorurteil, was er schon jetzt über mich hat, bekräftigen kann. Die anderen sind miteinander beschäftigt, nur deine Familie – und dieser Danny Wichser – schauen mich an.

»Meine Eltern sind tot, seit ich zwölf war.« Es ist nicht schlimm, ehrlich nicht, Olivia. Bitte sieh mich jetzt nicht mit diesem Blick an, den ich von der Seite spüre. Es ist lange her und ich habe mich schon längst damit angefreundet. Dinge geschehen und lassen sich nicht rückgängig machen. Es bringt nichts, in der Vergangenheit zu leben.

Das Gesicht deines Dads wird weicher – vielleicht auch ein wenig reumütig, aber er konnte es ja nicht wissen. »Das tut mir leid«, sagt er mit seiner tiefen Stimme.

Deine Mutter keucht erschrocken auf. »Meine Güte, das ist ja furchtbar, Keaton! Noch so jung! Es tut mir so schrecklich leid!«

Ich lächle. »Schon gut, ich komme damit klar.« Und ich fühle deine Hand auf meinem Oberschenkel. Ich hätte dir viel früher erzählt, dass meine Eltern gestorben sind, hätte ich gewusst, wie handzahm es dich macht, Olivia. Aber ich lege meine Hand darüber, weil ich dein Mann bin, und wenn du mir die Hand reichst, werde ich sie immer nehmen.

»Ich bin bei meiner Tante in den USA aufgewachsen und habe studiert. Als ich alt genug war, habe ich den Posten meines Onkels beim FBI übernommen.«

Ich sehe deutlich, dass der Themenwechsel die Anwesenden am Tisch erleichtert. So ist das, Olivia, Menschen werden nicht gerne mit Tod und Verderben konfrontiert. Und du hältst immer noch meine Hand und ich spüre immer noch deinen Blick auf mir.

»Sie arbeiten beim FBI?«, fragt dein Dad.

»So hab ich Olivia kennengelernt.« Noch ein Themenwechsel, denn ich darf über meinen Job nicht sprechen, das weißt du, Olivia. »Sie ist jetzt meine Sekretärin.« Ja, du hast den Vertrag noch nicht unterschrieben, aber du wirst. Und ja, ich plane schon mal vor, bezüglich deines Jobs, denn was ich wirklich mit dir vorhabe, brauchen deine Eltern nicht zu wissen.

»Das ist ja fabelhaft!«, ruft deine Mom. »Olivia, das ist eine wunderbare Gelegenheit für dich!«

»Sie hat geregelte Arbeitszeiten«, sage ich und ich spüre, dass du meine Hand drückst, um mir zu signalisieren, dass ich aufhören soll. Riley mischt sich jetzt aber ein und du kannst nichts mehr sagen. »Dann kann Mom mich immer von der Schule abholen!«

»Ganz richtig, kleiner Mann!«, sage ich lächelnd.

»Ist ja lustig«, brummt Danny neben mir. »Sie scheinen einen guten Draht zu dem Kleinen zu haben.« Mir ist bei eurer Abhörung natürlich nicht entgangen, Olivia, wie Riley auf Danny reagiert hat und es hat mich wirklich stolz gemacht.

»Den hat er«, sagst du und obwohl ich dich nicht anschaue, höre ich das Lächeln in deiner Stimme.

»Er weiß eben schon in seinem frühen Alter, was gut ist«, bemerke ich trocken und Danny funkelt mich an. Was denn, du Bastard? Dachtest du, du kannst mal eben über Olivia rutschen und einen versenken? Der Gedanke macht mich rasend und ich spanne mich an, was du spürst. Du drückst wieder meine Hand und ich atmete gepresst die Luft aus.

»Sie arbeiten also beim FBI«, geht dieser Pisser nochmal drauf ein. »Was machen Sie da? Kaffee kochen?«

»Wie ich ja eben erklärt habe, ist Olivia meine Sekretärin, was ja schon alleine aussagt, dass ich einen Posten habe, bei dem ich jemanden brauche, der meine Angelegenheiten ordentlich hält. Und wenn ich auch Kaffee kochen würde, wäre es kein Verbrechen. Wer die Putzfrau nicht genauso wie den Boss behandelt, ist wertlos in meinen Augen.«

»Ich bin Maschinenführer«, protzt er, übergeht meinen letzten Satz komplett und ich muss mich zusammenreißen, um nicht zu lachen.

»Bewundernswert«, kommentiere ich.

Ich glaube, dir reicht es und ich liebe es, wie du dich für mich einsetzt, Liv. »Keaton leitet die ganze Abteilung. Er ist der Chef der Chefs, wenn man so will.« Du bist wunderbar, Olivia. Wirklich. Das Löwenherz hast du definitiv von deiner Mutter. Die lacht jetzt entzückt. »Ich freue mich so sehr für euch! Ihr passt wundervoll zusammen. Und Riley mag eigentlich keine fremden Männer.«

Ich zwinkere dem Kleinen zu wie einem Komplizen, denn eigentlich sind wir das, Olivia.

34. Wer bist du? II

Olivia

Wer bist du, Keaton Rush?, geht es mir immer wieder durch den Kopf, als wir gemeinsam das Haus verlassen. Wir wollen spazieren gehen, Keaton will unbedingt sehen, wo ich aufgewachsen bin. Währenddessen hilft Riley seiner Oma, die Küche aufzuräumen, und Danny hat sich verkrümelt. Es hat mir nicht gefallen, wie er Keaton am Tisch herausgefordert hat und ich musste mich einfach einmischen! Und wie herablassend er war! Ich habe ihm gegenüber auch kein Vorurteil gehegt, weil er Taxi fährt. Jeder tut, was er in seiner Situation tun kann. Blöder Futzi.

Jetzt laufen wir gemeinsam die Pinewood Street entlang. Die Straße, in der ich aufgewachsen bin. Es ist warm, viel wärmer als in Chicago, obwohl die Städte ziemlich nahe beieinander liegen. Noch immer trage ich mein blaues Sommerkleid, meine Haare hab ich nach dem Überfall von Keaton vorhin noch einmal gebürstet. Er hat sich umgezogen, trägt jetzt dunkle Jeans und ein weißes, einfaches Shirt. In diesem einfachen Stil sieht er unglaublich aus! Ich liebe es, wie seine gebräunte Haut hervorsticht und seine dunklen Haare in der knalligen Sonne glänzen.

Wir laufen Hand in Hand und ich betrachte ihn. Was er eben alles von sich erzählt hat, geht mir nicht aus dem Kopf. Seine Eltern sind gestorben, er ist bei seiner Tante aufgewachsen und … er hat gesagt, nicht nur ich hätte eine Scheißvergangenheit gehabt. Wobei sich mir die Frage stellt, woher er überhaupt weiß, dass ich eine Scheiß Vergangenheit hatte.

Er merkt, dass ich ihn anstarre und seufzt. »Später.«

»Was?«, frage ich.

»Wir reden später. Jetzt will ich mich auf die Umgebung konzentrieren.« Er hat mich durchschaut! Er kennt mich schon jetzt besser, als ich es ihm zugetraut hätte.

Es sieht alles noch wie früher aus. Der Asphalt glitzert in der Sonne, die Vorgärten sind sauber und jetzt, wo der Sommer kommt, sprießen die ersten Knospen.

»Was ist mit diesem Danny?«, fragt er genervt, als würde er das schon die ganze Zeit mit sich schleppen. »Wart ihr mal ein Paar?«

»Nein«, sage ich. »Ich stand auf ihn, zugegeben, aber ich war als Teenager nicht die Schönste und hatte daher keinen Freund. Erst mit 16 lernte ich Dexter kennen …« Ich beiße mir auf die Zunge, denn eigentlich habe ich davon nichts erzählen wollen! Wieder denke ich daran, was Keaton gesagt hat – dass ich ihn wollen, mich auf ihn einlassen, es aber nicht zulassen würde. Hat er recht? Ja, ich will ihn! Aber ich hab auch Angst vor ihm! Ich weiß, dass er noch eine andere Seite in sich trägt, etwas, was ich noch nicht kennengelernt habe … und gleichzeitig verunsichern mich die intensiven Gefühle, die ich nach der kurzen Zeit bereits für ihn empfinde. Ich will ihn mit Haut und Haaren und … nein, das ist nicht normal. Wir sind nicht normal. Meine Gefühle sind nicht normal.

»Ist das Rileys Dad?«, fragt er gerade heraus.

»Woher weißt du das?«

»Ich vermute es, ich weiß es nicht.« Von der Seite lächelt er mich halb an und ich schmelze dahin. Er ist unglaublich, doch … bevor ich mich ihm öffne, will ich was loswerden.

»Keaton, du hast gesagt, ich wäre nicht die Einzige, die eine Scheißvergangenheit hätte. Woher … weißt du das?«

Er bleibt total locker und schaut sich die sorgfältig aneinandergereihten Bäume an. »Riley fehlt ein Bein. Du bist extrem jung Mutter geworden, wenn ich das richtig berechne. Du lebst mehr praktisch als gemütlich. Und du hast riesige Angst, verletzt zu werden, deshalb lässt du dich nicht voll und ganz auf mich ein. Es ist nicht schwer zu erraten, dass du Scheiße durchlebt hast.«

Ich schlucke. Okay, er hat recht, das ist wirklich offensichtlich! »Und … was war mit dir?«

»Wir waren aber nicht bei mir, sondern bei dir«, korrigiert er mich und hebt eine Braue. »Was war mit diesem Dexter?«

Ich seufze. Bisher habe ich nur mit meinen Eltern und Penny darüber gesprochen. Was passiert ist, ist hart und steckt Riley als auch mir noch immer in den Knochen. Es hat uns geprägt. »Ich bin mit ihm durchgebrannt«, sage ich, als wir an dem kleinen Supermarkt vorbeilaufen, in dem wir früher immer Wettklauen gemacht haben. Wer mehr Artikel unbemerkt rausschmuggeln konnte, hatte gewonnen. »Ich dachte, ich liebe ihn. Ich war erst 16 und er war schon auf dem College.« Mein Blick ist nach vorne gerichtet, aber ich spüre, dass Keaton meine Hand immer fester drückt. Er ist eifersüchtig und besitzergreifend, das habe ich bereits gemerkt. Aber es macht mir komischerweise nichts aus, wobei ich von sowas eigentlich immer total schnell genervt bin! »Meine Eltern haben unsere Beziehung nicht unterstützt – vor allem mein Dad. Also bin ich mit Dexter abgehauen, was ziemlich dumm war! Eine Weile waren wir frei und wild, aber dann wurde ich schwanger und Dexter hatte Panik. Er wollte das Kind nicht, er wollte sogar, dass ich abtreibe. Er hatte eine gute Zukunft in Aussicht, denn trotz allem, obwohl ICH die Highschool abgebrochen habe, hat er weiterhin studiert. Und dann … na ja, hab ich mich geweigert und Riley bekommen und ab da wurde es richtig … ekelhaft. Mehrmals wollte ich mich von ihm trennen, aber obwohl er weder Riley noch mich wollte, hat er uns nicht gehen lassen. Er sagte, ich hätte ihm mit dem Kind seine Zukunft versaut und jetzt würde ich sicherlich nicht weglaufen!«

»Er ist ein Hurensohn und kann von Glück sagen, dass er mir noch nicht über den Weg gelaufen ist.«

Ich lächle. »Aber ich erzähle dir das nicht, weil ich beschützt werden will, sondern, weil du meine Geschichte erfahren darfst.«

»Ich darf?«

»Du darfst, weil ich dich für würdig befunden habe.«

Das bringt ihn zum Lachen und ich liebe den Klang. Er hebt unsere verschränkten Hände und haucht einen Kuss auf den Rücken meiner. »Sehr gütig.«

»Soll ich jetzt weitererzählen?«, frage ich mit erhobener Braue.

»Unbedingt.«

»Gut, also. Keine Ahnung, die Jahre sind so vor mir her geschlichen und irgendwann hab ich es nicht mehr ausgehalten und wollte in einer Nacht-und-Nebel-Aktion abhauen. Ich hab es mit Riley – der geweint hat, und zwar laut – aus dem Haus geschafft, bis auf die Straße, und als ich dachte, wir wären in Sicherheit …« Die Gedanken daran tun mir weh. Ich weiß noch genau, wie es gewesen ist. Weiß noch genau, wie Riley gebrüllt hat. Tränen schießen mir in die

Augen. »Ich hätte ihn einfach tragen sollen, aber ich hatte die Arme voll und … und deshalb hab ich Riley an der Hand hinter mir her gezerrt. Plötzlich kam Dexter mit dem Auto angerast. Er hatte getrunken und er war stinksauer und steuerte mit dem Auto direkt auf uns zu, er hat nicht gebremst, ich konnte nicht schnell genug reagieren. Es ging alles so schnell … Die Quetschungen waren so schlimm, dass man Riley das Bein …« Bevor ich fertig sprechen kann, bleibt Keaton stehen, wirbelt mich herum und reißt mich praktisch an seine Brust. Seine starken Arme legen sich um meinen Rücken und mein Gesicht presst sich in seine Halsbeuge. Ich weine, weil es mir so wehtut, was geschehen ist. Weil ich meinen Sohn nicht schützen konnte. Und weil ich mich gerade so geborgen fühle wie noch nie. Mitten auf der Straße, in der warmen Sonne, umgeben von ihm … und vielleicht gehöre ich ihm doch mehr, als ich zunächst ahnte.

»Ihr seid jetzt sicher«, murmelt er in mein Haar. »Glaub mir, Olivia, ich bin immer da. Näher, als du denkst.«

Ich kralle mich in sein Shirt und es ist wunderbar, die Verantwortung eine Weile abzugeben. Meine Fassade abzulegen und nicht die starke Mama sein zu müssen, sondern einfach nur Olivia, die einen Haufen Scheiße erlebt hat.

* * *

Eine Weile später sitzen wir auf der Halfpipe, wo ich als Kind den Sommer verbracht habe. Es ist warm, angenehm warm, ich esse Eis und Keaton schaut mir dabei zu. Ein paar Jugendliche fahren mit ihren Skateboards rum, die Sonne geht langsam unter und ich fühle mich einfach nur wohl, wohler, als ich es je für möglich gehalten hätte. Ich habe Keaton meine alte Schule gezeigt und wir haben wie Teenager auf dem Schulhof rumgeknutscht. Ich hab ihm gezeigt, auf welchem Parkplatz ich nach dem Winterball meine Jungfräulichkeit verloren habe und er hat mich auf ein fremdes Auto gepresst und mich einfach genommen. Es ist faszinierend, wie ich die drohende Gefahr von nahenden Menschen ausblenden kann, wenn er bei mir ist, weil er mich irgendwie hypnotisiert! Und der Sex war zwar kurz, aber grandios!

Danach haben wir uns ein Eis in der Eisdiele gekauft, wo ich zwei Sommer gejobbt habe, um Taschengeld zu verdienen, damit ich mir ein neues Fahrrad zulegen konnte und nun sitzen wir hier auf dem Skaterplatz.

»Deine Stadt ist schön«, sagt er.

»Japp.« Ich schlecke voller Hingabe an meinem Vanilleeis.

Trocken bemerkt Keaton: »Wenn du das Eis weiter so genüsslich leckst, werde ich dich vor diesen halbstarken Pennern nochmal ficken müssen.« Seine Aussage bringt mich dazu, mich zu verschlucken, und ich keuche. Oh mein Gott, nur er schafft es, mich in wenigen Sekunden völlig rot werden zu lassen.

»Wie soll ich es denn sonst lecken?«, frage ich und schaue ihn verwirrt und knallrot an.

Er grinst. »Stimmt, es ist eigentlich egal wie, du machst mich so oder so an.« Lässig legt er einen Arm um mich und ich esse weiter, fühle mich so wohl, so gut, und glaube, er hat recht – ich habe mich schon mehr auf ihn eingelassen, als ich es dachte.

»Jetzt, wo ich dir von dem schlimmsten Kapitel meines Lebens erzählt habe«, setze ich vorsichtig an und knabbere an meiner Waffel.

»Willst du von mir wissen, wie meine Vergangenheit aussieht?«

»JA!«

Er seufzt und fährt sich durch sein Haar, was bei niemandem so sexy aussieht wie bei Mr. Rush. »Die Vergangenheit sollte man ruhen lassen.«

»Ich will es aber wissen!«

»Ich will aber nicht darüber reden«, lässt er mich total im Boss-Ton wissen.

»Vertraust du mir nicht?«, frage ich schmollend.

»Vertraust du mir?«

»Offensichtlich, oder?«

Eine Weile mustert er mich, bevor er die Augen verdreht. »Nun gut. Was willst du wissen?«

Eine Weile überlege ich, denn das ist *die* Gelegenheit, hinter seine harte Schale zu kommen, die er nur selten ablegt. »Wie du aufgewachsen bist, was mit deinen Eltern war … und anderen Frauen.«

»Natürlich, die anderen Frauen«, murmelt er schmunzelnd. Oh ja! Ich habe mir nämlich schon oft überlegt, wie viele er vor mir hatte und ob es die Eine, die ihm das Herz gebrochen hat, bereits gab.

»Wie du ja mittlerweile weißt …«, sein Gesicht ist eine

undurchdringbare Mauer, aber das ist okay, ich höre ihm einfach zu, ich weiß, wie das ist, mit seinen Dämonen zu kämpfen, »… sind meine Eltern gestorben, als ich zwölf war. Meine Kindheit vor ihrem Tod war … nun ja, kein Vergleich zu deiner. Wir hatten Bedienstete in England, eine riesengroße Villa, und mein Vater fuhr die neusten Autos. Alles lief sehr …«

»Oberflächlich und kalt?«

Es scheint ihm nichts auszumachen, dass ich ihn unterbreche. »Richtig. Vor allem meine Mutter war sehr unterkühlt und mein Dad hat mit Abwesenheit geglänzt. Als ich zwölf war, kamen sie beide bei einem Feuer ums Leben.«

»Bei einem Feuer?«, frage ich mit großen Augen, denn das, und zu ertrinken, sind für mich die schlimmsten Arten, aus diesem Leben zu gehen. Und wie jung Keaton war, wie verletzt und verwirrt er gewesen sein muss! Ich würde gerne seine Hand halten, aber das tue ich fürs Erste nicht, denn ich weiß, dass er kein Mitleid will, so gut kenne ich ihn. Stattdessen schmeiße ich den Rest von meinem Eis in den Müll, der unten neben der Halfpipe steht und schaue ihn an. Er ist weit weg mit den Gedanken, die Augen auf einen Punkt in der Ferne gerichtet. Er hat viel gelitten und das hat ihn zu dem Mann geformt, der er nun ist.

»Ich wollte mir heiße Schokolade machen. Es war im Dezember, kurz vor Weihnachten. Wir hatten einen alten Gasherd und weil die Milch immer übergelaufen ist, hab ich das Handtuch in der Nähe des Herdes gelassen, um den Topf abwischen zu können. In dem Moment hat ein Freund von mir geklingelt, er wollte mir unbedingt was zeigen, ich sollte rauskommen. Ich war zwölf und ein Pisser. Der Herd, das Handtuch, der Kakao waren vergessen und ich bin natürlich sofort raus, ohne Bescheid zu sagen. Keine zehn Minuten später stand das Haus in Flammen.« Er schweigt einen kurzen Moment und ich will losweinen. Wie tragisch! Wie schmerzhaft! Und wie viel Schuld muss er mit sich schleppen, Tag für Tag? »Ich hab sie schreien gehört, alles ging so schnell. Ich wollte ins Haus, aber mein Kumpel hat mich zurückgehalten und dann war auch schon die Feuerwehr da. Ich stand unter Schock … und meine Eltern haben es nicht überlebt. Die Villa ist binnen weniger Minuten komplett in Flammen aufgegangen und das Schlafzimmer und das Büro, in denen sie sich zu dem Zeitpunkt aufgehalten haben, lag im dritten Stock.«

»Keaton«, flüsterte ich und jetzt greife ich nach seiner Hand, ob er das will oder nicht. »Das ist … das ist unglaublich.« Ich halte seine steifen Finger in meinen und er sieht mich nicht an, weil er keine Schwäche zeigen will. Ja, wir haben Ähnlichkeiten. Ich kenne dieses Gefühl sehr gut. Die Schuld. Die Angst. Den Stolz. Die Vorwürfe. »Dich trifft keine Schuld, das weißt du, oder?«

Er lacht trocken. »Wen denn sonst? Es war meine Dummheit, die die beiden umgebracht hat.«

»Ich weiß, wie du dich fühlst. Ich habe mir so oft Vorwürfe gemacht, mich gefragt, warum ich nicht unter dem Auto lag, sondern er. Mich gefragt, warum ich keine Anzeige erstattet habe, sondern in eine andere Stadt geflüchtet bin. Aber das bringt nichts. Du sagtest eben selbst, die Vergangenheit kann man nicht ändern.«

»Ich habe damit abgeschlossen«, sagt er und schaut mich an. In meine Augen. Er fühlt sich mir verbunden, wie ich mich ihm. Wir haben das gleiche Schicksal, wenn auch auf verschiedene Arten. »Ich bin dann in die USA gekommen und bei meiner Tante und meinem Onkel aufgewachsen und es war nicht leicht mit ihr – sie ist eine Zicke, er ist ein Ex-Soldat. Doch ich lebe noch. Sie haben mir Essen gegeben und mich getrimmt, besser und größer zu werden, als ich bin. Sie haben mir Disziplin beigebracht und sich seinen Emotionen niemals zu ergeben, egal wie schlimm sie auch sein mögen. Ich verdanke ihnen vieles.«

Ich versuche, ihn aufzumuntern. »Wir sollten sie mal zusammen besuchen.«

Ein träges Lächeln huscht über seine vollen, schönen Lippen. »Ja, das sollten wir.«

Ich lehne mich an seine Schulter und wir genießen eine Weile die Stille, das Geräusch der rollenden Räder auf dem Asphalt. Die untergehende Sonne und das Rauschen des Windes in den Blättern.

Weil ich einfach ich bin, posaune ich noch was raus: »Und was ist mit den Frauen?«

Er lacht in mein Haar und ich bin erleichtert, diesen Klang wieder zu hören. So beruhigend. So erheiternd. So wunderbar. »Es gab viele. Jeanette, die mir meine Jungfräulichkeit genommen hat, mit vierzehn. Mara, die ich jeden zweiten Morgen zu einem Blowjob überreden konnte und Paula und Janine, mit denen ich meinen ersten Dreier hatte. Und es gab noch soooo viel mehr Frauen später.« Ich will schon von ihm zurückweichen, weil er das so locker erzählt, ohne sich mal zu schämen, pah! Aber dann gluckst er wieder und sein Atem streift meine Haut. »Aber keine war wie du. Keine wird je wie du sein.«

Mein Herz hüpft vor Freude und ich lächle in mich hinein. »Besser ist es, Mister.«

35. Schockzustand

Olivia

Es ist erschreckend leicht mit Keaton. Wir wissen alle, dass er Besseres gewohnt ist, aber er beschwert sich mit keinem Wort über die kleine Küche oder die verhältnismäßig engen Betten. 1,40 ist für einen Mr. Rush eben einfach zu eng.

Nachdem wir gestern so vieles geteilt haben und er meine Familie kennengelernt hat, fühle ich mich an seiner Seite noch wohler. Es ist so leicht, so einfach und unkompliziert. Mein Vater hat ein Problem mit ihm, wahrscheinlich allein schon, weil er mit mir zusammen ist. Meine Mutter betont ständig, wie gut wir zusammenpassen und Riley nutzt jede Gelegenheit, um Kontakt zu Keaton aufzubauen – sei es im Garten, vor dem Fernseher oder beim Frühstück. Und ich liebe es, zu sehen, wie geduldig Keaton ist. Wie er jede Frage von Riley beantwortet.

Keaton, hast du schonmal ein Ufo gesehen?

Nein, Kleiner.

Keaton, schmecken Elefanten beim Trinken ihre Popel?

Keaton, warum bist du so groß?

Keaton, warum, wieso, weshalb?

Es ist wundervoll mit anzusehen, wie Riley aufblüht. Bei meinen Eltern ist es ein richtiges Kinderparadies. Immer wieder werfe ich Keaton verstohlene Blicke zu, wäre am liebsten die ganze Zeit mit ihm alleine, um ihn zu fühlen, zu riechen und zu schmecken. Aber er ist wie Medizin für meinen Sohn und das ist schöner mitanzusehen, als alles andere.

Nach dem Abendessen beschließen wir, auf das Stadtfest zu gehen. Immer mal wieder finden die Leute hier einen Anlass zum Feiern, auch wenn es nicht der 4. Juli oder Weihnachten ist. Meine Eltern sind müde, aber Riley ist begeistert von dem Gedanken, mit Keaton und mir unterwegs zu sein.

Die Abende sind noch ein wenig kühl, deshalb packe ich Riley in einen Hoodie und ziehe selbst einen dünnen, langen, schwarzen Pullover und Strumpfhosen an. Und Keaton … ich muss seufzen, als ich ihn betrachte. Er trägt schwarze Jeans, ein schwarzes Shirt und eine Lederjacke darüber. Sein Haar liegt zurück und er sieht aus wie der Teufel in Engelsgestalt.

Als ich mit Riley die Treppen runterkomme, lächelt er. »Fertig?«

»FERTIG!«, ruft Riley und wenn seine Beine richtig funktionieren würden, wäre er sicher die letzten drei Stufen runtergesprungen.

»Kommt nicht zu spät!«, ruft Mom aus der Küche, wie damals, als ich noch ein Kind war, und mein Vater brummt irgendwas, was ich nicht verstehe.

Wir verabschieden uns und treten hinaus. Die Sonne ist schon untergegangen, aber in unserer kleinen Stadt sind sogar die Nächte idyllisch. Die Grillen zirpen und das warmgelbe Leuchten der Straßenlaternen spendet uns Licht. Um diese Zeit fahren hier kaum noch Autos, auch nicht an einem Samstagabend. Riley läuft auf seinen Krücken zwischen uns und irgendwie fühlt es sich so familiär an wie nie, als wir zur Kirmes laufen.

Es ist keine, wie es sie in Chicago gegeben hätte oder New York oder wo auch immer. Es ist eine kleine Dorfkirmes, wo die Jugendlichen mit ihren Freundinnen in dunklen Ecken rumfummeln, kleine Kinder Zuckerwatte essen und erwachsene Paare durchlaufen und sich über die lauten Jugendlichen beschweren. In zehn Minuten hat man die ganze Fläche umrundet. Ein Riesenrad zieht gemächlich seine Kreise, überall gibt es Stände, an denen man Kuscheltiere gewinnen oder auch aus Automaten ziehen kann und die Moderatoren der verschiedenen Gerätschaften kündigen laut in ihre Mikrophone neue Runden an.

»Ich hab sowas nie gemocht«, sagt Keaton und schaut sich um.

Ich grinse und zwinkere Riley zu. »Du warst auch noch nie mit uns auf einem Stadtfest!«

Es riecht nach gebrannten Mandeln und Zuckerwatte, Gelächter dringt an meine Ohren und ich muss lächeln und meine Wange an Keatons Arm schmiegen. Riley will natürlich geradewegs zum Schießstand und Keaton folgt ihm geduldig und zeigt, was er kann, dieser kleine Macho! Jeder seiner Schüsse sitzt. Und alle staunen. Keaton jedoch grinst nur selbstsicher, der sexy Bastard … Riley bestaunt ihn und freut sich total, als Keaton ihm einen großen Plüsch-Superman ergattert. Natürlich bleibt es an mir hängen, den zu tragen, nicht nur wegen Rileys Krücken, sondern auch, weil der kleine Mann viel besseres zu tun hat.

Wir essen Zuckerwatte, also Riley und ich. Meine ist pink. Mr. Rush verdreht die Augen und erläutert mir, wie ungesund das ist und dass er sich auch gleich den Zucker pur reinschütten kann, aber das hält mich nicht davon ab, ein wenig auf meinen Finger zu rollen und es ihm auf die Nase zu stupsen.

Seine Augen funkeln unheilvoll, aber ich grinse nur frech – was will er machen vor Riley? Mich bestrafen? Wohl kaum!

Es ist ein traumhafter Abend, wirklich. Ich fühle mich frei und … als wären wir drei eine waschechte, kleine Zuckerwattefamilie. Ich liebe die Vorstellung und will nicht an die Zukunft denken, sondern das Hier und Jetzt genießen.

Schließlich überredet Riley uns, Riesenrad zu fahren. Die Schlange ist lang und es wird wahrscheinlich eine ganze Weile dauern, bis wir an unsere Karten kommen.

»Mama, mir ist langweilig«, quengelt Riley nach ungefähr 30 Sekunden Wartezeit.

»Aber du willst doch Riesenrad fahren!«

»Aber ich will nicht warten!«

Ich seufze. »Du willst was haben, aber nichts dafür machen.«

»Der amerikanische Traum«, flüstert Keaton mir zu und ich lache.

»Darf ich mir da vorne Mandeln kaufen?«, fragt er aufgeregt. Ich messe den Abstand zum Mandel-Stand und beschließe, dass er nahe genug ist. Ich kann Riley optimal beobachten, außerdem sind wir hier in Fort Wayne. Wir sind praktisch alle miteinander aufgewachsen.

»Okay«, sage ich und Keaton drückt dem Kleinen fünf Dollar in die Hand.

»Soll ich mitgehen?«, fragt er, während wir dabei zusehen, wie Riley auf seinen Krücken zum Stand humpelt.

»Nein«, sage ich. »Es ist gut und stärkt sein Selbstvertrauen, wenn er mal was alleine macht.«

»Wow. Du bist eine von diesen Pädagogen-Müttern. Meine war auch so.«

Ich verdrehe die Augen. »Nein, bin ich gar nicht!« Zur Strafe dafür, dass er das gesagt hat, kriegt er noch ein bisschen Zuckerwatte auf die Nase. Ich hab meine noch nicht fertiggegessen, Riley schon. Ich weiß auch genau, wer später Bauchschmerzen kriegen wird, doch das ist nicht so schlimm. Wichtiger ist, dass er sich richtig amüsieren kann!

»Doch, bist du, und ich finde es heiß.« Er legt seinen Zeigefinger unter mein Kinn und hebt es somit leicht an. Mein Herz flattert, als er mir näher kommt und mich küssen will. Dadurch, dass Keaton sich etwas zu mir runterbeugt, kann ich über seine Schulter sehen … und erstarre abrupt. Keaton merkt zunächst nicht, dass ich komplett steif bin und seine Lippen streifen meine. Der Plüsch-Superman fällt aus meinen Händen, genau wie der Rest der Zuckerwatte und da scheint Keaton zu checken, dass was nicht stimmt.

»Olivia?«, fragt er und nimmt mich an den Schultern, aber ich starre an ihm vorbei und Keaton folgt meinem Blick. Meinem Blick, der auf Riley liegt, vor dem Dexter kniet und ihn anredet.

Keaton

Es dauert ein paar Sekunden, aber dann hab ich die Situation erfasst, und in mir kocht es augenblicklich. Ich weiß aus den Unterlagen und den Recherchen, die ich über dich angestellt habe, wer das ist, Olivia.

Der aschblonde Typ im Holzfällerhemd, der vor Riley

kniet und ihn dumm anredet. Dexter. Dieser Hund.

»Das ist er, oder?«, knurre ich, nur, damit du es mir bestätigst. Und alles, was du zustande kriegst, ist ein Nicken. Ich habe dich noch nie so gesehen und ich werde dich nie wieder so sehen, Olivia. Zitternd, blass, mit Angst in den Augen. Von nun an wirst du nie wieder Angst haben müssen.

Ich lasse dich stehen, wende mich ab und marschiere los. Ich bin wütend, rasend, ich könnte jemanden töten, weil der Zorn durch meine Venen pumpt wie Gift. Aber ich werde vor Riley nicht die Kontrolle verlieren und ihn verängstigen. Er soll nicht denken, dass alle Männer Wichser sind, wie sein Vater.

Riley weiß, wer vor ihm steht. Es ist noch nicht lange genug her, als dass er seinen Dad hätte verdrängen können. Ich sehe seine großen, angstgeweiteten Augen und ich sehe, dass er ähnlich versteift ist wie du. Er hält sich an seinen Krücken fest, als würde er sie dem Mann jeden Moment über den Schädel ziehen wollen.

Das alles beobachte ich in wenigen Sekunden, dann bin ich da und die Erleichterung, die ich in Rileys Augen sehe, als ich bei ihnen ankomme, stimmt mich milder. In einer schnellen Bewegung habe ich ihn achtsam – wegen der Krücken – beiseitegeschoben und stehe nun zwischen ihm und seinem Erzeuger.

»Hey, Kumpel«, sage ich an den Wichser gewandt, der sich nun langsam erhebt. Er ist widerlich, Olivia. Ich kann nicht glauben, dass du dich mit so was abgegeben hast. Er stinkt nach Bier, hat einen Bauch, der über den Gürtel seiner Jeans hängt und hinter seinem blonden Vollbart sieht man sein Gesicht kaum noch. Die Augen sind kleine Knöpfe und seine Haut ist unrein. Riley sieht ihm in keiner Hinsicht ähnlich und sollte das jemand behaupten, leidet er an Wahrnehmungsstörungen. Das grenzt an eine miese Beleidigung.

»Wer bischt du denn, du Null?«, fragt er mich glucksend und ich atme gepresst aus.

»Riley«, sage ich, ohne den Blick von dem Hurensohn abzuwenden. »Geh rüber zu deiner Mom, ich regle das.« Ich weiß, dass er mich versteht. Ich bin jetzt wieder John und ich beschütze ihn. Er versteht das, Olivia, er ist schlau. Er geht. Ich schaue ihm nach, bis er bei dir ist und das löst dich aus deine Starre – endlich. Du sinkst vor ihn auf die Knie und überrumpelst ihn, als du ihn an dich presst, als würde ihn dir jeden Moment jemand aus den Armen reißen wollen. Aber ihr seid sicher, also schaue ich wieder zu dem Kotzbrocken.

Der hat meinen Blick in eure Richtung bemerkt und stichelt gleich los. »Ohhhh … du bischt wohl der Neue, hä? Isch weiß, sie hat ne Wundermuschi und so, aber lass dir bloß keinen Krüppel anhängen, Mann! Weiß ja nischt, was die Schlampe dir erzählt hat, aber sie ist ein dreckiges Flittchen!«

Gott, Olivia. Würde Riley uns nicht beobachten, hätte ich ihm die Nasenwurzel ins Hirn gerammt. Ich kenne jeden Trick, jede Technik, jemanden innerhalb von Sekunden auszuknocken und er hat es verdient. Mehr als das. Ich werde mich noch um ihn kümmern, er muss bestraft werden.

Nur nicht jetzt.

Nicht vor Riley.

Und nicht vor dir.

»Hör mir mal zu, du kleiner, degenerierter Bastard«,

flüsterte ich nahe an seinem stinkenden, fettigen Gesicht und presse durch meine Lederjacke meine Waffe gegen seine Rippen. Du weißt das nicht, Olivia, aber ich habe sie immer dabei. Es laufen viele kranke Menschen auf der Welt herum.

Als er das spürt, wird er bleich.

»Höre ich auch nur einen schlechten Ton, stellst du auch nur eine Nachforschung über Riley oder Olivia an, kommst du einem der beiden auch nur noch einmal zu nahe, lösch ich deine jämmerliche Existenz aus.« Ich schaue tief in seine kleinen Schweineaugen, sehe die Angst darin, sehe den Schweiß über seine Schläfen tropfen, doch er ist dumm – und dumme Menschen reden viel, genau wie Danny, Olivia. Genau wie Penny.

»Für *die* würdest du lebenslänglich riskieren? Hat sie dich in ihren Arsch gelassen oda was?«

Mit Wucht ramme ich ihm noch einmal die Waffe in die Taille und er keucht und weicht etwas zurück. »Ich komme sauber aus der Sache raus, mein Freund. Ich bin FBI-Agent und noch ein bisschen mehr. Ich lasse dich so verschwinden, dass man nicht mal mehr einen Knochen oder Zahn von dir findet, hast du mich verstanden?« Er wird blass, die Augen kneift er zusammen und funkelt mich an, gekränkt in seinem Männerstolz. »Nur noch ein Schritt oder ein Wort – und ich kriege alles mit, was du machst! – und du bist Geschichte, du hässliches Stück Scheiße.« Damit schubse ich ihn weg, aber … der Typ hat Eier, Olivia, das muss ich ihm lassen. Er schnauft und rennt wie ein wildgewordener Stier auf mich zu, holt aus, will mir eine geben, aber ich bin schneller, da ich ja auch nicht gesoffen habe. Ich ramme ihm meine Faust in die Nase.

»KEATON, NICHT!«, rufst du und willst dich einmischen, aber Gott, Olivia, tu das nicht! Bitte! Du zerrst an meinem Arm, und er will nach dir greifen – ich reiße mich los und gebe diesem Wichser einen Schlag, dass er zusammensackt.

Schwer atmend schaue ich mich um.

Die Musik ist aus – typisch kleines Dorf –, die Leute starren uns an und in der Ferne höre ich schon Sirenen. Wow, das ging schnell!

Aber sie sind mir egal, Olivia, ich will nur wissen, wie es euch geht.

Du weinst und Riley steht erschrocken beim Riesenrad und schaut zu uns rüber. »Geht es dir gut?«, frage ich dich und du nickst unter Tränen. Ich bin auf Adrenalin, Olivia, verzeih mir, dass ich so kalt bin. Mein Gehirn denkt sehr praktisch zurzeit.

»Komm her«, sage ich zu Riley und er zögert nicht, was mich stolz macht. Er kommt angehumpelt und ich nehme euch beide in den Armen.

Mir scheißegal.

Hauptsache euch geht es gut.

36. Hundert Prozent

Olivia

Wir sind zuhause und ich bin froh, dass meine Eltern schlafen. Dad wäre wahrscheinlich gleich mit der Schrotflinte losgezogen und Mom hätte Riley gedrückt und geweint und ihn damit noch mehr beunruhigt, hätten sie was von dem Vorfall erfahren.

Ich trage Rileys Superman und seine Krücken und Keaton trägt ihn. Er ist in seinen Armen eingeschlafen. Leise gehen wir die Treppen nach oben, in mein altes Zimmer, wo Keaton Riley ins Bett legt. Heute Nacht möchte ich ihn bei mir haben, denn ich hatte heute große Angst um ihn. Ich möchte nicht getrennt von Riley schlafen. Sanft ziehe ich ihm die Schuhe und die Jeans aus und drücke den Superman an seine Seite, ehe ich ihn zudecke. Dann setze ich mich auf die Bettkante. Ich weiß, dass Keaton hinter mir ist, ich spüre ihn und ich bin froh, dass er heute da war. Mir ist eben erst klargeworden, welche Macht er hat. Die Polizei hat ihn nicht mal vernommen. Er hat seinen Dienstausweis gezückt, als die zwei Polizisten ganz großspurig auf ihn zukamen und sie ruderten sofort zurück und salutierten halb vor ihm. Keaton musste nur kurz in Justizkauderwelsch erklären, was passiert ist (ich habe dabei kein Wort verstanden) – dann haben sie Dexter ins Auto gehievt und sich höflich von Keaton verabschiedet.

Mein Herz beruhigt sich erst jetzt so langsam und ich streiche Riley mit den Knöcheln über die reine Wange. Er ist so schön, so zerbrechlich. Was hätte ich nur getan, wenn ihn mir jemand genommen hätte? Wenn Dexter einen Wutanfall gekriegt oder ihm wehgetan hätte? Ich wäre nie wieder glücklich geworden. Er hat schon einmal Rileys ganzes Leben auf den Kopf gestellt und verändert und das wird nie wieder geschehen. Nicht, solange es mich gibt.

Ich spüre, wie die Matratze ein wenig nachgibt, als Keaton sich hinter mich setzt und sein Kinn auf meiner Schulter bettet. Es passiert immer öfter, dass er mir gegenüber seine distanzierte Haltung fallen lässt und mich einfach umarmt. Sanft zu mir ist … Ich rieche seinen Duft und spüre seinen Atem, während wir gemeinsam Riley mustern.

»Danke«, flüsterte ich und drücke die Hand, die er um meinen Bauch geschlungen hat.

Er küsst mich am Hals. »Immer.«

Fest schmiege ich mich an ihn und lasse mich von seiner Nähe beruhigen. Es ist so wunderbar, mit ihm hier zu sein, ich fühle mich sicher und kann mich fallen lassen.

»Ich denke, jetzt ist ein guter Zeitpunkt, dir etwas zu sagen«, flüstert er. Nur der Mond scheint ins Zimmer und lässt Rileys Gesicht blasser wirken, als es ist.

Wäre ich nicht so verstimmt, würde ich jetzt scherzen, ob er mir endlich seinen Makel offenbaren will, denn er ist zu perfekt. Ob er ein Auftragskiller ist oder bei der russischen Mafia. Aber ich halte den Mund.

»Ich habe etwas für Riley getan, ohne dich vorher einzuweihen.«

Jetzt werde ich ein wenig steif, aber als ich mich lösen und zu ihm umdrehen will, hält er mich nur noch fester, und so frage ich: »Was denn?«

»Da gibt es eine Klinik in New York. Sehr angesehen und nur für Privatpatienten. Ich habe Rileys Situation erklärt und ihm einen Platz gesichert. In den Sommerferien kannst du ihn hinbringen. Du kannst auch solange dort leben, wenn du das willst, oder ich beauftrage jemanden, der nach Riley sieht, oder … wie auch immer du es willst. Er könnte eine richtig professionelle Prothese bekommen, schließlich noch Physiotherapie und Training, damit er wieder laufen und alltägliche Dinge machen kann – ohne Hindernis.« Ich habe eine Schwester in New York. Lustigerweise ist das das Erste, was mir einfällt, als er mir all das offenbart. Und dann sickern die Worte in meinen Kopf.

»Keaton, das kann ich mir nicht leisten!«

Nun lässt er es endlich zu, dass ich mich umdrehe und ich schaue in seine weichen, schönen Augen. Er öffnet sich mir – wer wäre ich, ihm nicht den gleichen Gefallen zu tun?

»Ich weiß, Baby.« Sanft legt er die Hand um mein Kinn und lächelt. »Deshalb bezahle ich es. Kein Protest. Du bist mir nichts schuldig. Ich mache das für Riley, damit er keine Probleme mehr mit seinen Krücken hat und Kind sein kann, sofern das möglich ist.«

Mit einem Mal schießen mir Tränen in die Augen, dass ich nicht mehr richtig sehen kann. Nur verschwommen nehme ich ihn wahr und ein Schluchzer rollt über meine Lippen. So etwas hat noch nie jemand für mich oder Riley getan. So intensiv hat sich noch keiner mit uns befasst. Und niemand hat sich je so sehr dafür interessiert, wie es uns geht.

Er wischt mir die Tränen von den Wangen und ich würge immer wieder den Kloß in meinem Hals runter.

Jetzt lacht er. »Heißt das, du nimmst es an?«

Unter Tränen kann ich nur nicken und er küsst mich auf die feuchten Lippen.

»Danke«, hauche ich zittrig.

»Immer.«

Und in dem Moment sage ich es, weil es direkt aus meinem Herz auf meine Zunge rollt. »Ich gehöre dir, Keaton Rush. Zu hundert Prozent.«

Er legt den Kopf schief, hält mein Gesicht in seinen Händen. »Sicher? Ich bin ein bisschen psycho.«

Wieder muss ich lachen. »Was ist schon normal?«

Sein Daumen streicht über meine Unterlippe. »Wir jedenfalls nicht.«

* * *

Ich bin ein bisschen wehmütig, als wir uns am nächsten Tag nach dem Frühstück von meinen Eltern verabschieden, aber nach dem Zirkus mit Dexter habe ich schon wieder genug von allem. Ich verspreche meiner Mom, öfter anzurufen, und meinem Dad, auf mich aufzupassen. Riley wird mit Süßigkeiten überschüttet und reagiert wirklich tapfer darauf, was gestern war. Als ich ihn heute Morgen fragte, ob er darüber reden wollte, verneinte er nur, aber ich weiß natürlich, dass ich das Thema noch einmal aufgreifen muss. Ich will nicht, dass er Dinge verdrängt und sein Unterbewusstsein ihn später im Alltag blockiert.

Als wir in Keatons Auto steigen und das Ortsschild hinter mir langsam kleiner wird, atme ich durch und er greift nach meiner Hand. Wie er mit seiner Sonnenbrille am Steuer dieses Wunderwagens sitzt, ist so sexy! Und ich drücke die Finger, die auf meinen liegen, ehe ich nach vorne schaue.

Dort, wo eine ganz neue Zeit für Keaton und mich beginnen wird, weit weg von allem Alten und Schmerzhaften.

Wir als kleine Zuckerwattenfamilie.

37. Dein wahres ich

Olivia

Die Fahrt verlief relativ ereignislos. Ich habe schon ganz vergessen, wie es ist, den Luxus zu genießen, seinen Hintern umherkutschiert zu bekommen. Nicht auf irgendwelche Abfahrtszeiten angewiesen zu sein. Sich einfach nur entspannt zurückzulehnen und zu wissen, man kommt ohne Probleme am Ziel an. Das ist … schön.

Wie das ganze Wochenende mit Keaton Rush.

Zu schön, um wahr zu sein.

Ich habe schon ein bisschen Angst davor, was passieren wird, wenn wir daheim ankommen. Ob die Blase um uns herum einfach platzt und ich hart in der Realität aufschlagen werde? Ob er sich wieder von mir distanzieren wird? Und ich von ihm?

Riley schläft, als wir spät am Abend Chicago erreichen.

Immer wieder muss ich an Dexter denken, wie hilflos ich mich gefühlt habe, zurückkatapultiert in eine Vergangenheit, die ich hasse. Ich bin zu einer Liv geworden, die ich nie wieder sein wollte, die nur tatenlos danebensteht. Er hat mich doch nicht vergessen, und das hat mir ehrlich gesagt tierische Angst gemacht. Was, wenn er auf die Idee kommt, uns wirklich zurückzuwollen? Was, wenn er nach Chicago kommt – und Keaton dann nicht da ist?

»Da wären wir«, sagt er viel zu früh.

Ich will mich nicht von ihm trennen, aber nicht nur, weil ich mich bei ihm so geborgen fühle. Sondern auch wegen anderen – viel, viel aufwühlenderen Gründen.

»Ja.« Ich weiß, ich sollte jetzt aussteigen – aber ich rühre mich keinen Millimeter.

Keaton genauso.

Ich schlucke … und es hallt unnatürlich laut zwischen uns wider.

»Also …«, sage ich, er sieht mich nur an und hebt eine Augenbraue.

»Ja?«, fragt er mit einem sanften Lächeln und dreht mein Gesicht zu sich.

»Ich sollte gehen.« Er streicht mit dem Daumen über meine Unterlippe, während er mein Kinn festhält.

»Solltest du«, wispert er und beugt sich vor, küsst meinen Hals, direkt unter meinem Ohr, wo es mich besonders wahnsinnig macht – und ich stöhne leise auf.

»Aber ich will nicht!«, wimmere ich wie ein kleines Schulmädchen und fühle sein Grinsen an meiner Haut.

»Wieso nur?«, neckt er mich und lehnt sich zurück, sieht mir ernst in die Augen und ich verliere mich in seinen bodenlosen Tiefen.

Verdammt!

Dieser Mann ist mir schon viel zu sehr unter die Haut gegangen, ich bin wirklich völlig besessen von ihm – aber ich kann – und will nichts dagegen machen. Ich möchte nicht mehr kämpfen, ich möchte mich einmal im Leben einfach nur wirklich fallen lassen. Also hebe ich meine Hand und lege sie an seine Wange. Es ist immer noch so ungewohnt, ihn einfach zu berühren. Er strahlt manchmal so eine Gefährlichkeit aus, dass ich mich fühle, als würde ich einen wilden Löwen streicheln, einen hungrigen wilden Löwen, der nur auf die richtige Gelegenheit wartet. Aber Keaton greift mich nicht an und verschlingt mich auch nicht. Er hält still, sein Blick wird ein bisschen weicher. Ich umfasse seine Wange, streiche in seine seidigen Haare und spiele mit den Strähnen. Ich liebe es, ihn zu berühren … Und dann nehme ich all meinen Mut zusammen und frage einfach. »Würdest du bei mir bleiben?« Scheiß drauf! SCHEISS DRAUF!

Ich werde für meinen Mut belohnt, denn er dreht sein Gesicht, küsst meine Handfläche, während er sie mit seiner Hand festhält, dann nimmt er einen tiefen Atemzug und sieht mich unter seinen verboten langen Wimpern heraus so verdammt aufwühlend an. Er sagt »Immer!«

Und damit ist es beschlossen.

***

Er wirkt so deplatziert in meiner Wohnung, genauso wie im Esszimmer meiner Eltern. Er wirkt einfach wie aus einer anderen Welt, aber das Bild davon, wie er Riley auf seinen Armen in die Wohnung trägt, ist davor umso richtiger. Keaton behandelt ihn so unsagbar süß – dass ich es manchmal selbst nicht glauben kann. Denn er ist einerseits so hart, kühl und kontrolliert, aber bei meinem Sohn taut er auf und ist regelrecht liebevoll, geduldig und so witzig. Ich finde Männer, die gut mit Kindern umgehen sowieso schon unglaublich attraktiv, aber bei Keaton Rush sprengt das jeglichen Rahmen. Als er ihn in sein Bett gelegt und zugedeckt hat, will ich ihn am liebsten anspringen, aber ich lehne nur in der Tür und beobachte das sanfte Lächeln auf seinem Gesicht. Das es – als ob das möglich wäre – noch schöner macht. Er spürt wohl, dass ich ihn beobachte und hebt den Blick, grinst mich an – wieder wie der Löwe kurz vor dem Sprung. Dann kommt er auf mich zu, vergräbt die Hände in meinem Haar, schiebt mich aus dem Zimmer und küsst mich, wobei er mich an die Wand neben meiner Tür drückt.

»Du hast keine Ahnung, wie lange ich das hier wollte!«, murmelt er an meinen Lippen und ich frage mich nur kurz, was genau er damit meint.

Mir wieder nahe sein? Mich küssen? Mit mir in meiner Wohnung sein? Wie eine … Familie?

Ich habe keine Ahnung davon, und ich kann auch nicht weiter denken, weil er mir so ziemlich jeden Gedanken aus dem Schädel küsst, bevor er sich ruckartig von mir löst und meint: »Ich hole meine Sachen aus dem Auto.«

Mit geschwollenen Lippen und völlig berauscht lässt er mich zurück – und mit einem total bescheuerten Grinsen.

***

Wir essen Mikrowellenmakkaroni aus der Plastikschale, auf meinem kleinen Bett/Couch, während der Fernseher uns mit einer Folge »How I met your mother« berieselt und trinken Cola aus der Dose. Ich liebe das.

Er ist so unkompliziert – obwohl er auf den ersten Blick so undurchsichtig und kompliziert erscheint. Wir reden über das Wochenende, meiden aber das Dexter-Thema. Er drängt mich nie. Außer dazu, mich voll und ganz auf ihn einzulassen und ich bin froh, dass ich es getan habe, dass ich ihn in meine Welt gelassen und ihm alles von mir gezeigt habe. Aber jetzt will ich auch ALLES von ihm wissen.

Ich überlege, wie ich es ansprechen soll und ob ich nach

der kurzen Zeit nicht zu fordernd erscheine, allerdings ist bei uns der Schein doch unwichtig. Bei uns zählt was anderes ... Es ist unwichtig, wie es in einer normalen Beziehung laufen WÜRDE. Wir sind nicht normal, das hat er ja schon öfter festgestellt und ich muss ihm recht geben. Das was ich für ihn empfinde, ist zumindest nicht normal.

Also lege ich meinen letzten Bissen weg – an Essen kann ich jetzt nicht mehr denken und stelle auch sein Schälchen weg, sobald es leer ist. Er runzelt die Stirn, als ich mich seitlich auf seinen Schoß setze – was mir irgendwie immer noch jede Menge Mut abverlangt – und hebt eine Augenbraue. Aber seine Arme schlingen sich wie selbstverständlich um mich und er hält mich fest, während ich mit dem Zeigefinger zwischen seinen Brustmuskeln entlangfahre, die ich unter dem dünnen Pullover genau spüre.

»Keaton ...«, murmle ich und beobachte nur meinen Finger und bloß nicht seine aufwühlenden Augen.

»Ja, Olivia?«, fragt er und ist wie immer amüsiert.

Arsch ... Heißer Arsch. MEIN ARSCH!

»Ich habe dir das Wochenende alles von mir gezeigt, *alles*. Wer ich bin und wer ich sein will und was meine Wünsche und Träume sind und ... mir ist aufgefallen, dass ich so gut wie gar nichts über dich weiß.« Er versteift sich am ganzen Körper, und er antwortete nicht. Wirkt abwartend und ich zwinge mich dazu, hochzusehen – in seine Augen. »Ich würde gerne mehr über dich erfahren. Wer du bist, also wirklich.«

Er schweigt. Sieht mich nur starr an. Ein Muskel an seiner Wange zuckt. Das gefällt ihm nicht. Scheiße!

Habe ich jetzt alles zerstört, war ich zu voreilig? Habe ich ihn zu sehr gedrängt?

»Ich habe dir bereits alles über meine Vergangenheit erzählt, Olivia.«

»Und doch fühle ich mich, als hätte ich gerade mal an der Oberfläche gekratzt.«

Er hebt eine Augenbraue und macht mich SO nervös, aber ich rede weiter. »Mir kommt es so vor, als würdest du … eine Rolle spielen. Eine perfekte Rolle, genau auf mich zugeschneidert, aber keiner kann so perfekt sein. Jeder hat sein dunkles Geheimnis, du kennst meins. Du kennst meine Abgründe, aber ich habe keine Ahnung von deinen.«

Und die *sind* da. Ich kann es auch jetzt in seinem Blick sehen. Kann es immer fühlen. Da ist noch so viel mehr, was ich über Keaton Rush erfahren muss.

»Willst du das wirklich, Olivia?«, antwortet er nach einigen sprachlosen Sekunden und klingt … unruhig. Er schluckt, seine Augen sind hart und unerbittlich – er hält aber meinen Blick fest.

»Ja.« Ich muss nicht weiter darüber nachdenken, ich habe keine Angst, es gibt nichts, womit mich dieser Mann verjagen könnte, und dass es ganz schön harter Tobak sein wird, ahne ich bereits tief in mir. Doch ich bin bereit.

»Gut«, sagt er schließlich knapp und hart. Es gefällt ihm nicht. Gar nicht. Aber er wird sich mir öffnen – für mich.

»Keaton …« Ich umfange sein Gesicht mit beiden Händen und halte es wie etwas wahnsinnig Kostbares.

»Hm?«, schnaubt er genervt.

»Du weißt, dass du mich nicht vertreiben kannst.«

»Hmpf …« Er starrt stur an mir vorbei.

»Mit gar nichts. Ich gehöre dir, hundert Prozent, schon

vergessen?« Sein Blick gleitet zu mir, flackert. Und ich würde ihm gerne sagen, was ich WIRKLICH empfinde. Ich würde ihm gerne sagen, dass ich mich in ihn verliebt habe, dass ich ihn vielleicht sogar schon liebe. Er hat mir keine andere Wahl gelassen – in einen Mann wie Keaton Rush kann man sich nur Hals über Kopf verlieben. Er ist perfekt. Für mich – und mein Kind. Er will Riley eine neue Zukunft geben! Seitdem er mir das gesagt hat, schreit eigentlich nur ein einziger Gedanke in meinem Kopf herum. ICH LIEBE DICH, KEATON RUSH! Und alle meine inneren Stimmen schreien laut und deutlich mit. So sicher war ich mir noch nie mit nichts sonst auf dieser Welt. Doch ich halte mich mit allem, was ich habe zurück. Er würde mich wirklich für irre erklären! »Und ich liebe es dir zu gehören«, sage ich stattdessen. Das ist eine recht annehmbare leicht abgeänderte Variante von dem, was wirklich in mir vorgeht, oder? Jetzt lichtet sich sein Blick wirklich – es ist, als würden Wolken sich verziehen, und einen strahlend blauen Himmel freigeben – und er lächelt.

»Sag das nochmal!«, fordert er und ist nicht mehr so hart und unnahbar. Gott sei Dank.

Ich beuge mich vor und streiche mit meinen Lippen hauchzart über seine. »Ich liebe es, dir zu gehören«, hauche ich in seinen Mund. Seine Arme umfangen mich fester …

»Nochmal!«, fordert er und sein Atem ist mein Atem …

»Ich liebe es ….« Weiter komme ich nicht, weil er mich herumwirbelt, sich über mich beugt und mich küsst.

Mich mit allem küsst, was er hat.

Und ich küsse ihn mit allem, was ich habe, zurück.

38. Dark Side

Keaton

Ich bin nervös, Olivia.

So war das nicht geplant.

Aber was ist mit dir schon jemals geplant?

Da Riley am Montag schulfrei hat, gebe ich auch uns frei und wir verbringen den Tag … nun ja, wie eine Familie.

»Zuckerwattenfamilie«, das murmelst du heute im Schlaf vor dich hin und ich muss grinsen. Ich liege einfach nur da und beobachte dich, bade in dem Glück, das mich überströmt, wenn du einfach nur vor mir liegst und sanft lächelst, so wie gerade eben. Ich könnte dich stundenlang beobachten, Olivia. Das wird sich wohl nie ändern.

Ich mache Pfannkuchen für Riley und dich – du liebst sie. Aber natürlich tust du das, weil du alles liebst, was ich für den Kleinen mache. Danach gehen wir mit deinem sabbernden Ungetüm eine Runde im Park spazieren. Ich nehme Riley auf meine Schultern, als ich merke, dass er nicht mehr kann und du weinst fast. Du bist eine kleine Heulsuse Olivia, aber ich würde es anders gar nicht haben wollen. Du bist nun mal emotional, temperamentvoll und voller Feuer.

Feuer für mein Eis.

Riley könnte stolzer nicht sein, als er mit einem Mal so groß ist und alles überschauen kann und andere Kinder mal zu ihm hochsehen. Wir gehen in deinem alten Diner essen – weil du deine Stammkundschaft so vermisst und du stellst mich allen stolz als deinen Freund vor. Beim ersten Mal, als du das sagst, siehst du mich noch vorsichtig von der Seite an, aber als ich nicht weiter reagiere, als mit einem belustigten Schmunzeln und einem heißen Blick, wirst du rot und strahlst ab dem Moment wie die Sonne persönlich.

Für dieses Strahlen würde ich alles tun. Ich bin süchtig danach.

Du unterhältst dich mit deinen alten Tattergreisen, die alle scharf auf deinen Arsch sind, Babe, aber ich bin es, der ihn dir später versohlen wird – und noch so vieles anderes damit machen wird.

Bei dem Gedanken an unseren Ausflug heute Abend werde ich ganz kribbelig. Ich kann es kaum aushalten und andererseits weiß ich nicht, ob du schon so weit bist. Ja, ich weiß, in dir ist eine dunkle, verruchte Seite – Olivia. Aber es gibt einen Unterschied zwischen Dunkelheit und absoluter Schwärze.

Und ich habe vor, dich dahin zu entführen.

Entweder es wird eine Offenbarung für dich.

Oder du wirst laufen.

So weit war ich noch nie mit einer Frau.

Ich hatte immer nur unbedeutende One-Night-Stands und habe mir nicht die Mühe gemacht auch nur darüber nachzudenken, was eine Frau von meinen Vorlieben halten würde. Und von dem, was ich nachts mache, von *meiner* schwärzesten Seite. Ob es sie erschrecken würde, zu was ich wirklich fähig bin?

Aber bei dir mache ich mir Gedanken.

Bei dir macht es mich nervös.

Ich fühle mich, als wäre ich ein kleiner Junge, Olivia.

Unsicher und nicht ich selbst.

Du wirfst mich aus der Bahn, Baby. Du hast keine Ahnung wie sehr.

Nachdem wir wieder bei dir daheim angekommen sind, entschuldige ich mich und sage dir, du sollst mit deiner schrecklichen Freundin ausmachen, dass sie heute Abend auf Riley aufpasst. Ich muss noch ein paar Dinge für dich besorgen, du willst mich begleiten, willst dich nie wieder von mir lösen – ich sehe es in deinen Augen.

Aber es gibt Dinge, die muss ein Mann alleine tun, Olivia.

Und das gehört dazu.

Du akzeptierst es, weil du dir insgeheim sowieso schon Gedanken darüber machst, ob du zu viel von mir verlangst.

Olivia.

Selbst alles wäre nicht zu viel.

Ich würde dich auf der Stelle heiraten, wenn du das wollen würdest.

Ich würde dir fünf weitere Kinder machen und dir deinen geheimsten Traum von einer großen Familie erfüllen, wenn du das willst.

Ich würde mit dir an den verdammten Nordpol ziehen, wenn du das verlangen würdest – auch wenn ich Kälte eigentlich echt nicht ausstehen kann.

Denn es gibt eines, das ich weiß, so sicher, wie dass die Sonne am nächsten Morgen wieder aufgehen wird.

Du bist *alles* für mich.

Diese eine, die mein Herz berührt hat, diese eine, die es sich genommen hat – und ich kann nichts mehr dagegen tun. Und ganz ehrlich: Ich will es auch nicht mehr.

Du hast mein Herz, Olivia.

Und du kannst es behalten – ohne dich brauche ich es sowieso nicht mehr.

Olivia

Riley ist oben bei Penny. Es ist bereits dunkel – und ich warte darauf, dass Keaton zu mir zurückkommt.

Er hat gesagt, er muss mir ZEIGEN, wer er wirklich ist.

Er kann es mir nicht erklären.

Was will er mir zeigen?

Ich bin so aufgeregt, dass ich nicht sitzen kann und in meiner Wohnung auf und ab gehe. Ich putze nochmal die sowieso schon blitzende Küche und trinke ein Glas Wasser. Dann überlege ich mir, dass ich gerne mit Penny darüber reden würde – ernsthaft reden. Aber das kann ich nicht tun, weil Penny Keaton wirklich irgendwie nicht ausstehen kann. Als ich ihr vorhin sagte, dass Keaton einfach bei meinen Eltern aufgetaucht ist und dass wir ein unglaubliches Wochenende miteinander verbracht haben, hat sie nur die Augenbraue gehoben, und ihr Blick sprach Bände. *Wie er taucht da einfach auf? Woher weiß er, wo du bist? Das ist schon ein bisschen stalkerisch, oder? Lässt er dir überhaupt noch Luft zum Atmen, Liv?* Aber sie sagte nichts davon und das rechne ich ihr hoch an. Für Penny ist es nie leicht, ihre wahre Meinung für sich zu behalten – und gerade das liebe ich so an ihr. Aber ich will und werde mich nicht für Keaton rechtfertigen. Ich weiß, dass es richtig ist. Und was alle anderen sagen, ist mir so ziemlich egal.

Ich weiß, dass ich ihn will und dass auch er mir gehört, genauso wie ich ihm gehöre.

Das ist alles, was zählt.

Und doch bin ich ein nervliches Wrack.

Was hat er heute Abend mit mir vor?

Wohin wird er mich bringen?

Ich weiß, dass eine wirklich dunkle, abgefuckte Seite in ihm existiert, aber wie dunkel und abgefuckt … davon habe ich keine Ahnung.

Ich habe schon zu viele Bücher gelesen!

Zu viele Filme gesehen!

Und meine blühende Fantasie gibt dem ganzen noch den Rest.

Ist er ein gewiefter FBI-Agent am Tag und in der Nacht der eiskalte Auftragskiller?

Ist er wie Fifty und hat ein Spielzimmer?

Gehört er einer geheimen Sekte an?

Ist er ein Geheimagent?

Freimaurer?

Verdammt sei Dan Brown! Ehrlich!

Ich habe ihn die letzten drei Stunden dreimal angerufen.

Anruf Nummer eins lief so ab.

»Olivia?«

»Keaton! Sag mir, wo wir hingehen!«

»Keine Chance, Babe!«

(Ich schmollte.) »Okay.«

»Sei geduldig.«

»Ja, ja.«

»Du weißt, was das heißt, Olivia.«

»Du bist ja nicht hier, damit du mich am Arsch lecken kannst.«

»Das würde dir gefallen.«

»Ja, würde es.«

»Du bist ein Luder.«

»Und du liebst es.«

»Das tue ich, Baby. Jetzt leg auf. Ich muss weiter.«

»Na gut …« Ich legte nicht auf, sondern schmollte weiter, bis er einen strengeren Ton anschlug.

»Olivia, ich …«

»Na gut!«

Ich legte auf.

Nur, um ihn eine halbe Stunde später wieder anzurufen.

»Olivia?«

»Ich weiß nicht, was ich anziehen soll!« Das klang mehr als vorwurfsvoll und ich *spürte* förmlich sein Augenrollen.

»Lass das meine Sorge sein.«

»Aber …«

»Olivia!«

»NA GUT!« Ich legte auf. Das Handy klingelte gleich wieder und ich ging schuldbewusst ran. »Ja?«

»Wenn du noch einmal einfach so auflegst, Olivia Pierson, dann lege ich dich übers Knie, sobald ich da bin, und das ist keine leere Drohung!«

Oh wow. Alleine die Vorstellung daran machte mich feucht.

»Das macht dich gerade an, oder?« Er seufzte.

»Schon«, gab ich zu. Er lachte heiser und leise, was mich noch mehr anmachte.

»OH wir passen so gut zusammen.«

»Tun wir das?«

»Ja. Du darfst jetzt auflegen.«

»Aber …«

»LEG AUF!«

Ich legte auf … und rief ihn eine Stunde später wieder an.

»Olivia?« Er klang mittlerweile leicht genervt und wirkte außer Atem. Was machte der Mann nur?

»Wann kommst du?«

»Bald.«

»Wann ist bald?«

»Früh genug!«

»Du bist so kryptisch!«

»Und du verdammt neugierig!«

»Ja und!«

»Geduld ist eine Tugend, Baby.«

»Pff …«

»Ich bin in einer halben Stunde da, du bist dann besser nackt, rasiert und geil. Bis gleich.«

Das nahm mir jeglichen Wind aus den Segeln, doch als ich noch etwas sagen sollte, hörte ich nur noch das Tuten der Leitung. Ich war so schockiert, dass ich nicht noch einmal anrief.

***

Jetzt ziehe ich mich aus, weil die halbe Stunde fast vorbei ist – eigentlich wollte ich ja rebellieren und mich extra noch in Winterkleidung einpacken, aber irgendein Instinkt sagt mir, dass ich Keaton nur bis zu einem gewissen Grad reizen sollte. Und den habe ich mit meinem Telefonterror sicherlich ausgereizt.

Also setze ich mich völlig nackt auf meine Couch – ein komisches Gefühl … und warte …

Als er kommt, wirkt er verändert. Wie damals, als ich ihn kennengelernt habe. Verschlossen. Kühl und distanziert.

»Hi«, sage ich und verstecke meinen nackten Körper hinter der Tür, falls jemand vorbeigeht. Er hebt eine Braue.

»Hi«, sagt er und geht an mir vorbei.

Ich traue mich nicht, ihn anzufassen, als er hier mit regennassen Haaren an mir vorbeigeht und sein wunderbarer Duft mich trifft. Er hat eine Tüte dabei und stellt sie auf den Couchtisch, dann setzt er sich auf die Couch und breitet die Arme über die Lehne aus wie ein König vor seinen Untertanen. Er legt den Kopf schief und mustert, wie ich lippenkauend vor der geschlossenen Tür stehe und keine Ahnung habe, was ich jetzt tun soll. Er genießt das. Mich nervös zu machen. Und er ist hart – wie ich genau erkenne.

Ansonsten lässt er sich aber nicht anmerken, was er von meiner nackten Aufmachung hält.

»Zieh das an.« Er nickt zu der Tüte und ich gehe darauf zu, langsam vorsichtig und hole erstmal einen … roten Trenchcoat hervor, der perfekt zu dem roten Lippenstift passt, den er mir letztens erst geschenkt hat. Er ist wunderschön und ich sehe schon, dass er passt wie angegossen. Darunter liegt ein kleines Päckchen – mit Strapsen. Ich werde knallrot und sehe ihn an.

Sein Blick ist auffordernd und eine gewisse Ungeduld ist darin zu erkennen.

Ich schaue noch einmal in die Tüte, um mich zu vergewissern, doch tatsächlich, das sind die einzigen Stücke darin. »Sonst nichts?«

»Dazu der Lippenstift und die Heels, die ich dir letztens geschenkt habe.«

FUCK!

»Ich habe nicht ewig Zeit, Olivia!«, drängt er mich unerbittlich.

Wo ist nochmal der süße witzige Mann hin, mit dem ich vorhin telefoniert habe? Er wurde ersetzt …

Durch Mister *ich bin so heiß, wenn ich eiskalt bin* Rush.

Ich schlucke und tue dann mit wild klopfendem Herzen wie befohlen, doch ich will ihn auch ein bisschen aus der Reserve locken, deswegen stütze ich meinen Fuß auf seinem Knie ab, damit ich die dunklen Strümpfe mit der verruchten Spitze hochziehen kann. Er zuckt mit keinem Muskel, auch wenn er ganz genau zwischen meinen Beinen sehen muss, wie sehr mich diese Situation bereits aufheizt. Wahnsinn. Dabei hat er mich noch nicht mal berührt!

Ich ziehe beide Strümpfe an, dann schlüpfe ich in die Heels. Ich stöckle arschwackelnd vor ihm ins Bad und genieße seinen Blick auf meinen Hintern. In aller Ruhe lege ich den roten Lippenstift auf. Ich bin versucht, noch etwas andere Schminke aufzulegen, aber ich traue mich irgendwie nicht, irgendwas in Eigenregie zu tun, wenn er sich in dieser Stimmung befindet. Unberechenbar. Ja das ist er gerade.

Als ich zurückkomme, sitzt er genauso da wie zuvor.

»Stell dich vor mich«, sagt er und visiert meine Pussy an. Ich tue es … »Und drehe dich.« Ich fühle mich wie ein Stück Fleisch, als ich es tue, und ich liebe es. Ja, ich bin eine Hure, seine Hure! Und ich genieße es aus vollen Stücken.

»Gut! Jetzt zieh den Mantel an.« Ich tue, wie von ihm verlangt und schließe den Gürtel um meine Taille.

»Komm her«, fordert er und ich denke, er will mich noch einmal betrachten, doch als ich in seiner Reichweite bin, zieht er mich mit einem Ruck auf seinen Schoß und seine Augen und sein Gesicht sind nah … so nah.

»Ich gebe dir jetzt noch diese eine Chance, Nein zu sagen. Aber wenn du hier und jetzt Nein sagst, Olivia, dann war es das.« WAS?

Damit habe ich nicht gerechnet. Das ist unfair!

»Ja Baby, ich weiß, dass es unfair ist. Sieh mich nicht so an!« Er umfasst mein Gesicht und streichelt meine Wange mit dem Daumen. »Aber so ist das bei mir. Alles oder nichts. Einhundert Prozent, Olivia.«

»Einhundert Prozent!«, sage ich leise, so leise und schüchtern, so gar nicht wie ich und erzittere dabei etwas. Ich ahne, worauf ich mich einlasse, zumindest tief in mir … und ich habe doch ein wenig Angst. Wer hätte das bitte nicht?

»Dann wirst du mir also voll und ganz vertrauen und tun was ich sage?«, fragt er und ich nicke.

»Sag es, Olivia. Ich muss es hören. Sag, *ich werde dir voll und ganz vertrauen, Keaton Rush. Und ich werde tun, was du sagst.*«

»Ich werde dir voll und ganz vertrauen Keaton Rush. Und ich werde tun, was du sagst«, wiederhole ich atemlos und fühle mich, als wären wir vor dem Altar und ich würde dem Pfaffen nachsprechen, nur dass das, was er mit mir vorhat, alles andere als heilig sein wird. Mein Outfit spricht Bände.

»Und ich verspreche dir im Gegenzug, dass ich niemals etwas von dir verlangen werde, für das du nicht bereit bist, Olivia Pierson. Ich verspreche dir, dass ich dich respektieren und schützen werde, auch wenn es vielleicht nicht den Anschein machen wird.« Das macht mir mehr Angst als alles andere, was er bis jetzt gesagt hat. Sein Blick wird dunkler, er beugt sich vor und wispert in mein Ohr.

»Ja, Baby, du darfst Angst haben … das sollst du auch. Ich stehe drauf.« Und ich erschauere eiskalt, aber gleichzeitig ist seine Hand nach oben gewandert und er umfasst meine Pussy. Die feucht ist, alleine schon von diesem Gespräch. »Ich liebe es, dass du so mutig bist, Olivia …« Er schiebt zwei Finger in mich und biegt sie nach oben, massiert sanft meinen G-Punkt und bringt mich zum Keuchen … Ich werfe meinen Kopf zurück und er küsst mich auf die Kehle. »Nur wer mutig ist, bekommt das, was er tief in seinem Innersten will, Baby.«

»Gott, Keaton!«

»Ich weiß, was du willst«, raunt er an meinem Ohr und küsst mich darunter. »Ich weiß, wie du es brauchst. Und ich weiß ganz genau, wohin dein ganz persönlicher Abgrund hinführt …« Er fickt mich härter. »Ich will, dass du dich einfach fallen lässt, Olivia. Dass du stürzt. Und dass du fliegst und frei bist.«

Ich nicke und sehe ihm in die Augen.

»Und ich will, dass du mich auffängst.«

»Das werde ich immer tun!« Damit küsst er mich, kurz und knapp und verschmiert meinen Lippenstift, weil er sich wohl auch nicht mehr halten kann. Aber leider zieht er kurz darauf seine Finger zurück – und ich war so kurz davor – und sagt, dass wir jetzt gehen. Und ich bin noch aufgeregter, aufgewühlter und doch war ich noch niemals in meinem Leben so nah daran, ich selbst zu sein. Wie jetzt.

Und in dieser Nacht.

39. L'obsession

Olivia

Wir fahren ewig, hinaus aus der Stadt. Über eine verlassene nur von Straßenlaternen beleuchtete regnerische Landstraße. Als Keaton rechts in den Wald abbiegt, stockt mir der Atem.

Was soll das? Das hier gefällt mir nicht. Jeder Instinkt in mir läuft Amok. Ich bin gespannt wie eine Bogenfeder und fange langsam an zu bereuen, mich auf all das hier einfach so eingelassen zu haben. Ich meine ernsthaft. Wie lange kenne ich ihn? Wie gut kenne ich ihn? Er könnte auch ein verrückter Psychopath sein. Ein Mörder, der im Wald seine gruslige Hütte hat, in der er sich hübsche junge Frauen hält und sie langsam zu Tode foltert. Fuck! Liv! Dazu kommt, dass er jetzt ganz anders ist, als er heute am Tag war. Er ist nicht mehr süß und lieb, er ist nicht zärtlich. Er sieht mich nicht mal mit dem Arsch an, er weiß doch sonst immer, was in mir vorgeht, also muss er auch jetzt merken, wie verdammt nervös und verunsichert ich bin. Doch er beruhigt mich nicht … Die dunklen Wipfel der Bäume ziehen gespenstisch an uns vorbei, um uns herum ist nichts als Schwärze, seine Scheinwerfer beleuchten einen nicht befestigten Kiesweg und es gibt nicht mal einen Mond, der etwas Licht spenden könnte. Es regnet immer stärker und das Chaos in mir wird immer größer. Ich habe Riley. Ich habe Verantwortung. Was wird aus ihm, wenn ich nicht mehr zurückkomme … Was wird Penny denken? Wird sie sich um ihn kümmern? Und ich habe mich nicht mal von ihm verabschiedet! Habe ihm nicht gesagt, wie sehr ich ihn liebe und dass er die Sonne meines Lebens ist. Ich bin so dumm, so dumm, so … Vor uns tauchen wie aus dem Nichts zwei riesige dunkle Eisentore auf, eine Kamera erfasst unser Kennzeichen und sie gleiten auf. Wir fahren endlos über einen kleinen gepflasterten Weg. Um uns herum ist kein Wald mehr – sondern ein Park?

Okay! Wie eine Hütte sieht das hier gerade nicht aus, was sich langsam im Regen offenbart. Es ist ein … eine Art Architektenvilla! So eine, die man sonst nur in Zeitschriften von den Reichen und Schönen sieht! Modern, mit klaren Linien, und riesengroß! Aus schwarzem Stein. Hoch ragt sie in den Himmel … und kommt so plötzlich, dass mir die Spucke wegbleibt. Also damit habe ich jetzt mitten im Wald sicher nicht gerechnet!

»Klappen Sie Ihren hübschen Mund wieder zu, Miss Pierson«, neckt mich Keaton und steigt dann aus. Ein paar Sekunden später ist er an meiner Seite, er nimmt meine Hand und gibt seinen Schlüssel einem Pagen, *einem echten Pagen,* der hier mitten im Wald im Regen steht. Dann führt er mich die Marmortreppen nach oben zu den Flügeltüren der riesigen Villa. Und meine Knie sind schon jetzt weich. Doch ich klappe den Mund wieder zu und folge ihm …

Mein Mund ist zwei Minuten später wieder geöffnet, denn das Innere des Hauses ist noch eindrucksvoller als das Äußere. Man gelangt erstmal in einen riesigen Raum, mit einem Mann in Smoking, hinter ihm ist ein Vorhang und vor diesem Vorhang ist ein goldenes Absperrband entlanggezogen. Der Pinguin im Smoking verbeugt sich sofort, sobald er Keaton erblickt, und murmelt: »Guten

Abend Sir!« Keaton wird der Mantel abgenommen, aber als das ein weiterer Page auch bei mir tun will, bedeutet Keaton ihm, es sein zu lassen, und er zieht sich zurück.

Ein anderer Pinguin kommt mit einem Tablett. Darauf sind zwei pechschwarze Schnapsgläser mit einer klaren Flüssigkeit. Keaton reicht mir eins und nimmt sein eigenes. »Cheers!« Er stößt mit mir an. Seine Augen haben einen harten unnachgiebigen Glanz – der mich nervös macht, und so verkneife ich mir jeglichen Spruch. Schnell exe ich den sicherlich sauteuren Schnaps, der in meiner Kehle brennt, genau wie er – und merke fast sofort, wie ich ein wenig lockerer werde. Aber bei weitem nicht genug …

Von dem Oberpinguin wird Keaton als Nächstes eine Maske mit einem »Viel Spaß Sir« gegeben. Die Maske erinnert an eine venezianische Maske, aber ohne jeglichen Schnickschnack, in einfachem Schwarz, das perfekt zu meinen roten Lippen passt. Ich drehe mich wortlos von Keaton weg, damit er sie mir umlegen kann. Mein Herz schlägt immer schneller. Von drinnen höre ich bereits den tiefen Bass einer heißen rhythmischen und modernen Nummer, wieder nichts, was ich hier mitten in der Pampa erwartet hätte. Und erst recht nicht das, was ich erblicke, als wir durch den Vorhang treten. Und uns in einer Art riesigem Wohnzimmer wiederfinden. Oder sollte ich besser sagen Salon? Das Licht ist gedimmt, es leuchten außerdem unendlich viele verschieden große Kerzen, egal wo man hinsieht und tauchen alles in einen mysteriösen Schimmer. Die hier Anwesenden tragen alle Abendgarderobe, genauso wie Keaton, wie ich erst jetzt bemerke … Zumindest die Männer. Alle jung, sportlich, gut aussehend … wie er. Und die Frauen – die tragen *nichts*. Ich bin die einzig Angezogene hier und ich fühle mich sofort komisch entblößt. Genau deswegen. Wie irre. Verschiedene Chaiseloungen stehen herum, ein Kamin spendet behagliches Feuer. Rote und schwarze Rosen sind geschmackvoll im Raum arrangiert. Die Teppiche und die Möbel sehen genauso aus wie die erotischen, von Strahlern in Szene gesetzten Gemälde an den Wänden. Teuer und exklusiv. Es gibt ein Klavier in einer Ecke und ein Podest aus schwarzem Marmor mitten im Raum. Darauf befindet sich eine Art Altar – und ich schaue Keaton mit großen Augen an. Er sagt nichts. Ist fokussiert. Auf mich. Nur auf mich. Er sieht nur mich an und sonst nichts anders, saugt förmlich jede einzelne meiner Regungen in sich auf. Und wie mir langsam dämmert, wo wir hier sind. Und was er mit mir vorhat.

Meine Füße stoppen wie von selbst, rammen sich in den Boden und Keaton bleibt auch geduldig stehen – als hätte er nur auf so eine Reaktion gewartet.

Doch bevor ich etwas sagen kann, tritt eine Frau in mein Blickfeld, die selbst mir den Atem raubt. Ich bin ganz sicher nicht lesbisch, aber wäre ich es, würde ich ihr zu Füßen fallen. Sie hat rote, wallende und lange Haare, die zur Farbe ihrer Lippen passt, sie ist die einzige neben mir, die etwas anhat, ein knappes eng anliegendes Lederkleid, genau wie Heels an ihren endlos langen Beinen. Ihr Körper ist gerundet wie der einer Göttin. Alles echt, kein bisschen Silikon, wie ich sofort mit fachmännischem Blick und ziemlich neidvoll feststelle, und sie lächelt Keaton an. »Hallo John«, zwitschert sie anzüglich.

»Hallo Amber!« Er packt sie einfach unter dem Kinn,

hebt ihr Gesicht an und küsst sie. WAS ZUM TEUFEL!

Vor meinen schockierten Augen verschwimmt alles, nur um dann total scharf zu werden, förmlich aus allem anderen herauszustechen. Ihre Zungen spielen schamlos miteinander und ich fühle mich, als würde man mir den Boden unter den Füßen wegziehen. Das hätte ich nicht erwartet. Das tut weh!

Das geht gar nicht! Auch wenn es sexy ist, wie Keatons Kiefer bei dem Kuss spielt … und sie wirklich perfekt zusammenpassen würden, das denkt sich zumindest ein sehr bescheuerter Teil von mir, ein niederer Teil in mir, der Teil, den ich sonst nur auf einer Bühne herauslasse. Ich will mich von ihm losreißen, aber er hält mich am Oberarm fest, küsst sie weiter und lässt mich nicht los. Dann lässt er von ihr und grinst mich teuflisch und herausfordernd an und ich merke, dass hier ist nochmal ein ganz anderer Keaton Rush, als der Mann, den ich kennengelernt habe. Er ist ein Sadist, ein gewissenloser Barbar und ein Tier.

Er zieht mich ruckartig an sich und wispert in mein Ohr: »Nur ein kleiner Begrüßungskuss, Miss Pierson. Nichts weiter.« Vor meinen Augen verschwimmt wieder alles, dann nehme ich wieder seine vollen Lippen besonders scharf wahr.

»Fick dich!«, speie ich ihnen entgegen.

»Nein, ich werde dich ficken. Sehr bald.«

»Das kannst du nicht einfach machen!«

»Ich kann und ich habe«, sagt er nur und zieht mich dann hinter sich her. Ich bin sauer. Und ja, ich merke am Rande, wie ihm das gefällt, wie hart ihn das macht und denke mir, dass er wahrscheinlich genau das wollte. Mich total aus der Fassung bringen. Vor lauter Wut exe ich das nächste Glas irgendwas, das er von einer der *nackten* perfekten Kellnerinnen bekommt und merke fast augenblicklich, wie sich mein Kopf dreht und wie die Anspannung wieder von mir abfällt.

Er setzt sich mit mir auf eines der Sofas, mitten im Raum. Ein paar nackte Frauen küssen sich, während die Männer Karten und Poker spielen und Zigarren rauchen. Sie sehen mich nicht an. Nicht ein lüsterner Blick gleitet über mich … was mich wundert. Das bin ich nicht gewöhnt. Sonst sehen mich die Männer immer an, als wäre ich Frischfleisch, weil ich blond bin und Arsch und Titten habe. Keaton legt einen Arm um mich und dreht mein Gesicht zu sich. »Sie küsse ich, aber dich ficke ich, Olivia. Auch ich gehöre dir.«

»Dann solltest du sowas in Zukunft sein lassen! Zumindest wenn dir deine Eier was bedeuten!«, zische ich ihm zu. Er lacht leise und streicht mit seiner Nase über meine Schläfe, sein Duft umnebelt mich und ich schließe die Augen, als die Lust mich mit der Wucht einer Abrissbirne trifft … Gott, ich will ihn! Gerade WEIL er das gerade getan hat! So sehr! So irre!

»Dann lasse ich es sein. Dein Wunsch sei mir Befehl!« Er küsst mich und bewegt sich dabei so betörend auf meinen Lippen, dass ich es zulasse – auch wenn ich zuerst gegen ihn kämpfen will. Allerdings habe ich nicht damit gerechnet, wie erregt ich schon bin, alles in mir zieht sich verlangend zusammen. Ich will ihn. Hier und jetzt. Alleine die Atmosphäre und die Musik zieht mich in ihren Bann, in einen Rausch … Der flackernde Kerzenschein gibt einem das Gefühl von Intimität, als wären nur wir zwei hier. Doch gleichzeitig bin ich mir schmerzlich bewusst, dass wir es nicht sind, weil alles übersensibel zu sein scheint. Meine

Nervenenden sind angespannt und alles in mir kribbelt, als ich seine Zunge spüre und schon bald seine Hand, wie sie sich in den Ausschnitt des Mantels schiebt und er meine bloße Brust verwöhnt. Meine Nippel sind verräterisch hart. Ich öffne ein Auge und bemerke, dass ein paar der Männer sehr wohl starren. Sie sind alle sehr attraktiv, aber sie schauen nur und machen sonst nichts … Sie wirken geduldig, abwartend … als hätten sie alle Zeit der Welt und würden auf ein geheimes Zeichen warten. Für was auch immer.

Keaton spreizt mit einer Hand meine Beine und schiebt langsam den Stoff des Mantels hoch, entblößt mich, während er mich weiterküsst, mich in den Wahnsinn treibt und ich lasse es einfach zu. Dabei schaue ich die Kerle herausfordernd an, spreize sogar meine Beine selber – weil ich will, dass sie mich heiß finden. Genauso heiß, wie ich gerade werde. Mein Kitzler pocht und die Lust rauscht nur so durch meine Adern … als Keaton langsam den Mantel öffnet. Ich bin halbnackt, genau genommen ganz nackt – aber das ist auch kein großer Unterschied mehr zu dem, wie mich die Männer auf der Bühne gesehen haben. Ihre Münder öffnen sich jetzt, weil schneller geatmet wird, hier und da weiten sich Pupillen, doch sie rühren sich nicht. Keatons Hand rutscht an meinem Bauch herab, er umfasst meine feuchte Pussy und ich dränge mich gegen seine Handfläche. Ich brauche ihn in mir. Die Blicke der Männer werden gieriger, ein paar pressen nun die Lippen aufeinander, verlagern ihren Schritt, rutschen nervös herum und ich grinse zufrieden. Keaton sieht sie an und sie alle schauen sofort weg. Wow. Was ist das denn?

»Das gefällt dir, oder?«, fragt er an meinem Mund, doch ich kann nicht antworten, weil er zwei Finger in mich schiebt

… schamlos, dreckig, ein Bastard. Das ist er. Und ich liebe es. Ich stöhne seinen Namen, lasse meinen Kopf nach hinten fallen. Lasse mich gehen, als er sich vorbeugt und meine Nippel mit seinen Lippen und Zähnen streift, als er an ihnen saugt und mich gemächlich mit zwei Fingern fickt. Sie alle können es sehen, sie *sollen* mich sehen. Oh ja!

Sein Atem ist heiß, er atmet auch schneller, und als ich in seinen Schritt sehe, bemerke ich dort die riesengroße Delle in seiner Hose. Ich stöhne lauter.

Und meine inneren Muskeln krampfen sich um seine Finger herum zusammen. Ich kann ihn fast in mir fühlen und will, dass er es tut. *Sofort.*

Keaton zieht die Finger aus mir zurück und streicht mit ihnen zwischen meinen Schamlippen entlang. Nach oben. Und nach unten. Nach oben. Und nach unten. So verlockend und doch zu wenig …

Als ich meine Augen öffne, sehe ich nur ihn.

Nur ihn und seine berauschenden Augen, die momentan wie zwei dunkle Seen geradewegs in meine Seele blicken.

»Willst du da hoch auf die Bühne?« Mein Blick gleitet nach oben zu dem Podest … und ich schlucke, als ich wieder zu ihm sehe.

»Was wird dann passieren?«

»Alles, was du dir jemals tief in deinem Inneren gewünscht hast … und nichts, was du nicht willst.« Er legt ein Bein über meines und hält mich offen, als ich die Schenkel schließen will. Himmel!

»Woher willst du wissen, was ich will?«

»Ich kenne dich!« Er dringt mit zwei Fingern in mich ein, und ich keuche auf, klammere mich mit beiden Händen in die Couch unter mir, mein Becken hebt sich und drängt sich ihm entgegen. Vor Lust kann ich nicht mehr klar denken, komisch, dass ich überhaupt klare Sätze formulieren kann.

»Ich werde dich vor ihnen ficken, Olivia. So wie du es schon damals im Diner von mir wolltest, als du vor mir gekniet hast und mich deine Augen angebettelt haben, es dir direkt vor der Scheibe zu besorgen«, raunt er in mein Ohr und macht mir mit seinen Fingern vor, was er meint. »Ich werde dir unendliche Lust bescheren, dich fliegen lassen … Baby.«

»Oh Gott!«, keuche ich, weil er seinen Ständer an mir reibt. Das an mir reibt, was ich so dringend in mir haben will.

»Es wird hart und rücksichtlos. Es wird genauso, wie du es dir vorstellst, wenn du alleine bist. Und das kann jetzt wahr werden.«

Ich nicke, noch bevor ich wirklich darüber nachgedacht habe. Denn alles in mir schreit *JA!*

Er grinst endlich anerkennend, seine Augen funkeln vor Lust und Leben und Begierde. Er wispert »Ich wusste es!« Und küsst mich kurz. Das gleicht einem heftigen Gefühlsausbruch zumindest auf Keatisch …

Dann steht er auf und zieht mich auf die Bühne. Sobald ich den Schritt hoch mache, fühle ich alle Blicke auf mir, als hätten sie jetzt die Erlaubnis zu gucken und ich fühle, wie das Blut mir in die Wangen steigt und woandershin.

»Du kannst immer Stopp sagen«, wispert mir Keaton von hinten ins Ohr und zieht den Trenchcoat herab, so dass ich nur in Heels und Strapsen auf dem Podium stehe, scheinbar erleuchtet von allen Seiten – so kommt es mir zumindest vor. Mein Kopf dreht sich, alles in mir pocht. »Du kannst es jederzeit beenden. Oder mehr verlangen!«, macht er mir klar und schiebt mich mit seinem Schritt nach vorne. Zu einer Art Altar aus schwarzem Stein hin. Keaton hilft mir, mich daraufzulegen. Der Stein ist kühl unter mir, er zieht mich so weit nach vorne, dass mein Hintern direkt an der Kante ist und streckt meine Arme nach oben, hält sie dort fest gegen den Stein gedrückt, ist über mich gebeugt und sieht mir in die Augen, während zwei andere Männer meine Arme fesseln. Ich fühle mich gestreckt, hilflos ausgeliefert, ein Instinkt in mir dringt nach oben, ein Fluchtinstinkt, doch ich sehe in seine dunklen, ruhigen Augen und weiß, dass ich sicher bin. Solange er an meiner Seite ist, bin ich immer sicher.

»So schön«, wispert er, sobald ich festgemacht bin und mich nicht mehr rühren kann. Die anderen Männer verschwinden von der Bühne und ich liege da … Atemlos … fast keuchend und fühle alles noch intensiver. Ich fühle mich wie das berühmte Opferlamm auf einem Altar. Seinen Zeigefinger, der von meinem Fußknöchel nach oben über mein Bein, meinen Venushügel, meinen Bauch, zwischen meinen Brüsten entlang und bis zu meinem Kinn streift. Er stupst es leicht an, sodass ich ihn ansehen muss, als er sich über meinen Kopf in Position bringt. »Willst du das hier wirklich?«, fragt er noch einmal. Weich und wie mein Keaton.

Ich schlucke. Und nicke.

»Nein, Baby, sag es mir.«

»Ich will es, Keaton Rush.« Es ist kaum mehr als ein Wispern, aber es kommt aus dem tiefsten und verdorbensten Teil meines Herzens.

Er lächelt und beugt sich vor, küsst mich … und alles

verwischt wieder, als ich seine Lippen schmecke. Er berührt mich … knetet meine Brüste, stöhnt in meinen Mund, als sich meine Brustwarzen aufstellen und gleitet mit zwei Händen weiter herab, bis zu meinem Bauch, ich winde mich und kann mich doch nicht rühren. Und stöhne frustriert, als er von mir wegtritt und mich umrundet … So sexy … so elegant, die Bewegungen wie fließendes Wasser und den durchdringenden Blick nur auf mich gerichtet. Er stellt sich zwischen meine Beine und öffnet langsam seine Hose.

Zu langsam.

Mich anstarrend. Ich halte es kaum aus und winde mich.

Da gibt es nur noch ihn und mich.

Mich und ihn. Und sonst nichts und niemanden auf dieser Welt. So intensiv habe ich noch nie empfunden. Noch nie gelebt. Es ist der Wahnsinn.

Und als er sich endlich in mich schiebt, komme ich im selben Moment, zerspringe ich in tausend Einzelteile und weiß – ich werde nie wieder dieselbe sein.

***

Und dann mit einem Mal sind überall Hände. Starke, männliche Hände. Nur dafür erschaffen, um mir Lust zu bereiten. Denn ja, ich hatte gerade einen wirklich intensiven heftigen Orgasmus, aber mein Körper lechzt immer noch nach mehr. Sie streicheln über meine Brüste, zwicken in meine Brustwarzen und fahren mir zwischen die Beine. Gemächlich, langsam, ruhig. Nicht widerlich grapschend. Nein, nur für mich und meine Befriedigung, sie huldigen mir, ehren mich. Ich öffne die Augen und sehe nach rechts, weil ich instinktiv weiß, dass *er* dort ist. Er sitzt in einem Sessel direkt neben mir und zündet sich gerade eine Zigarre an, sein Blick ist mit meinem verwoben. Er ist dunkel und verdammt angeturnt. Besonders als ich aufstöhne, weil sich ein anderer riesiger Schwanz in mich schiebt. Ich keuche auf und meine Muskeln umklammern ihn gierig. Ich schaue den Kerl an, sehe nur seine Bauchmuskeln, wie sie sich bewegen, seine starken tätowierten Arme, dunkle Haare und volle Lippen, die sich nach vorne beugen und meinen Hals küssen. Der Kerl ist heiß. Ich will, dass er in mir kommt. Ich will ihn genauso in den Wahnsinn treiben, wie die anderen Hände es bei mir tun. Wie es Keatons Blick tut. Als ich dem Fremden mein Becken entgegen hebe, stöhnt Keaton auf … er berührt sich nicht. Wirkt völlig gefasst und konzentriert, aber sein Blick verrät ihn. Er ist total erregt … und ich bin es auch … Ich komme bereits nach kurzer Zeit noch einmal … genauso wie der Kerl. Er spritzt in ein Kondom … bevor sich der Nächste in mich schiebt. Genauso gut bestückt, genauso sexy – ich frage mich, ob es hier irgendwen gibt, der *nicht* fickt wie ein Gott … Oder ist es nur Keatons Anwesenheit, die mich so anheizt, die mich davonträgt?

Weg von jeder Moral, von jedem Fünkchen Gewissen.

In eine Welt, die nur aus Lust und Begierde besteht.

In der ich immer mehr und mehr und mehr bekomme und immer wieder komme …

Ich gebe mich voll meinen animalischen Instinkten hin.

Der Lust. Dem Rausch. Ich weiß nicht genau, wie viele Männer mich ficken. Ich weiß nicht genau, wie viele Orgasmen ich habe. Aber als ich aus den Wellen der Lust wieder auftauche, als der Rausch langsam abebbt, dämmert es bereits am Horizont.

Keaton

Ich liebe dich gerade, Olivia.

Du hast mich gelehrt, was das Wort Liebe bedeutet.

Du hast mich gelehrt, was Gefühle bedeuten.

Wie es ist, wenn einem jemand anderer wichtig ist, außer man selbst.

Ich sehe, wie sie dich ficken, wie dein heißer Körper vor Schweiß glänzt, wie du wieder kommst und zuckst und stöhnst. Du stöhnst nur meinen Namen, du siehst nur mich an. Weil du weißt, dass du mir gehörst. Dass dies hier mein Geschenk an dich ist. Ich erfülle dir deine innigsten verbotensten Fantasien, Baby.

Ich lasse dich *frei.*

Und als du nur noch daliegst und dich nicht mehr rühren kannst, komme ich wieder zu dir, streichle dein Gesicht, streiche dir die verschwitzten Strähnen aus den Augen und … du lächelst mich an.

Das ist der Moment, in dem ich verloren bin.

Wirklich verloren.

Für jetzt und für alle Zeit.

40. Ich liebe dich

Olivia

Ich bin noch ganz neben mir, als Keaton mir von dem Altar hilft und den Mantel überzieht. Ich kann in den Heels nicht gehen, denn meine Beine haben schlichtweg keine Kraft mehr. Doch als sie unter mir einknicken, ist da sein Arm, der mich sicher auffängt. Er hebt mich kurzerhand auf seine Arme und trägt mich raus an die frische Luft. Ich lehne meine Stirn an seine Brust und halte die Augen geschlossen.

Langsam lichtet sich der Nebel und zusammen mit der frischen Luft, die meinen Kopf klärt, wird mir auch wirklich klar, was ich gerade getan habe.

Mit wem ich es getan habe … und wie schamlos ich dabei war. So … so …

»Was ist das hier?«, frage ich, als wir auf der Veranda vor der Villa stehenbleiben und Keaton mich auf die Beine stellt. Ich schaue an der Fassade nach oben, als wir auf sein Auto warten … Das Haus wirkt jetzt noch dunkler, genauso wie er da drinnen eben war.

»Das ist das l'Obsession. Eines meiner unzähligen Etablissements«, antwortet er und sieht mich fast schon vorsichtig an. Nur sehr langsam wird mir klar, was er mir da gerade gesagt hat. »DEIN Etablissement?«

»Ja.« Er sieht mich undurchdringlich an.

Ich starre ihn nur an und sehe nochmal vor meinem geistigen Auge all die Dinge ablaufen, die da drinnen passiert sind.

Wie er mich benutzt hat.

Ohne jegliches Gewissen.

Ohne Skrupel.

So kalt und rücksichtslos.

Aber vor allem, wie sehr ich das genossen habe.

Und Scham trifft mich heftig.

Ich bin Mutter! Ich habe meinen Stolz und sehr wohl ein Gewissen! Sogar ich habe eine Schamgrenze!

Aber da drinnen habe ich mich wirklich aufgeführt wie eine Hure! Eine wirkliche Hure!

Verdammt! Wie konnte ich nur so bescheuert sein! So … so …

»Hey …«, sagt er sanft und sein Zeigefinger hebt mein Kinn. »Schäme dich nicht. Scham wird uns anerzogen, nichts, was wir von Haus aus in uns haben. Und sie ist absolut unnötig! Hinter diesen Mauern lassen wir alles fallen, was uns anerzogen wurde. Jeder einzelne von uns. Wir sind einfach nur wir. Fühlen nur, was wir fühlen. Und wir denken nicht, wir *zer*denken nicht. Das hier ist meine Welt, doch ich konnte es dir nicht einfach erzählen, weil es dich zu sehr abgeschreckt hätte. Ich musste es dir zeigen, es dich fühlen lassen. Es ist jetzt schon passiert! Was passiert ist, ist passiert und im Endeffekt zählt nur eins: Hat es dir gefallen?« Ich nicke mechanisch.

»Hattest du Spaß?« Ich werde knallrot, nicke aber wieder.

»Das ist alles, was dich zu interessieren hat. Man sollte sich nie für etwas schämen, wenn man etwas tut, was man liebt, Olivia«, wiederholt er seinen Satz von damals und ich verstehe so viel …

Über mich.

Und über ihn.

Keaton Rush.

Das da drinnen war grandios. Absolut mindblowing.

Doch obwohl ich so oft gekommen und ich eigentlich total befriedigt bin, fühle ich immer noch einen Funken Erregung, der konstant durch meine Adern lodert. Das ist doch nicht normal.

»Wieso bin ich immer noch erregt?«

»In den Getränken ist ein leichtes Aphrodisiakum, Olivia. Damit man lockerer wird.« Locker. Oh ja. Das bin ich da drin wirklich gewesen. »Aber es treibt dich zu nichts, was du eigentlich nicht tun willst«, betont er ernst. Und ja, er hat mich tausendmal gefragt, ob ich das wirklich will und er hat mich die ganze Zeit beobachtet und ich weiß, dass er das alles beim kleinsten Zeichen von Unbehagen abgebrochen hätte … dass ich sicher war …

Aber … irgendwas stört mich nach wie vor.

Irgendwas, wo ich nicht den Finger drauf legen kann, irgendwas, das dieser eigentlich so berauschenden, einzigartigen Erfahrung einen ganz miesen Beigeschmack verleiht … Ich kann nur nicht richtig drauf kommen, weil mein Kopf immer noch ganz benebelt ist, als würde ich neben mir stehen.

Ich runzle die Stirn und habe so viel Fragen an ihn, sehe ihn mit einem Mal mit anderen Augen. Keaton Rush ist nicht der brave Geschäftsmann, ein Mann des Gesetzes, ein Mann, der nur dazu gemacht ist, um andere zu schützen, so wie ich angenommen habe. Er hat auch eine andere zerstörerische und sehr skrupellose Seite an sich. Eine Seite, die gewillt ist das zu teilen, was ihm gehört. Ob er hier schon mehr Frauen hergebracht hat, um sie vor anderen zu ficken? Ob ich nicht die Erste bin, die das hier mit ihm getan hat? Ich befürchte nein.

Aber das ist es nicht, was mir so zusetzt. Das ist es nicht, was mich innerlich zerstört.

Denn ganz ehrlich.

Ich habe das da drinnen aus vollen Zügen genossen.

Ich habe ihm vertraut.

Und ich liebe ihn, liebe ihn so sehr, wie ich noch nie einen Mann geliebt habe … und mit einem Mal muss es raus, ich kann es nicht mehr für mich behalten.

»Keaton«, sage ich leise und dann kommt die Wahrheit wie von selbst aus mir heraus. »Ich habe Angst vor dir, vor dem, was du in mir auslöst.« Das Auto kommt, aber er scheucht den Pagen mit einer wegwerfenden Handbewegung davon. Dafür nimmt er kurz darauf mein Gesicht in die Hände. Seine Augen sind so nah.

»Du hast Angst, weil du noch nie sowas Intensives gespürt hast und du wirst auch niemals wieder sowas spüren wie mit mir. Ich fordere dich heraus, weil ich weiß, was in dir steckt, verborgen unter jeder Menge Fassaden, die du zwanghaft versuchst aufrechtzuerhalten, um den anderen was zu beweisen. Ich bin dafür da, dass du alle Seiten von dir kennen und lieben lernst. Deine dunkelsten Abgründe und deine hellsten Sternstunden. Ich habe dir schon mal gesagt, mit mir ist es alles oder nichts. Also wenn dir das hier eine Nummer zu hoch ist und du dich nicht mit dir selber auseinandersetzen kannst oder willst, dann sag es mir *jetzt*. Dann fahre ich dich nach Hause und wir sehen uns nie wieder.« Ernst schaut er mir in die Augen, und wartet geduldig, doch ich weiß, wenn ich jetzt das Falsche sage, dann ist das hier vorbei. Und es macht mir Angst, was ich empfinde, wenn ich mit ihm zusammen bin, aber gleichzeitig ist es auch aufregend und ich kann nicht mehr darauf verzichten und das Otto Normalverbraucher-Leben einer Mutter und Hausfrau führen.

Er bietet mir hier so viel mehr als das, was ich mir jemals gewünscht habe.

Mehr, als ich mir jemals vorstellen könnte.

Und vor allem lerne ich durch ihn Dinge über mich, ich setze mich auseinander mit meinen dunkelsten Fetischen, meinen geheimsten Geheimnissen und unterbewussten Träumen. Ja, er hat recht, er hilft mir.

Aber andererseits weiß ich nicht, wo meine Grenzen liegen und wie weit ich gehen kann.

»Vertraust du mir?«, fragt er, als in meinen Augen nichts weiter zu finden ist als Verwirrung und Unsicherheit. Darauf gibt es nur eine Antwort.

Ich nicke.

Er lächelt schief, beugt sich vor, direkt zu meinem Ohr und fragt: »Liebst du mich?« Mein Herz bleibt kurz stehen, während Gänsehaut über meinen gesamten Körper rieselt und jede einzige Faser in mir durchdreht. Alles in mir reagiert darauf und schreit nur ein einziges Wort. *JA!*

Ich schlucke und schließe die Augen, als er ganz leise haucht: »Ich liebe dich auch.«

Und das ist alles, was zählt.

Zumindest für den Moment.

Epilog

Du siehst mich nicht, aber mittlerweile ahnst du, dass ich da bin.

Ich bin immer da – egal, was du machst. Nach wie vor.

Egal, ob du die liebevolle Mutter bist oder meine *verdorbene Hure.*

Ich beschütze dich, wenn du denkst, es ist kein anderer für dich da, ich höre dich, wenn du denkst, keiner hört dir zu, und ich sehe dich, wenn du am liebsten unsichtbar sein würdest. Ich fühle dich, wenn du deinen kleinen, heißen Körper an mir reibst und wenn du in deinem kleinen Kostüm meine Assistentin spielst.

Ich weiß, was du denkst, wer du bist und wer du gern sein würdest.

Ich weiß, was du brauchst und du hast es bekommen.

Du bist jetzt mein.

Und das wird sich nie ändern.

Denn dieses Spiel hat gerade erst begonnen.

ENDE (vorerst)

Ausschnitt aus POSSESED
Hitze, Stalking und schlabbernde Ungetüme

Keaton

Ich liebe es, wenn dir zu heiß ist, Olivia. Du liegst jetzt schon seit guten zwanzig Minuten in Unterwäsche auf dem Fußboden deines Wohnzimmers, um dich herum sind zwanzig Ventilatoren aufgestellt. Die laufen auf höchster Stufe, aber dir ist immer noch zu heiß.

Ich zoome heran und kann die Schweißtropfen erkennen, die dir übers Dekolletee laufen. Ich weiß, ich könnte jederzeit vor deiner Tür stehen und dich haben, aber dich zu beobachten, hat seinen ganz besonderen Reiz. Der wahrscheinlich niemals aufhören wird, mich zu faszinieren.

Du hast immer noch keines der zwanzig Pakete ausgepackt, die ich dir geschickt habe. Gefüllt mit neuen Schuhen, neuer Kleidung, neuer Schminke – und das liegt nicht etwa daran, dass du zu stolz bist, sondern einfach nur daran, dass du faul bist. Seit wir Riley in die Klinik gebracht haben, bist du sehr, sehr faul geworden, Olivia. In deiner Spüle stapelt sich Geschirr von mindestens einer Woche, du isst jeden Tag Nudeln mit irgendeiner anderen Soße und du schläfst auf dem Sofa mit Rosie, die überall schleimige Fußabdrücke hinterlassen hat. Ich habe dir zwar angeboten, dass du bei mir schlafen kannst, aber du bist sogar zu faul, deine Sachen zu packen und zu mir zu kommen. Also muss ich dich immer besuchen, in diesem Saustall, in dem ich mir irgendwann Herpes zuziehen werde. Du weißt gar nicht, was du mir antust, Baby. Und ich kann mir echt nicht erklären, wieso du mich trotz allem immer noch so anturnst. Ich bin ja mal gespannt, ob du am Montag überhaupt zur Arbeit erscheinst, so faul, wie du gerade bist – und ob du überhaupt irgendwo noch eine saubere Bluse hast. Vielleicht wirst du dich deshalb ja durchringen, eins der Päckchen zu öffnen, die ich dir geschickt habe. Da sind echt, echt hübsche Blusen drin, Baby, genau dein Geschmack und noch viel schönere Dessous. Ganz nach *meinem* Geschmack. Ich bin es langsam leid, ständig dieselben Sachen an deinem heißen Körper zu sehen. Wirklich. Es wird mal wieder Zeit, ein bisschen Action in dein faules Faultierleben zu bringen, Olivia. Also nehme ich mein Handy und rufe dich an. Dabei beobachte ich, wie du zusammenzuckst, als der Klingelton ertönt, den du für mich eingespeichert hast. Darth Vader – du warst mal wieder so lustig, Olivia. Du liegst einfach da und überlegst dir ein paar Sekunden, nicht ranzugehen, um mich zu ärgern. Ich kenne dich. Alleine dafür gehört dir der Arsch versohlt. Aber schließlich stupst dich dein haariges Ungetüm mit der Nase an und du erbarmst dich und greifst, immer noch auf dem Boden liegend, nach deinem Handy.

»Japp«, gehst du ran und ich grinse, weil du lächelst.

»Was machst du gerade, Baby?«

»Ach, ich habe voll den stressigen Tag«, seufzt du theatralisch. »Ich putze die ganze Zeit, Rosie hat wieder in die Wohnung gemacht und Penny braucht auch Hilfe … Ach, und natürlich gehe ich die ganzen Papiere und Benimmregeln durch, die du mir geschickt hast.«

»Sehr löblich.«

»Ja, ich höre ja drauf, was du mir sagst.«

»Du bist ein braves Mädchen«, hauche ich und überlege mir in aller Ruhe, wie ich dich für das hier bestrafen werde. Wie immer, wenn ich diesen einen Tonfall bei dir einschlage

… Ich entscheide, dich ein bisschen mehr schwitzen zu lassen. »Weißt du noch, als ich dir gesagt habe, ich sehe dich überall und ich bin immer da, Olivia?« Sofort springst du auf die Beine, siehst dich panisch um und stolperst gegen das Sabberding. Das bellt auf und du erschreckst dich tierisch, rennst fast gegen die Couch und packst dir deinen Morgenmantel, der darauf liegt. In einer schnellen Bewegung hast du ihn angezogen und siehst dich mit verengten Augen um. Ich kann nicht anders, als breit zu grinsen.

»Stalkst du mich etwa?« Mit verengten Augen siehst du dich weiter um und ich muss fast lachen.

»Ich würde nie auf die Idee kommen, dich zu stalken, Baby. Das machen nur Irre.«

»Haha!«, sagst du sarkastisch … und ich denke mir nur: *Wenn du wüsstest.*

»Vergiss nicht, dass du das Abschluss-Gespräch mit Mrs. Arschfresse, wie du sie nennst, um dreizehn Uhr hast.«

»Hä, woher weißt *du* davon?«, fragst du argwöhnisch. Ja, Olivia, in deiner Version weiß ich nur davon, dass wir Riley nach seinem Klinikaufenthalt an eine neue Schule schicken werden, die ihm gerecht wird. Immerhin habe ich die besten Kontakte und du hast dich darauf eingelassen, dass ich etwas Besseres für ihn finde, was auch nicht gerade billig ist, aber für deinen Sohn schluckst du gern deinen Stolz herunter. Das liebe ich auch an dir. Du weißt aber nichts davon, dass ich deinen gesamten Terminplan kenne – und das soll nach wie vor so bleiben.

»Ich weiß alles von dir, gewöhne dich endlich dran! Und mach *endlich* wieder einen Menschen aus dir!« Damit lege ich einfach auf.

Im Rush mit Mr. Rush

Olivia

»Ernsthaft?« Ich starre mein Handy immer noch böse an, lange, nachdem er aufgelegt hat. Ich bin *immer* ein Mensch, selbst, wenn ich es *nicht* bin. Okay, ich weiß, dass ich die letzten Wochen ein wenig zugenommen habe, aber Keaton sagt, das steht mir! Und ja, meine Haare sind öfter mal ein bisschen fettig, ich kann damit eine Pfanne einfetten, wenn ich will, aber seit Riley weggegangen ist, lasse ich mich halt ein bisschen gehen und tue wirklich nur das, worauf ich auch Lust habe. Diesen Luxus hatte ich noch nie – und ich genieße ihn aus vollen Zügen.

Ich vermisse Riley auch ein bisschen und ernähre mich ungesund, aber ich habe die Gewissheit, dass es ihm da, wo er jetzt ist, gut geht und er glücklich wieder zu mir zurückkommen wird. Ich habe Geld! Dank Keaton! Der Verrückte hat mir schon mal Lohnvorschuss überwiesen! Fünftausend Dollar! Das erste Mal in meinem Leben könnte ich einfach so in ein Geschäft gehen und mir kaufen, was ich will. Oder die Wohnung kündigen und in eine schönere ziehen. Vor meiner Haustür steht ein kleiner roter Mini Cooper, den ich aber nur sehr selten nutze, da es ein Geschäftswagen ist, den mir Keaton aufgezwungen hat. Okay, ich muss zugeben, ich liebe dieses Auto ein bisschen. Sie heißt Mathilda und ist gerade mal drei Monate alt. Ich hatte noch nie einen Neuwagen oder überhaupt einen Wagen. Meinen Führerschein habe ich vor zwei Jahren mit dem Geld aus dem Stripclub gemacht, aber ein Auto plus Versicherung war mir dann doch zu teuer. Überhaupt ist in den letzten Wochen viel passiert, was ich nie für möglich gehalten hätte. Riley ist tagsüber in der Klinik und nachts bei meiner Schwester Louisa, da sie in New York lebt. Obwohl sie die totale Karrierefrau und Single ist, kümmert sie sich liebevoll um ihn. Sie hat schon immer einen Narren an ihm gefressen, aber wie könnte man Riley auch nicht lieben?

Er ist keine normale kleine Kröte, sondern ein wahrer Schatz. Keaton liebt ihn auch, fast so sehr wie mich, da bin ich mir sicher. Und das ist auch einer der Gründe, wieso ich mich letztendlich auf ihn eingelassen habe. Obwohl ich keinen Mann und erst recht keine Beziehung in meinem Leben wollte. Da ich das Gespräch mit Miss Arschfurunkel habe, muss ich mich langsam fertigmachen und ich habe keine Lust, auf ihre ungefickte Angepisstheit. Sie ist chronisch wütend auf mich – und wahrscheinlich auch auf den Rest der Welt – und denkt, ich vernachlässige mein Kind und ich wäre eine schlechte Mutter und ich weiß nicht, wieso ich mit so einer Person überhaupt reden muss. Auch noch mitten in den Sommerferien, als hätte man nichts anders zu tun. Aber sie meinte ja, es wäre soooooo dringend … und ich habe augenrollend einem Abschlussgespräch zugestimmt.

Erstmal suche ich mir was Sauberes zum Anziehen und fange schon mal an, mich mit Rosie darauf vorzubereiten. Leider habe ich keine sauberen Klamotten, weil ich, seit Riley gegangen ist, weder gewaschen noch geputzt habe. Jetzt muss ich wohl oder übel eines der tausend Päckchen öffnen, die Keaton mir geschickt hat und ich weiß, dass da Schuhe drin sind. Denn er hat mir nicht nur einmal gesagt, dass er meine zerfetzten Schuhe nicht mehr sehen kann und dass er an meinem Körper Klamotten sehen will, die mir mehr schmeicheln. Ich schaue Rosie an und äffe Keaton nach: »Deine Figur ist zu schön für Massenware, Olivia, du kannst keine Kleidung von der Stange tragen, Olivia, du bist zu gut dafür, Olivia.« Rosie legt den Kopf schief und ein Sabbertropfen fällt auf den Boden. »Du bist so süß, wenn du sabberst!« Ich kann nicht widerstehen, gehe in die Hocke und kneife ihr in die Wange. Rosie sieht mich nur mit ihren glupschigen Glupschaugen gelangweilt an.

Ich seufze und mustere den Kartonstapel mit in die Hüften gestemmten Fäusten, wie einen Erzfeind. Dann nehme ich mir Päckchen für Päckchen vor, um herauszufiltern, was Klamotten und was Schuhe sind. »Okay, Victoria's Secret, da ist wahrscheinlich nichts drin, was ich vor der Lehrerin tragen kann.« Ich schmeiße den Karton hinter mich und widme mich dem nächsten. »Bloomingdales … Wünschst du dir wirklich, dass ich aussehe, wie eine aus der Fifth Avenue oder was?« Ich schaue zu Rosie und murmele: »Ja, ja schau mich nicht so an. Ich weiß, dass er mich nicht sehen kann.« Und widme mich dem nächsten Karton. Meine Augen werden riesig wie Unterteller, als ich lese, was drin ist. »H und M!«, stoße ich aus wie ein Gebet und fange sofort an, den Karton aufzurupfen. Ein kleines Kärtchen ist dabei, worauf in Druckbuchstaben steht: **Ich habe gewusst, dass du dieses Päckchen als Erstes öffnest, Olivia. Es ist zwar nicht, was ich gerne an dir sehe, aber es ist, was du gern trägst.** Und ich muss total bescheuert grinsen, während ich mir das Kärtchen an die Brust drücke.

Gott, ich liebe, liebe, lieeebe diesen Mann!

Voller Glückshormone leere ich die Klamotten auf dem Boden aus, wo Rosie überall ihre Haare verteilt hat, und schwelge ein bisschen darüber. Röhrenjeans für zwanzig Dollar, Oberteile für zwölf, bunte Sommerkleider für dreißig Dollar … und ein Pyjama auf dem steht: *Ich bin ein Donut.* Das ist Keatons Art von Humor und ich muss leise vor mich hinkichern, wie eine total Irre. Ich entscheide mich für ein gelbes, luftiges Sommerkleid mit dünnen Trägern. Gelb und fröhlich, weil ich mich fühle, wenn ich an ihn denke. Dann gehe ich ins Bad und mache mich fertig.

***

Ich parke mit meinem total unauffälligen roten Mini direkt vor der Schule, setze die Sonnenbrille auf und steige aus, dabei male ich mir in meinem Kopf die Musik von Rambo aus, der in den Kampf mit Mrs. Arschgesicht zieht. In meinen hübschen, flachen Sandalen erklimme ich die Treppen zum Gebäude und stoppe ruckartig, als ich erkenne, wer da steht und mir bereits die Tür aufhält.

Heilige Scheiße. Was macht der denn hier?

Er sieht wunderbar aus, trägt weiße lockere Chinos und ein dunkelblaues Polohemd spannt sich um seinen athletischen Oberkörper und seinen Bizeps. Fuck … ich schmelze … Sein dunkles Haar ist wie immer zurückgestrichen und ich muss daran denken, wie ich mich darin verkrallt habe, als er es mir heute Morgen auf dem Küchentresen mit dem Mund besorgt hat. Er lächelt, als wüsste er, was ich denke und nimmt seine Sonnenbrille ab, um sie in den Ausschnitt seines Shirts zu stecken.

»Keaton!«, blaffe ich ihn an.

Er grinst. »Olivia.«

»Was machst du hier?«, wispere ich ihm zu, sobald ich vor ihm stehe und sein Duft mich noch ein bisschen mehr durcheinanderbringt.

»Ich möchte sehr gerne diese Mrs. Krampfarsch, wie du sie immer so gern nennst, auch mal kennenlernen.«

»Du kannst nicht einfach, ohne dich anzumelden, zu einem Lehrergespräch kommen, Keaton!«

»Ich konnte auch zu deinen Eltern kommen, ohne mich anzumelden, Baby. Ich kann und ich habe, jetzt geh!« Am liebsten will ich wie ein Kind mit dem Fuß aufstapfen, weil er hier einfach auftaucht, unverschämt sexy aussieht und mich gar nicht nach meiner Meinung fragt. Aber ich weiß ganz genau, dass ich gar keine Diskussion mit ihm anfangen muss, wenn er in dieser Stimmung ist, also gehe ich an ihm vorbei ins Gebäude und fühle, wie er mir folgt. Das wird allerdings noch ein Nachspiel haben.

Vor dem Klassenzimmer atme ich noch einmal durch und klopfe dann. Irgendwie bin ich auch froh, dass er dabei ist, was ich ihm natürlich niemals zeigen würde. Rein aus Prinzip.

»Herein!«, quäkt es und ich bekomme Kotzreiz, als ich ihre widerliche Stimme höre.

Sobald ich die Tür nur einen Spalt geöffnet habe, versprüht sie auch schon ihr Gift. »Schön, dass Sie es auch mal einrichten konnten, zu einem Lehrergespräch bezüglich Ihres Sohnes zu kommen.« Bevor ich etwas Spitzes erwidern kann, betritt auch Keaton das Zimmer und streckt ihr seine Hand entgegen. »Guten Tag, ich bin Mister Rush, schön, dass Sie so engagiert sind, Mrs. Garvey.« Sie starrt ihn einige Sekunden einfach nur an. Und ich verdrehe die Augen. Sie ist schon total hypnotisiert von ihm, aber ich bin es mittlerweile schon gewöhnt, dass er diese Wirkung auf Frauen hat. Bestimmt läuft der Schlodder schon ihre Beine herunter, weil sie seit zweitausend Jahren keinen Sex mehr hatte. Ich muss grinsen und versuche es mir zu verkneifen. Komisch, soeben war das kleine Krötengesicht mit der Brille auf der Spitznase noch total verhärtet, doch sobald sie Keatons Hand geschüttelt hat, wirkt es weicher.

»In welchem Bezug stehen sie zu Riley?«, fragt sie.

»Und in welchem Bezug stehen Sie zu meiner Frau, dass Sie sich erlauben, so mit ihr zu reden wie ich es immer mitkriege?«, feuert Keaton sofort, ohne mit der Wimper zu zucken, zurück. Sein Gesicht ist total ruhig und entspannt, während mein Mund aufklappt und ich zwischen den beiden hin und her sehe. Das Krötengesicht schnappt hörbar nach Luft und weiß erstmal gar nicht, was es sagen soll. Ich kann es ihm nicht verübeln. Die meisten geben klein bei, wenn Mister Rush losfeuert. Doch ich kann nur denken: *Seine Frau!*

»Ich kann mich nicht erinnern, mich jemals bei Ihrer Frau im Ton vergriffen zu haben, Mister Rush! Setzen wir uns erstmal!« Sie ist immer noch leicht verdattert, hat sich aber schon gefangen und deutet auf die Stühle. Während mein Herz immer noch rast, weil er mich gerade *seine Frau* genannt hat und sich das so schön anhört. Wir setzen uns und ich liebe es, dass ich hier jetzt nicht alleine sein und mich dem Drachen stellen muss. Zu zweit ist so vieles leichter auf dieser Welt.

»Ich habe bis dato gedacht, dass Sie alleinerziehend sind, Mrs. Pierson.«

»Nun, da haben Sie falsch gedacht, kommen wir doch mal

zur Sache. Was ist das Problem? Vielleicht kann ich ja helfen?«, fährt Keaton dazwischen, lehnt sich entspannt zurück, einen Arm auf meiner Stuhllehne und spielt ziemlich ablenkend mit meinen Haaren. Wahrscheinlich will er, dass ich mich entspanne, dabei macht er es nur noch schlimmer und ich kann mich auf nichts mehr konzentrieren.

»Nun …« Mrs. Kröte öffnet ihr kleines Pingelheft und sieht sich ihre pingelig geschriebenen Notizen an. »Es ist so, dass Riley meistens nicht wirklich dem Unterricht folgt. Er interessiert sich lieber für die Vögel draußen, als für den Stoff hier drinnen. Und jedes Mal, wenn ich an ihm vorbeigehe, kritzelt er irgendwelche Superhelden auf seinen Block.«

Keatons Miene ist total entspannt. »Ich weiß nicht, was das Problem ist. Erstens: Kann er draußen in der Natur mehr lernen als hier drinnen, wo er getrimmt wird wie ein Soldat, der sich nicht frei bewegen und kein Kind sein darf. Und zweitens: Wollen Sie mir etwa wirklich erzählen, dass Kreativität etwas Negatives ist?« Die Kröte ist baff. Mit dieser Antwort hat sie nicht gerechnet.

»Wir sind hier eine Schule, Mr. Rush und kein Spaßverein. Wenn Sie meinen, dass Ihr Stiefsohn in der Natur viel lernen kann, dann können Sie am Wochenende ja Ausflüge mit ihm machen und auf Comic-Messen gehen. Hier in der Schule sollen die Kinder etwas lernen, was sie auf die Zukunft vorbereitet, und dazu gehören auch Regeln.«

»Ich habe niemals in meinem Leben irgendwas davon angewandt, was ich im Physik- oder Chemie-Unterricht gelernt habe, ich habe keine Ahnung, wieso ich in der Highschool einen Frosch sezieren musste, und ich weiß auch nicht, warum Sie glauben, dass Kinder es schaffen, sechs Stunden dazusitzen und zuzuhören, wenn Sie so monoton reden, dass sogar ich einschlafen würde. Wenn Sie *das* auffälliges Verhalten nennen, dann waren Sie nicht an meiner Schule, als ich in Rileys Alter war. Das sind Kinder, die müssen sich bewegen, die sind mal abgelenkt und Sie sollten vielleicht Ihren Unterricht interessanter gestalten, dann hören auch mehr von ihnen zu.«

Vor Aufregung bekommt die Kröte auf ihrem sommersprossigen alten Dekolletee ganz viele rote Flecken und ich muss mir nun wirklich ein Lachen verkneifen. »Also sowas musste ich mir noch nie anhören, ich bin schon seit dreißig Jahren an dieser Schule! Das ist eine Frechheit!«

Keaton übergeht ihre Empörung gekonnt und redet einfach gelangweilt weiter, als hätte sie gar nichts gesagt: »Also haben Sie uns letztendlich für ein Abschlussgespräch herbestellt, um uns mitzuteilen, dass der Junge ADHS hat und am besten ruhiggestellt werden sollte, damit die Lehrer es mit ihm einfacher haben, oder wieso sind wir sonst hier?«

»Sie sind nicht nur wegen Ihres Sohnes hier, sondern weil Ihre *Frau* …« sie malt tatsächlich Gänsefüßchen in die Luft, »... zu keinem einzigen Elternsprechtag erschienen ist, mit dem Vorwand, dass sie arbeiten musste, und jetzt erfahre ich, dass sie nicht mal alleinerziehend ist. Ich weiß nicht mal, ob Ihr Kind Ihnen so egal ist, dass Sie es nicht für nötig befinden, sich zu interessieren, wie es in der Schule läuft.« Ein Muskel an Keatons Wange zuckt, das ist kein gutes Zeichen, zumindest für Mrs. Krötengesicht. Ich muss mir schon länger das Lachen verkneifen.

»Nun, Riley hat nur Einser bis Dreier?«, sagt Keaton stolz

und redet auch schon weiter, wobei er sich etwas vorlehnt und die Kröte automatisch zurückweicht.

»Das Privatleben meiner Frau geht Sie außerdem einen feuchten Scheißdreck an, wie Sie ihre Freizeit und ihre Arbeitszeiten gestaltet ebenfalls. Sie werden dafür bezahlt, den Unterricht so zu gestalten, dass die Kinder etwas lernen und ausgeglichen nach Hause kommen. Mehr hat sie nicht anzugehen. Riley erfreut sich bester Gesundheit, abgesehen von seinem Bein, er ist ein neugieriges, aufgewecktes und glückliches Kind. Ein ganz *normales* Kind, wie Millionen anderer Kinder auch. Machen Sie Ihren Job und in Ihrer Freizeit suchen Sie sich ein Hobby, damit Sie auch mal richtig ausgelastet sind und glücklich nach Hause gehen nach Ihrer Arbeit. Dann haben Sie es auch nicht mehr nötig, sich in das Privatleben der Eltern einzumischen. Sollte ich noch irgendwelche Beschwerden von meiner Frau hören, googeln Sie den Namen Keaton J. Rush, überlegen Sie sich, welche Verbindungen ich habe und malen Sie sich den Rest selbst aus. Riley wird von dieser unfähigen Schule genommen und auf eine Schule gehen, in der er sein darf, wer er ist. Olivia, wir gehen.«

Ich habe bis jetzt kein einziges Wort gesagt und starre nur wie ein Schaf, als Keaton sich erhebt und mir den Vortritt lässt. Auch die Kröte ist völlig bleich geworden und weiß nicht mehr, was sie sagen soll. Sie starrt uns wortlos hinterher, als wir das Klassenzimmer verlassen. Ich kann nicht anders und muss nochmal meinen Kopf reinstecken, ihr nochmal breit grinsend winken, dann zieht mich Keaton mit einem Ruck aus dem Raum.

***

Sobald die Tür hinter uns zu ist, verändert Keaton sich wieder und schüttelt die Wut von sich ab, er streicht sich durch die Haare und sagt: »Fuck, ich wollte mich gar nicht so einmischen, ich schwöre es dir, Olivia, es tut mir le…« Weiter kommt er nicht, weil ich ihn am Kragen gepackt habe und rückwärts zu den Toiletten ziehe. Ich küsse ihn und genieße sein heiseres Stöhnen, als er seine Finger in meinen Hintern bohrt und auf meinen Überfall eingeht.

Er hat mich gerade angemacht. Und ich will ihn.

Jetzt. Wir stolpern rückwärts in die Lehrertoilette, wo es nur zwei Kabinen gibt, und nehmen die erstbeste. Keaton kickt die Tür mit dem Fuß zu und presst mich dagegen.

»Miss Pierson, so unerzogen, was würde Mrs. Garvey nur zu ihrem Überfall sagen?«, neckt er mich rau.

»Wahrscheinlich sind genau *das* hier ihre geheimen Fantasien ...« Wild fahre ich ihm durch das Haar, während ich an seinem Hals eine feuchte Spur hinterlasse und kriege gar nicht genug von ihm. »Und was sie zu dem Überfall sagen würde? Vermutlich: *Oh mein Gott, Mr. Rush, Sie sind so männlich und groß ...*«

Er lacht leise und sein Atem kitzelt meine Wange. »Oh Miss Pierson, was soll ich nur mit Ihnen anstellen?«

»Ficken Sie mich Mister Rush. Hier und jetzt!«

»Mit dem größten Vergnügen, Miss Pierson.« Er streicht mit einer Hand unter meinen Rock und schiebt sie gleich unter mein Höschen. Ich halte die Luft an, als ich seine Fingerspitzen an meiner intimsten Stelle fühle. Er grinst teuflisch und schiebt langsam zwei Finger in mich ...

Oh mein Gott, das fühlt sich so gut an. Ich werfe stöhnend den Kopf zurück.

»Aber Margeret, ich habe Ihnen doch gesagt, dass Madame Pussy keinen Käse essen darf!«, bohrt sich auf einmal die widerliche Krötenstimme durch meinen Lustrausch und ich erstarre und schaue mit großen Augen zu Keaton hoch.

Der grinst breiter – und zeigt mir mit einem Zeigefinger vor den Lippen, dass ich leise sein soll. Ich beiße mir auf die Unterlippe, weil er nicht etwa seine Finger aus mir zieht oder sowas. Und währenddessen geht es weiter, denn Madame Pussy hat Durchfall, wie wir sehr bald erfahren. *Madame Pussy, who the fuck is Madame Pussy?* Wir linsen durch den kleinen Spalt und ich sehe Miss Garvey mit ihrem Handy vor den Waschbecken hin und her laufen und zetern. Sie schiebt sich die Brille unentwegt zurecht und sieht total besorgt aus. »Meine arme, arme Pussy. Ja, machen Sie ihr am besten eine Wärmflasche ... und geben Sie ihr ein wenig Lebertran.«

Ich musste ein Lachen unterdrücken und presste meine Stirn gegen Keatons Schulter. Fuck!

Der Frau ist wirklich nicht mehr zu helfen.

Sie beendet ihr Gespräch, macht ihr Geschäft direkt neben uns, und verschwindet dann aus den Toiletten, ohne sich die Hände zu waschen.

Ich kann nicht mehr und muss einfach loskichern ... Keaton lächelt mich an, und er ist dabei so verdammt schön. Dann fängt er an, die Finger in mir zu bewegen, und raunt: »Na, dann kümmern wir uns mal um *deine* Madame Pussy.«

Erste Arbeitstage sind scheiße

Erste Arbeitstage sind scheiße. Du kennst keinen, alle schauen dich sowieso komisch an, weil du das hübsche, blonde Dummchen bist, und wahrscheinlich wissen auch noch achtzig Prozent der Mitarbeiter, dass du mit dem Boss schläfst und den Job deswegen bekommen hast. Die Frauen hassen mich sowieso, und die Männer haben nichts Besseres zu tun, als mir auf die Titten und den Arsch zu starren, und mich nicht für voll zu nehmen.

Eine gute Sache hat das Stripgeschäft für mich gehabt. Ich bin mir darüber bewusst geworden, dass ich eine schöne junge Frau bin, aber auch darüber, dass Männer Wichser sind. Die meisten.

Und trotz all dem Scheiß, den ich mir so über meinen ersten Arbeitstag denke, bin ich voller Elan, als ich mich um sieben Uhr fertigmache und in die hübsche weiße Bluse und den Bleistiftrock schlüpfe. Ich telefoniere, so wie jeden Morgen, beim Frühstück mit Riley und genieße den ausgelassenen Klang seiner Stimme, wenn er mir über seine neuesten Fortschritte berichtet. Gott, ich vermisse ihn …

Nachdem ich Rosie hoch zu Penny gebracht und ein paar Worte mit ihr gewechselt habe – in letzter Zeit reden wir nicht gerade viel, weil sie mit Keaton immer noch nicht wirklich einverstanden ist – gehe ich runter und setze mich in mein Auto. Die Daten, wo ich hinkommen soll, hat Keaton mir, wie vereinbart, bereits geschickt und ich runzle verwirrt die Stirn, als das Navi mir ein Ziel außerhalb der Stadt anzeigt. *Straße ohne Namen. Halleluja, das klingt alles andere als vertrauenswürdig.*

Okay, vielleicht treffen wir uns ja in einem geheimen Mafiaversteck oder sowas … *Aber ich werde in meiner frisch gebügelten Kleidung sicher keinen Quickie mit ihm haben oder irgendwelche Verbrecher durch Unterholz jagen*, denke ich mir und fahre los.

Hinaus aus der Stadt, geradewegs Richtung nirgendwo …

Irgendwann verliert mein Navi sogar das GPS-Signal, weil ich in einem gottverdammten Wald ankomme. Will der mich eigentlich verarschen? Ich versuche, ihn anzurufen, aber nicht mal dafür reicht mein Netz. Wie ist es überhaupt passiert, dass ich von der Straße ohne Namen abgekommen bin und hier in meinem hübschen Businesskostüm und den Heels mitten im Wald stehe? Mein knallroter Mini lockt sicher alle Bären im Umfeld an.

Ich verfluche Keaton Rush, entscheide mich aber schließlich dazu, dem Weg einfach noch weiter zu folgen. Ich weiß, jeder normale Mensch wäre zurück auf die Straße ohne Namen gefahren, aber ich kenne Keaton und glaube nicht, dass ich mich verfahren habe. Nach guten fünf Minuten rumtuckern durch die Pampa, inklusive Arschmassage durch prähistorische Straßen voller Schlaglöcher, komme ich an einer Lichtung an, wo ich Keatons schwarzen Maserati vor einer absoluten Bruchbude stehen sehe. Die Fassaden blättern ab, Unkraut bewuchert das Haus und das Gelände drumherum, die Fenster sind teilweise eingeschlagen und das Dach ist nur noch zur Hälfte vorhanden.

Verdammte Scheiße, er ist doch ein Killer, ich wusste es!, denke ich, steige aber aus und gehe auf das Haus zu, anstatt endlich schreiend davonzulaufen.

»Keaton?«, frage ich leise, während ich mit meinen Absätzen im Matsch versinke und mich fluchend immer wieder daraus befreie … Ich muss ein erbärmliches Bild abgeben. Über kaputte Pflastersteine gehe ich weiter auf das Haus zu und drücke schließlich eine morsche Holztür auf. »Keaton?«, frage ich leise, weil ich Angst habe, dass bei einem zu lauten Geräusch das Haus über meinem Kopf einstürzt.

»Ich bin hier, Baby!«, ruft er und ich bin etwas erleichtert und folge seiner Stimme. Er steht in etwas, was wohl mal das Wohnzimmer war – perfekt in seinem dunklen Anzug – und schaut sich alles mit in die Hosentaschen vergrabenen Händen an. »Ist es nicht wunderschön?«, fragt er verträumt und ich sehe mich angewidert um. Ich sehe eine rattenverseuchte, uralte Couch und von einem der Dachbalken glupschen mich kleine schwarze Äuglein an. Ich brülle auf. »IHHHH, da oben ist ein Opossum, Keaton!«

Er schaut mich nicht mal an, als er antwortet: »Das ist Daisey, lass sie in Ruhe, sie hat mehr Angst vor dir als du vor ihr.«

»Okay, soll ich dir und Daisey vielleicht etwas mehr Freiraum geben und rausgehen?«

»Bist du jetzt auch auf ein Opossum eifersüchtig, Olivia?«, fragt er und dreht sich endlich zu mir um. Seine Augenbraue ist gehoben und er ist wie immer, wenn ich mich ein bisschen bescheuert aufführe, belustigt.

Arsch.

»Was sollen wir hier, Keaton?«

»Du musst deine Fantasie spielen lassen, Baby!«

»Oh bitte, wir werden hier keinen Sex haben!«

»Jetzt stell es dir vor …« Er tritt von hinten an mich heran und schlingt die Arme um meinen Bauch, lehnt das Kinn auf meine Schulter und sagt: »Da, wo Daisey sitzt, hängt der Kronleuchter. Darunter befindet sich eine Chaiselounge … da drüben gibt es eine Bar und hier einen lauschigen Kamin. Hier befindet sich ein Andreaskreuz und dort ein Whirlpool …«

»Was zum Teufel, Keaton, hast du Drogen genommen?«

»Oder wie würdest du es einrichten?«

»Was einrichten?«

»Den Club, Baby.«

»Club?«

»Na, du arbeitest ab heute für mich, oder?«

»Jaaa«, antworte ich zaghaft.

»Das heißt, du wirst mir bei allem, was ich tue, zur Hand gehen.«

»Sollte ich das nicht beim FBI tun?«, frage ich verwirrt.

Er lacht amüsiert. »Oh Baby, ich werde dich doch nicht in diesem trockenen, langweiligen Büro versauern lassen, wie die ganzen anderen Snobs. Du hast so viel mehr Potenzial, wovon du selber noch nichts weißt.«

Ich drehe mich zu ihm um. »Moment mal, machst du hier etwa schon wieder so ein Freudenhaus und ich soll hier was machen, mich prostituieren oder was?«

Das amüsiert ihn jetzt weniger. Seine Augen blitzen auf.

»*Wenn* du dich für jemanden prostituierst, dann nur für mich. Ich dachte, wir hätten das geklärt.«

»Was war das dann für eine Nummer damals?«

»Das war ein Test, ob du dem gewachsen sein würdest, was ich mit dir vorhabe.«

»Du hast mich von was weiß ich wie vielen Männer ficken lassen und hast dabei zugesehen, was war das für ein komischer Test?«

»Es waren vier, Olivia, meine besten vier, wenn du es genau wissen willst. Bryan, James, Louis, Costa, sind ihre Namen, falls es dich interessiert. Und anscheinend hängt dir die Sache doch noch nach, dabei hast du gesagt, du willst nie wieder darüber reden.«

Ich schnaube auf. »Weißt du was Keaton, du bist ein Arschloch!«

»Und du bist so süß, wenn du keine Argumente mehr findest.« Sanft hebt er mein Kinn und küsst mich. Und ich weiß, dass er nur zu mir so ist.

Als er sich von mir löst, bin ich schon wieder ein bisschen besänftigt. Bei mir wird der harte Keaton Rush zu einem Bilderbuchmärchenprinzen.

»Also was soll das alles hier?«

»Wie du weißt, bin ich der Inhaber einiger Etablissements.«

»Du bist ein Zuhälter, Keaton«, falle ich ihm trocken ins Wort.

»Auf Bauernsprache vielleicht.«

Ich verdrehe die Augen. »Also was soll das alles hier, Mister Zuhälter? Soll ich deine Puffmutter werden oder was? Dann will ich aber einen Leopardenmantel und Goldringe.« Er lacht und ich liebe es, wenn er das tut.

»Jedenfalls, ich habe ein paar Etablissements und werde ein neues aufziehen, und ich möchte, dass du es nach deinen Vorstellungen einrichtest. Ich vertraue dir, weil du dich gut in die dunkelsten Gedanken von Männern hineinversetzten kannst und einen exquisiten Geschmack hast.« Meine Augen werden mit jedem Wort ein bisschen größer. »Das Budget ist unbegrenzt, den Bauleiter lernst du noch kennen und du wirst dich sehr gut mit der Architektin verstehen … Du hast absolut freie Hand, wobei ich bei den wichtigen Entscheidungen assistieren werde. Das ist meine Art, dir zu zeigen, dass ich dir zu hundert Prozent vertraue, Olivia, und dass ich sehe, wie viel mehr noch in dir steckt.«

Ich starre ihn nur an.

Und ich starre.

Und starre.

»Okay, weil ich Stripperin war, kenne ich mich mit Nuttenscheiße aus, oder was?«, ätze ich ihn an und weiß, dass ich eigentlich übertreibe. Keaton zieht sein Handy aus der Tasche und meint: »Okay kein Problem, ich rufe Amber an und mache es mit ihr! So wie sonst auch.«

Ich reiße ihm sofort das Handy aus der Hand und zische: »Gar nichts wirst du mit *Amber* machen!«

»Ach so, dann bist du doch dabei?«

»Natürlich bin ich dabei! Was denkst du denn?«

»Gut. Aber merk dir, Olivia, wenn du mit mir Spielchen spielst, kannst du nur verlieren!«

»Wer ist diese blöde Amber überhaupt und wie hat sie dich nochmal genannt?« Ich komme nicht drauf, aber sie hat ihn auf jeden Fall nicht Keaton genannt …

»Amber ist meine Partnerin bei diesen Projekten.«

»Aha. Und bei was noch?«

»Ich habe sie ein paar Mal gefickt.« Knallhart sieht er mich an und ich erkenne wieder diese andere Seite in ihm, die so gar nicht süß und liebevoll ist … und auch nichts mit einem Traummärchenprinzen gemein hat, eher mit dem Ungeheuer, das auf dich lauert.

»Und dann küsst du sie auch noch vor mir oder was?«

»Ich wollte dich wütend, Baby«, sagt er, als wäre das die beste Erklärung dieser Welt. Dieser Mann ist manchmal wirklich nicht normal.

»Hast du mit ihr gefickt, seitdem das zwischen uns läuft?«

»Natürlich nicht, ich bin ein Bastard, aber ich gehe nicht fremd!« Damit hat er die Kurve gerade so nochmal bekommen. »Du gehörst mir, was heißt, dass ich auch dir gehöre, und zwar nur dir. Was wiederum heißt, dass du bestimmst, wen ich ficke. Und wenn du willst, dass ich nur dich ficke, dann ist das so. Wenn du willst, dass ich irgendjemand anderen ficke, dann ficke ich jemand anderen.«

Ich schüttele den Kopf.

»Wir haben 8:45 Uhr und mir dreht sich schon alles, vor lauter ficken.«

»Ach Baby, so magst du es doch.« Damit lächelt er mich an und legt eine Hand an meine Wange. Wird wieder weicher, wieder mein Keaton. »Bist du dabei, Olivia? Ja oder nein?«

»Als hätte ich mit dir jemals eine Wahl, Keaton.«

Danksagung

Ich will You schauen, aber die verdammte Maria zwingt mich hier zum Danksagung schreiben. Und ja. Maria hat das YOU-Buch vor Ewigkeiten gelesen und ja, wir haben uns davon inspirieren lassen, aber wie immer was total Eigenes daraus gemacht. Wie ihr gemerkt habt, ist die Geschichte von Keaton und Olivia hier noch nicht vorbei, denn wir sind BESESSEN. Wir sind hier drangesessen wie die Irren, haben gelacht und gekeucht und mitgefiebert und abgekotzt, bei manchen Sachen.

Einiges ist noch offen, wie zum Beispiel wie Olivia reagieren wird, wenn sie erfährt, dass Keaton sie stalkt, und dass er John ist. Apropos John und Riley. Der kleine Scheißer ist uns wirklich besonders ans Herz gewachsen, das hätten wir nie gedacht, genau wie Rosie. Aber eigentlich feiern wir am meisten Olivia, weil sie so ist wie wir. Sie ist eine starke Frau in einer nicht so optimalen Situation. Sie ist keine Miss Perfect, sondern eine ganz normale Frau, die für ihre Familie durchs Feuer gehen würde und das wird sie noch – SPOILER.

Danke an unsere Korrektorin Valeska! Danke an unsere wunderbaren Testleser! Danke an unsere Scheißerchen aus unserer Don&Marie VIP-Scheißerchen Gruppe! Danke an den A.P.P. Verlag!

Danke an die Blogger, die uns unterstützen!

Danke an Nicole – dafür, dass sie Nicole ist.

Und vor allem natürlich DANKE an EUCH!

Jetzt freuen wir uns auf euer Feedback!

Wie findet ihr Keaton? Wie findet ihr Olivia? Wie findet ihr Riley? Seid ihr von Mister Rush genauso besessen wie wir? Wollt ihr mehr von seiner dunklen Seite erfahren?

Wir sitzen nägelkauend da und fiebern euren Rezis entgegen, denn dafür LEBT ein Autor! <3

Eure Don und Maria Scheißerchen

Weitere Bücher von Don Both und Maria O'Hara

Seducing Mr. O'Connor: https://amzn.to/2RMQ1Rs

SONDERPREIS!

Verbotene Früchte schmecken bekanntlich am besten.

Von der ersten Sekunde an, in der Mr. O'Connor Annabelle Thompsons Klassenzimmer betritt und sich als neuer Lehrer vorstellt, weiß sie, dass sie ihn will.

Ausschnitte bis zum Bauchnabel, knallrot geschminkte Lippen – Anna lässt keine Gelegenheit aus, um ihm den Kopf zu verdrehen und handelt getreu nach dem Motto: Der Geist ist stark, aber das Fleisch ist willig. Und wie willig!

Schon bald beginnt ein verbotenes Spiel – ein Spiel mit dem Feuer.

Ein Spiel, in dem die Grenzen zwischen Leidenschaft und Lust verschwimmen.

Ein Spiel, aus dem so viel mehr wird als anfangs geplant …

Aber zu welchem Preis?

Dies ist der erste von zwei Teilen.

Rejecting Mr. O`Connor:

Ein neues Jahr beginnt. Ein neues Leben – zumindest glaubt Anna das, nachdem Aiden O'Connor sie auf die mieseste Art abserviert und im Stich gelassen hat. Doch sie hat nicht damit gerechnet, ihn wiederzusehen – als ihren neuen Dozenten an der Universität.

Und diesmal dreht Aiden den Spieß um.

Mehr als alles andere will er Annabelle zurückerobern und denkt sich dafür die schrägsten und verführerischsten Aktionen aus, während Anna sich vehement gegen ihn wehrt. Denn ein zweites Mal lässt sie sich das Herz nicht von ihm brechen.

Die beiden schleichen umeinander wie zwei ausgehungerte Wölfe, allzeit bereit zum Angriff – bis sich die Ereignisse überschlagen und es kein Zurück mehr gibt.

Aber in welche Richtung?

Kannst du verzeihen?

Kannst du vergessen?

Und vor allem, kannst du widerstehen?

Der zweite und letzte Teil um Anna und Aiden.

Tempting Mrs. Waldorf

Als Nathan Thompson seine Chefin Sharon Waldorf zum ersten Mal sieht, weiß er sofort, dass sie alles ist, was er verabscheut: Spießig, unflexibel und total vertrocknet.

Der typische Cockblocker.

Weswegen es ihm umso mehr Spaß macht, sie aus der Reserve zu locken, sie zu reizen, sie an ihre Grenzen zu treiben und sich die heißesten Wortgefechte mit ihr zu liefern.

Er ist auch so gar nicht ihr Typ. Wie kommt es dann, dass Sharon schon bald an nichts anderes mehr denken kann, als an dieses wunderschöne Chaos? Wie kommt es, dass sie sich gerade durch diesen total Perversen das erste Mal als Frau fühlt und von einem Begehren heimgesucht wird, das sie schon bald nicht mehr leugnen kann?

Wie sehr kann man sich in jemandem verlieren, den man eigentlich hasst?

Provokation gegen Vernunft.

Hass gegen Verlangen.

Liebe gegen Lust.

Wer wird am Ende siegen? Oder ist dieses Spiel von vornherein zum Scheitern verurteilt?

Dies ist ein in sich abgeschlossener Einzelband.

Über Don Both

Die 30-jährige Tschechin, die in Bayern lebt, fing im Alter von zwölf Jahren an Geschichten zu schreiben, weil sie die beste Kurzgeschichte in der Schule abliefern wollte. Der Plan gelang und sie entdeckte dadurch ihr Talent, Geschichten erzählen zu können.
Während ihrer Schulzeit und ihrer Berufsausbildung als Kinderpflegerin ließ sie ihrer Fantasie als Hobbyautorin freien Lauf. Der Schwerpunkt ihrer Erzählungen lag anfangs meist bei Liebesromanen, und humorvollen Komödien. Jedoch kam auch das Drama, die Fantasy und der Horror nicht zu kurz. Im späteren Verlauf floss auch immer mehr Erotik ein und diese Kategorie entwickelte sich schnell zu einer ihrer liebsten.
Im Jahr 2010 wagte sie den großen Schritt und stellte einige ihrer Erzählungen auf einer Fanfiktion- Seite einer breiteren Leserschaft zu Verfügung. Ihre Angst Spott und Häme dafür einzustreichen, war mehr als unbegründet. Sie hatte durch ihre provokanten aber ehrlichen Geschichten schnell eine große, begeisterte Leserschaft und gewann einige Wettbewerbe und Preise.
Durch diese Erfolge ermutigt veröffentlichte sie im Jahr 2013 ihren ersten erfolgreichen Roman »Immer wieder Samstags« und gehört seit dem zu einer der meistgelesenen Autoren auf dem ebook- Markt.
Privat engagiert sie sich für den Tierschutz und lebt mit ihren Katzen, ihrem Mann und ihrem Sohn im kleinsten Kuhkaff der Welt.

Lesetipp

Vorgängerteile – Unter deiner Haut – Reihe!
Unter deiner Haut:
Immerwieder – Reihe (The unholy Book of Tristan Wrangler)
Lesetipp, wenn man mehr über Tristan, Mia und Robbies Vorgeschichte erfahren will.
»Die Geschichte wurde schon tausendmal erzählt - er, jung, sexy, knackig und reich. Sie klug, mollig, unsicher, aus armen Verhältnissen … Eigentlich habe ich nicht wirklich damit gerechnet, dass es mich packt - aber wir reden hier von Tristan Wrangler … und der ist wirklich heiß! Und man merkt schnell, dass hinter seiner perfekten äußeren Fassade ein wundervoller Mensch steckt. Ich mag den Schreibstil von Don Both sehr gerne. Sie kann so dreckig schreiben, wie Tristan grinst!« (The unholy Book of Tristan Wrangler – Sammelband zum Sonderpreis) (Immer wieder Verführung – Sammelband zum Sonderpreis: (Immer wieder ist nicht genug) (Travel zum Glück):Wer mehr über Lilian Price und Vladimir Romanov erfahren will: Mad Love. Bad Love. Und vor allem Ménage à trois: Hier gehts um Kristovs Eltern)
Die Towerreihe umfasst noch einen Teil von Kera Jung, allerdings nicht mit den euch bekannten Charakteren:
Wer mehr über Luca Cavalli und seine Isabella erfahren will:
Isabella Parker ist zweiunddreißig Jahre alt und hat als erfolgreiche Staatsanwältin beruflich alles erreicht, was man erreichen kann. Privat sieht es ganz anders aus – sie braucht keine Liebe, keine Freunde und keine Familie. Sie ist gern

Einzelgängerin, bis sich, im (Zwangs)Urlaub ihre und die Wege des charismatischen Luca kreuzen, der ihr zeigt, was es heißt zu leben.
Einerseits hat sie so einen aufmerksamen, charmanten und attraktiven Mann noch nie getroffen, doch andrerseits existiert da eine dunkle Seite – eine, die ihr zum tödlichen Verhängnis werden könnte.
Als sie davon erfährt, ist es bereits zu spät und sie den subtilen Verführungskünsten des mysteriösen Fremden verfallen.
Womit der erste Zug seines Spiels vollbracht wäre.
Der etwas andere Don Both Roman …
Abgeschlossene Romanze/Erotik/Thriller
Corvo – Spiel der Liebe:

Über Maria O'Hara

Maria O'Hara kommt aus Baden-Württemberg und lebt mittlerweile in der Schweiz. Schon als Kind liebte sie alles, was mit Geschichten, Aufsätzen und Büchern zu tun hatte und entdeckte mit siebzehn Jahren ihre Leidenschaft fürs Schreiben durch Fanfiktion. Hier konnte sie sich austoben, lernen, neu entdecken. 2015 veröffentlichte Maria eines ihrer Partnerprojekte (The Plaza Manhattan) und hat seitdem mehrere Bücher auf den Markt gebracht, die sich im Romanzen-Dramatik-Genre bewegen. Mittlerweile veröffentlicht Maria ihre meisten Bücher gemeinsam mit Don Both, ausschließlich im Dark Romance-Genre. Die meisten ihrer Werke drehen sich um die Mafia, Verrat, Liebe, Familie, Hass, Freundschaft und viel Alltägliches, das in einem spannenden Universum zusammengefasst wird. Ihre gemeinsamen Mafia-Romance-Reihen mit Don Both (Obsessed-XX) zählen allesamt zu den Amazon-Bestsellern. Sie schreibt mit Herz, meist 16-18 Stunden am Tag, manchmal, wenn es besonders mitreißend ist, auch gut und gerne mal ein Buch pro Woche, welches dann in mühsamer Arbeit über Monate hinweg perfektioniert wird, bevor es auf den Markt kommt. Maria liebt ihre Arbeit, die Welten, in die sie eintauchen kann und sie liebt es, hinter die Fassaden ihrer Protagonisten zu schauen. Schreiben ist ihre Leidenschaft und sie würde es um nichts in der Welt eintauschen. Don Both und Maria O'Hara fühlen ihre Bücher, jede Handlung ist wohl durchdacht und jede Seite mit absoluter Hingabe und Liebe zum Detail verfasst, weswegen jeder einzelne Satz unter die Haut geht. Wer es intensiv, düster und spannend mag, ist hier genau richtig. Viel Spaß beim Lesen und entdecken eines völlig neuen Universums und Leseerlebnisses!

Bisher erschienen:

Wild Cherry, Sweet Cherry Ride or die – Obsession,
Ride or die – Black summer, Ride or die – Dark
Paradise, Beautiful Mess, Rebels – Band eins,
Rebels – Band zwei, Pretty in White – Emily,
Pretty in Black – Emma, Pretty in Red – Ami Pure Sin:
Mit Emily Key: The Plaza Manhattan: 1. Room 666 2.
Diamondheart 3. Game of souls 4. White Satin,
Una Palabra Mit Don Both: Deadly Sins Teil eins,
Seducing, Mr. O'Connor, Rejecting Mr. O'Connor,
Tempting Mrs. Waldorf, Obsessed, Possessed,
Run, Baby, Run, Cry, Baby, Cry,
Stay, Baby, Stay, Garden of Sin, Garden of Evil,
Garden of Demons, Garden of Eden, XX – Reihe,
Sempre-Reihe,
Mit Kera Jung: 14 Carat, 20 Carat, 24 Carat